学术人生的轨迹

李衍柱　　著
徐明珍　辑录

中国出版集团有限公司
研究出版社

图书在版编目 (CIP) 数据

学术人生的轨迹 / 李衍柱著. -- 北京：研究出版
社，2025.4. -- ISBN 978-7-5199-1846-0

Ⅰ. I217.2

中国国家版本馆 CIP 数据核字第 2025LE1688 号

出 品 人：陈建军
出版统筹：丁　波
责任编辑：范存刚

学术人生的轨迹

XUESHU RENSHENG DE GUIJI

李衍柱　著

研究出版社 出版发行

（100006　北京市东城区灯市口大街100号华腾商务楼）

北京隆昌伟业印刷有限公司印刷　新华书店经销

2025年4月第1版　2025年4月第1次印刷

开本：880毫米×1230毫米　1/32　印张：15.5

字数：321千字

ISBN 978-7-5199-1846-0　定价：98.00元

电话（010）64217619　64217652（发行部）

1956年

1971年，于山东师范大学中文系　　　　　　作者近照

1990年10月7日（农历八月十九日），摄于济南植物园

张岱年为作者题字：自强不息　厚德载物

1999年6月18日，于南京饭店，自左至右：杨守森、王臻中、李衍柱、钱谷融、徐中玉、王纪人、包忠文、黄世瑜、周均平

1997年，于哈佛校园

2006年8月2日，于哈佛大学燕京学社杜维明先生办公室

2007年，在夏威夷与安乐哲教授合影

与吴义勤、莫言一起

与《大秦帝国》作者孙皓晖一起

1992年，与蒋孔阳、濮之珍夫妇在蒲松龄故居

1996年1月，同胡经之、饶芃子、钱中文在三亚

2001年3月31日，参加北师大文艺学研究中心学术会议（从左至右：王一川、朱立元、王先霈、李衍柱、钱中文、童庆炳、王岳川、周宪）

2006年6月15日，与学生刘蓓合影

2010年，与学生刘延福合影

学习　探索　攀登

一、学术理念：学术生命化，生命学术化

我敬仰宗白华先生的那种"生命艺术化，艺术生命化"的人生境界。一个致力于学术研究的人，就应树立"生命学术化，学术生命化"的理念。学术研究的目的是追求真理，维护真理，为真理而献身。从事学术研究最主要的内容是学习、学习、再学习。生命不息，学习不止。学习是自己生命不可或缺的组成部分。

向谁学？从孩童时起就知道应向老师学习。谁是老师？我牢记三句话："三人行，必有我师焉"（孔子）；"转益多师是汝师"（杜甫）；"吾爱吾师吾犹爱真理"（亚里士多德）。谁发现真理、掌握真理，我就向谁学习。既要向古今中外的经典文本即有字的书学习，要在书的海洋中，披沙拣金，学会游泳，向着胜利

的彼岸奋进；又要向社会这本无字的大书学习，在实践中辨别真善美与假恶丑。

怎样学的问题，我牢记先贤的教诲："博学之，审问之，慎思之，明辨之，笃行之。"学、问、思、辨、行是一个相互联系、相互作用、循环互动、不可分割的生命活动过程。这是一个学与问、情与理、思与辨、知与行、实践—认识—再实践—再认识、执着探求真理、打开未知世界大门的过程。在这个生命之流的全过程中，不管处于何种情况下，我们的头脑中都应有问题意识和怀疑精神。启蒙运动的美学家狄德罗说过："迈向科学的第一步就是怀疑。"在选择治学道路的过程中，我非常赞赏蒋孔阳先生的那种孜孜不倦的、在浩瀚的生活海洋和书的海洋中去探索追求真善美、"让真理占有我"的精神，他的那种海纳百川、博采众长、兼收并蓄、综合创新的治学品格，他的那种虚怀若谷、有容乃大、无欲则刚、提携中青年学者的忠厚长者风范。蒋先生的学术理念、治学品格和大家风范，我们后继者应努力学习，加以弘扬。

二、学术生涯：开启文学的大门，迈进文艺学研究的殿堂

回顾半个多世纪的学术生涯，我庆幸自己生活在一个急剧变革的伟大时代。从1956年9月踏入山东师范学院

中文系之日起，我已跨进了文学和文艺学的大门。1961年7月又被正式录取为中国人民大学语言文学系文艺理论研究生班（简称"人大文研班"）的研究生，1964年7月毕业。这三年研究生的学习生活，是我永生难忘的一段美好时光。中国文学研究所所长、著名诗人和文艺理论家何其芳先生亲任我们"文研班"的班主任。先后给我们授课和指导毕业论文的教师，都是全国一流的专家、教授，如宗白华、蔡仪、缪朗山、何其芳、余冠英、游国恩、冯至、吴组缃、季镇淮、唐弢、刘绶松、周振甫、张光年、冯牧、侯金镜、李泽厚、叶秀山、周来祥、冯其庸、何思敬、马奇、戈宝权、叶水夫等。能够聆听这些大家的讲课，这是人生的幸福。正是他们，真正把我引进了知识的海洋，走到了学术的前沿，正式进入了中国文艺学、美学研究的学术殿堂。他们的学术理念、治学方法和治学态度，他们卓尔不群的创作个性和学术见解，大大开阔了我的眼界，打开了我长期被封闭的思想闸门，使我逐渐领悟应当学习什么、怎样学习，应当走一条什么样的学术道路。

在中国人民大学"文研班"学习的最后一年是撰写研究生毕业论文，我选的题目是《学习马克思恩格斯论文学中的典型问题》，指导教师是中国当代著名美学家蔡仪先生，我有幸成为蔡先生的正式门生。跟着蔡先生做毕业论文，受益匪浅，在学风、研究方法与叙述方法、论文的结构与修辞等方面，我学到了很多书本上学不到的东西：

第一，关于学风和学术规范问题。严谨、求实、创新，是蔡先生治学一贯坚持的原则，同时也是他多次告诫我应注意的问题。他要求我尽量找原始文献，一般不要转引，论据一定要可靠，要站得住；再一点就是不要抄袭别人的东西，引用别人的观点可以，但一定要注明出处。一篇论文，总要提出点自己的新看法，要在前人研究的基础上，有所前进，有所创新。

第二，研究应有问题意识和怀疑精神。他赞成我抓住马克思恩格斯论文学典型问题，深入研究下去。他要我首先应弄清马克思恩格斯的原意，联系他们论述的作家作品，阐明他们提出的理论问题；同时他又要我注意研究当代理论界关于典型问题研究的实际，有针对性地说明问题。他一再告诫：凡事一定要独立思考，科学研究应当有怀疑精神，不要盲目地去跟什么风，崇拜什么人。

第三，在方法上，对典型问题，既要进行历史的分析，又要有严密的逻辑论证，应将历史的与逻辑的研究统一起来，将理论研究与创作实践结合起来。他对我的论文结构也多次提出修改意见，要我注意论文结构的严密性和有机统一性。他对我论文中涉及的作品人物，也非常认真地提出他的一些看法，强调理论观点一定要和作品的实际结合，要以作家的创作实践来加以印证、检验和说明。

在蔡先生的教诲和影响下，我一直抓住典型问题不放，我在为自己掘一口井，直到把它打出水来。我自己的体会是，以锲而不舍的精神，抓住一点，触类旁通，联系实际，深入系统地进行研究，不失为一种行之有效的科学研究的方法。

三、学术研究的对象：典型—理想—范畴，关注信息时代中国文艺学的建设

从1960年9月到2023年3月，我踏入文艺学、美学的门槛，从事教学与研究，已60余年。在我的学术生涯中，若从研究对象的内容来看，可分为两个阶段：前30年学术的着眼点和主要精力用在"典型—理想—范畴"六个字上面。1996年由我主编的《文艺学范畴论》正式出版后的20年，急剧变化的时代大潮和对新的千禧之年的期待，驱使我、吸引我将学术目光聚焦在"信息时代的中国文艺学"这一时代提出的重大课题上面。

世纪之交文学、文学理论的时代是真的"终结"了吗？中国文艺学、美学将向何处去？路在何方？问题出在哪里？如何认识当今时代文艺学美学所面对的现实？等等问题，几乎日夜萦绕在我的心头。我深感有必要对文艺学建设的这些带有根本性的问题，作些系统的

梳理、反思和研究。于是我便遵循解放思想、实事求是的思想路线，以"文学和时代"为中心命题，开始了一系列理论问题的探索。读者可以从2000年出版的《时代的回声——走向新世纪的中国文艺学》中，看到我如何追踪文艺学研究前沿性的社会转型与文艺学发展态势、思想解放与文艺学建设、文艺学研究方法的变革、科学的发展与文艺学现代性研究、马克思主义文艺学的历史命运、传统与现代、人论与文论、对话与独语等八个问题，在吸收已有成果的基础上，尽力发出了一点自己的声音，谈了些不同于别人的新见解。

在21世纪的第一个十年中，自己又结合急剧变革时代出现的社会革命、科技革命、媒介革命、绿色革命给文艺学、美学研究提出的新问题和出现的新特点，从"马、西、中"三个不同而又相互联系的学术领域，综合比较，探讨中国文艺学、美学的发展态势和走向，尽力对我们应面对的问题作出自己的回答。围绕"信息时代与中国文艺学建设"这个总题目，先后撰写了《文艺学方法论的革命——读马克思〈政治经济学批判〉序言和导言》《主导多元，综合创新：中国文化发展的基本态势》《多元共生 和而不同——新世纪文学理论的走向》《范式革命与文艺学转型》《文学理论：面对信息时代的幽灵——兼与J.希利斯·米勒先生商榷》《艺术的黄昏与黎明》《数与美绘制的时代镜像》《网络文学：通向自由理想境界的艺术形式》《媒介革命与文学生产链的建构》《生态美学何以成为一种美学？》《生态美：世界美学家族中的新成员》等论文。自己力图站在时代的高度，以强烈的使命感和责任感，联系中外文艺发展的实际，具体阐释信息时代引起的文艺学、美学的范式革命；从理论上批评和回答某些西方学者鼓吹的"历史终结论""文学终结论"。

总结近百年来中国文艺学建设的历史经验，我概括地提出的中国文艺学基本态势和走向是："多元共生，和而不同"与"主导多元，综合创新"。我认为传统与现代转换已形成三条不同路径：朱光潜的"移花接木论"；宗白华的"东西古今""融会贯通论"；钱锺书的"打通论"和"阐释之循环"。这些见解，已引起不少学人的共鸣。

四、学术生命的感悟

第一，人的心中要有光。光是生命的象征，是生命的动力和源泉。理想、信念、希望和具有正能量的梦，就是一个人心中的光。我把文学理想看作希望之光、智慧之光、艺术之光。我认为：一个没有理想的民族是没有希望的民族；一个没有理想的艺术家是一个只能爬行的永远也不能攀登上艺术高峰的艺术家。20世纪50年代在美学大讨论中，"典型问题"是一个热点问题，有人称它是文学研究中的一个"金苹果"。自己当时曾以一个"初生牛犊不怕虎"的劲头，决心去摸一摸这个"金苹果"。谁知这一摸就是40多年，其结果就是现在摆在大家面前的《文学典型论》（人民出版社2013年版）。它究竟是一颗什么样的"苹果"，只能让世人和后人去评说。

第二，"认识你自己"。这是古希腊德菲尔神庙上铭刻的一句箴言。这句箴言是生存在地球家园中每一个人都不能回避的一个根本问题，也是每一个人必须不断回答的问题。康德在《纯粹理性批判》和给友人的书信中，反复说明自己从事学术研究应思考和回答的有四个问题：1.我能够知道什么？2.我应当做什么？3.我可以希望什么？4.人是什么？"认识你自己"要回答的就是"人是什么"的问题。这既是一个人类学的核心问题，也是一切人文科学的基本理论问题。马克思说过："理论只要彻底，就能说服人。所谓彻底，就是抓住事物的根本。但是，人的根本就是人本身。"从方法论来讲，抓住了"人是什么"问题的研究，就是抓住了打开文学和美学殿堂的大门、探寻美的王国的一把"总钥匙"。"人是什么"对我们每一个人来说，它要回答的则是"你是谁""你从哪里来""要向哪里去"的问题。要在实践中真正地发现自己、认识自我，用自己的眼睛看世界，用自己的头脑独立地去思考和回答人生与社会的种种问题，进而实事求是地为自己定位，确立自己应走的道路。在这个过程中，不断地解放思想、冲断种种精神的枷锁，是你的学术研究能发出一点真正属于自己的声音的不竭的动力和源泉。康德在他的著作中反复告诫人们，要追求真理，就要打破种种精神枷锁，既要从经验论的束缚中走出来，又要从独断论的迷梦中惊醒。要用自己的眼睛、自己的头脑，去观察，去思考，去鉴别，去判断，迈开自己的双脚，去践行。

在我的学术生涯中，心中发生的最大的革命是解放思想、破除迷信的问题。站在世界思想史、文明史的高度，我们不仅对马克思、恩格斯、列宁、毛泽东等马克思主义经典作家，而且对中外历史上出现的任何一个大思想家、科学家、哲学家、美学家等，都应历史地、实事求是地给予审视和评价。他们都是人，不是神。不管是哪一位历史巨人，一旦进入我们的学术视野，他们的生平、著述和思想、学说，就成了我们审视和研究的对象，而不是我们崇拜的偶像和固定不变而又必须遵守的教义。我们崇拜的是真理，不崇拜任何偶像。我们不是跪在历史巨人的面前求生存，也不是躺在他们留下来的经典文本上面讨生活，而是与他们平等地进行对话，全方位地加以审视和研究。我们应该继承和弘扬的是他们的理论、学说中那些被人类社会实践已经证明了的具有真理性的内容。只有在这个基础上，我们才有可能在新的实践中，推进理论的创新。

第三，回归经典文本，踏着巨人的肩膀前行。经典文本是人类智慧的结晶，标志着不同时代学术发展的最高水平。我们要读的书很多，最重要的则是选择有关本专业的经典文本。要细读，精读，反复读，真正领会其精神实质。在自己的人生旅途和学术生涯中，面对波澜壮阔的社会生活海洋和浩瀚无垠的书的海洋，我想知道的东西很多很多；我能够知道但因种种原因而又不知道也不能知道的东西同样也是很多很多；我实际知道的仅是在有限的时间内自己努力学习的一点东西。自己能够知道和已经知道的东西，是我从事学术研究的基础。《重读与新释——中西美学诗学经典文本解读》（人民出版社2013年版），就是自己阅读和研究中外哲学、美学、诗学等经典文本时写下的个人认为还有点学术价值和现实意义的认识。为了筹备和参加"思孟学派国际学术研讨会"，我曾花了较长时间集中研究和撰写了《"思孟学派"与中国美学》（全文35000余字），还专门去哈佛大学燕京图书馆查阅了有关原始文献资料，访问了时任燕京学社社长、当代新儒学代表人物杜维明先生，采用王国维所倡导的"二重证据法"，将地上流传下来的《论语》《中庸》《孟子》《荀子》《史记》等经典文本与地下新发现的《郭店楚墓竹简》等最新的考古文献结合起来，对照比较、辨析研究，原创性地提出和论证了"思孟学派"关于美学研究对象、审美形态和它在美学史上的地位影响等问题，发出了属于中国学者自己的声音。该文发表在袁行霈先生主编的《国学研究》第21卷，获得国内外学者的好评，被选入哈佛大学燕京学社、山东师范大学齐鲁文化研究中心编选的《儒家思孟学派论集》（齐鲁书社2008年版）。

在人民出版社2013年出版的《重读与新释——中西美学诗学经典文本解读》一书中，我依据新出版的《柏拉图全集》《亚里士多德全集》、康德的"三大批判"及有关的新的研究成果，通过认真的重读、细读，读出了点新意，突破了美学界一些传统的偏见和误读，作出了自己的新的阐释。

第四，爱是生命的永恒。2011年春，我与夫人林春英相濡以沫、患难与共，迎来了我们的金婚。当时曾以喜悦而又激动的心情，写了一首感悟人生的诗《爱：生命的永恒》。我认为我们生存在这个急剧变革的时代，一名在高校工作的中国知识分子，虽然面对着种种困难和问题，但只要我们对事业、对学生、对自己的家人和孩子，心中充满爱，就会获得力量，勇于担当，战胜困难，争取到光明美好的未来。

我在诗中有这样几句，现选录如下：

爱是人类走向真善美理想王国的最好的向导。

只要人与人、人与自然之间充满了爱，
一切罪恶渊薮都将化为泡影。
爱是苍天赐给人类的最好的礼物。
爱是你、我、他生命的永恒！

五、学术研究的成果和社会反响

从1963—1964年开始撰写毕业论文《学习马克思恩格斯论文学中的典型问题》到今天，已60余年，而改革开放的30多年则是我真正步入自己学术生命的"黄金时代"。解放思想唤醒了我的学术青春，耕耘和培育出了丰硕的科研成果。从20世纪80年代我陆续出版了18部专著：《马克思主义典型学说概述》（1984年）、《马克思主义典型学说史纲》（1989年，2003年版本为全国研究生学习用书）、《文学理想论》（1992年）、《时代的回声——走向新世纪的中国文艺学》（2000年）、《经典文本与文艺学范畴研究》（2002年，钱中文、童庆炳主编的"新时期文艺学建设丛书"之一）、《路与灯——文艺学建设问题研究》（2003年）、《西方美学经典文本导读》（2006年）、《诗与美：生命的圣火》（2009年，"当代博士生导师思辨集粹书系"第7辑）、《〈大秦帝国〉论稿——走向新世纪文艺复兴的绿色信号》（2011年）、五卷本文集《林涛海韵丛话》（2013年，包括《文学典型论》《文学理想与文学活动》《重读与新释——中西美学诗学经典文本解读》《时代变革与范式转换》《鉴赏批评：运动着的美学》）、《文学理论：思辨与对话》（2016年，选入"当代文艺学研究文库"）、《中国诗学的春天——李衍柱文艺学文选》（2021年）、《文艺复兴时代的王阳明》（2021年）、《诗意的追寻》（2022年）。合著、主编、参编的论著、工具书、教材37部。在《人民日报》《光明日报》《文艺报》《文学评论》《国学研究》《外国文学研究》《文艺理论研究》《文史哲》《学术月刊》《文艺争鸣》《山东师范大学学报》《东方论坛》等报刊发表学术论文200余篇。其中《马克思主义典型学说史纲》《生命艺术化　艺术生命化——宗白华的生命美学新体系》《路与灯——文艺学建设问题研究》获山东省社会科学优秀成果一等奖；《时代的回声——走向新世纪的中国文艺学》《文艺学范畴论》《路与灯——文艺学建设问题研究》获中国高等学校人文社会科学研究成果三等奖；《文学理想论》《文学理论：面对信息时代的幽灵——兼与J.希利斯·米勒先生商榷》《重读黑格尔——黑格尔〈美学〉与中国文艺学建设》等9项分获山东省社会科学优秀成果二等奖和刘勰文艺评论奖。2009年本人获山东省社会科学突出贡献奖。2012年获中共中央宣传部、中华人民共和国教育部颁发的马克思主义理论研究和建设工程荣誉证书。2014年《〈大秦帝国〉论稿——走向新世纪文艺复兴的绿色信号》获山东省泰山文艺奖（文艺创作奖）。2019年被评为山东省社会科学名家。

六、建设学术团队，争创一流学科

我的学术道路与山东师范大学文艺学重点学科建设紧密联系在一起。组建一个学术团队，争创全国文艺学的一流学科，是新时期以来我的学术活动、学术生命的重要组成部分。

重点工作包括努力建设一个年龄结构合理、有明确的研究方向和学术带头人的学术梯队；全力争上硕士点和博士点。我们学科1986年获文艺学硕士授权点，2000年获文艺学博士授权点。群策群力，组织学科力量，撰写出版教育部重大项目"文艺学大视野丛书"（10本）；与全国学术界加强联系，同中国社科院文学所联合主持承办文艺学国际学术研讨会，在我校成立"中国中外文艺理论学会"，树立形象，扩大学科的影响；加强横向联合，邀请全国知名专家学者到我校讲学、做咨询，如蒋孔阳、钱谷融、汝信、钱中文、吴元迈、童庆炳、曾繁仁、杜书瀛、王一川、王岳川、赵宪章等；组织开好有关博士点建设的论证会议。

组织和参加全国文艺学、美学的教材建设。如我和杨守森参与的《文学理论教程》（已修订第五版）、

《文学理论教程教学参考书》，我和周均平参与的《西方文艺理论名著教程》（已修订第三版）、《西方文艺理论名著汇编》（上中下），我参与的《西方文论史》《马克思主义文艺思想史》《马克思主义文艺学概论》，夏之放参与的《美学基本原理》，周波参与的《中国古代文艺理论》，杨守森主编的《新编西方文论教程》《文学理论实用教程》等。另外我的专著《马克思主义典型学说史纲》还被教育部确定为全国研究生教材。

不断加强学风建设，不仅要求学科老师要严格遵守学术规范，而且反复教育硕士、博士研究生自觉遵守学术规范，杜绝一切抄袭违规现象，树立理论联系实际的良好学风。可以宽慰的是，我们学科老师在学风方面做得很好，得到学界的赞誉。

山东师范大学文艺学是山东省有特色的文艺学重点学科，已跻身全国文艺学一流学科的行列。学科从20世纪80年代初期的4位老师，发展到今天的19人，的确令人高兴。其中自然留有笔者的足迹，凝注着每个成员的智慧、心血和汗水。我与山东师范大学文艺学学科是一个学术生命的共同体。我虽然已进入耄耋之年，但始终认为学科是我的家，是我寄予希望的学术生命之家。

Contents

1956.7—1961.6

（山东师范大学中文系学习、毕业，留校任教）

跨入文学艺术的大门，文学梦变成了现实

● 1956年

这是不平凡的一年，是光辉的一年，在我们中华民族的历史上写下了不朽的诗篇。

难忘的一年

就在这一年，

五万万农民永远摆脱了贫穷落后和阶级压迫的锁链。

就在这一年，

北京的"景泰蓝""葡萄常"象牙雕刻的艺术巨匠、

舟山群岛的渔夫和几千年来流落在乡村街头的铁匠，

永远结束了过去的受饥挨饿、孤独冷落的生活。

就在这一年，

东北建成了汽车城，

包头、武汉开始兴建钢铁厂，

三门峡响起了马达声，

克拉玛依架起了石油井。

就在这一年，

自制的银鹰在天上矫健地飞翔，

解放牌的汽车在康藏公路上狂热地奔驰，

共青团在北方筑起了绿色万里长城，

翻江倒海的勇士们提前把鹰厦铁路修成。

这一年，

赛过了过去的几千年。

青春的火焰

（一）

我是大海中的一滴水，

我是建设中的一块砖，

无数颗水珠汇聚成大海，

千万块砖瓦把大厦砌成。

大海没有水滴会干枯，

大厦没有砖块成泡影。

大海需要水滴，

建设需要砖块。

一颗水珠单独难生存，

一块砖瓦只能成废品。

水珠生存为大海，

砖瓦就为建设生。

我为人人，

人人为我，

这才是真正的人生。

（二）

纯钢要在高温中熔炼，

英雄要在斗争中成长，

温室的花朵经不起风暴，

苍松翠柏才称得起英豪。

青年没有经过暴风雨，

没有受过严峻的考验，

——在这原子时代，

在这新与旧、光明和黑暗交替的世界，

很容易分不清敌友，

哦！

朋友，睁开你的大眼向前看，

前边就是共产主义的黎明。

我们的前辈，

花了半个世纪的时间，

用自己的铁拳砸断了资本主义世界的锁链，

在斗争中成了英雄好汉。

青出于蓝而胜于蓝，

我们要使地球上的一切被压迫的人民，

团结成一个人，

用最大的勇气和决心，

用最短的时间

使旧世界翻转！

（三）

我的梦

在我 15 岁那一年，

曾经做了一个美妙的梦。

梦见我成了个大学生，

但在那黑暗的日子里，

我的生活只能是受饥挨饿

在山野中度过。

又过了 8 年，

在一个初秋的傍晚，

我像一个木鸡似的站在窗前，

眼睛凝望着一块长方形的信片，

突然，

一阵急促的脚步声惊醒了我的美梦，

我的朋友高喊着：

"你今天成了一个人民的大学生。"

美妙的梦，

变成幸福的现实。

东方巨人在前进

世世代代，

口口相传，

不知在多少年以前，

有一条蛟龙飞下了昆仑山，

直奔太平洋。

从此通天河、金沙江就翻起了滚滚波浪，

它的沿岸变成了美丽的原野，富饶的谷仓。

一个奇闻，像闪电一样透过了人们的心。

一位东方的巨人，

就像当年的蛟龙那样在大江中随波前进。

有人说这是神话，

有人说这是奇迹，

不，

这就是六亿人民的心，

这就是六亿人民的幸福和力量。

按：10月4日苏联成功发射了世界上第一颗人造卫星，这是人类的一件大事，这是人类征服宇宙的新的标志。

为苏联发射世界第一颗人造卫星而欢呼

从两千里的高空，

传来了"噼啪！噼啪！"声，

像春雷一样，

在人类世界中滚动！

东京、纽约、墨尔本，

巴黎、伦敦、新德里……

全世界各个角落，

都仰望着这颗来自莫斯科的红星。

处处在欢呼，

人人在庆贺。

《泰晤士报》第一版用斗大的字登出了：

"苏联的科学超过了美国！"

希腊人、印度人齐声高喊：

"这是征服宇宙的新的里程！"

太阳每天东出西落，

地球的自转昼夜不停，

"噼啪！噼啪！"声，

来自两千里的高空。

声音越来越响，

星光越来越明，

克里姆林宫的红星，

吸引着全世界人民的目光。

大地生出了翅膀，

地球——爱好和平的、

自由的人民的母亲，

有了忠实的卫兵。

共产主义的曙光

普照大地，

嫦娥奔月，

星际旅行，

由神话变成了现实的美景。

看电影《李时珍》

今天，看了电影《李时珍》，对我启发很大。

祖国伟大的医学家李时珍通过艰苦的一生，为祖国人民建立了卓绝的功勋。他三十年如一日，对黑暗势力做了不屈的斗争，历尽千辛万苦，爬山越岭，和劳动人民紧密地联系在一起，终于完成了世界医学巨著：《本草纲目》（52卷）。

一个人活在世界上，就应用毕生的精力，为祖国、人民建立功勋，成为历史的继承者，时代的创造者，为子孙后代留点好处。同时，一个人活着，应当忠于自己的信念，应当有一个最大的决心，又要有最大的毅力，迎着风暴前进！

这个最大的决心，即具体的奋斗目标，应当从人民的最大需要中去寻找，应当根据共产主义大厦的建设要求来确定，绝不是从个人的名利出发来决定的。从个人名利出发来考虑的人，永远不会有最大的决心和毅力，总免不了半途而废或跌入深坑。

李时珍生于1518年，距离现在已有439年了，但他的崇高的品质永远是我们学习的榜样！

读吕振羽《中国思想史》：墨子与孔子

今天读了吕振羽的《中国思想史》中关于孔子、墨子的一节，很受感动，特别是墨子的思想行动对我启发很大。

墨子的思想行动是中国人民的骄傲。

远在两千多年前，他就提出了"兼爱""互利""尚贤""非攻"的主张，并建立墨者的政治团体，以实现其学说。当封建制度开始形成的时候，墨子就代表劳动人民向封建统治者提出了强烈的抗议，反对封建等级制度，反对非正义的战争。在墨子的学说和主张中，爱好和平，反对战争，为人民牺牲自己的一切的精神，是我们中华民族优秀的传统，值得我们很好地研究、吸取、发扬光大。

春秋战国时期的百家争鸣，实际是两家争鸣：一是墨家，一是儒家。这个问题还有待今后进一步研究。

读列夫·托尔斯泰《战争与和平》有感

1. 今天看完了《战争与和平》，用了一个多月的时间。这是列夫·托尔斯泰伟大的代表作。这本书充分表现了作者爱祖国、爱人民的思想感情，歌颂了1812年的俄法战争中以库图佐夫为首的人民英雄，深刻地刻画了英雄的群像，如安德烈、皮埃尔，歌颂了俄国人民和士兵斗志的高昂。同时，作者也揭露了沙俄统治集团的内部矛盾和战争给人民带来的极大的痛苦。

2. 作者以两条线索展开伟大的历史场面（从1805—1820年），其中，集中描写了拿破仑进攻莫斯科和库图佐夫领导下的俄国人民的英勇的保卫战和反击战。在艺术大师笔下的拿破仑是一个阴险毒辣、两面三刀、疯狂而又愚蠢的刽子手。法国的侵俄战争，是非正义的战争，战争的性质注定了拿破仑失败的命运。

3. 人物繁多，性格鲜明。

（1）亚历山大统治集团的腐败。

库图佐夫主帅及其将领若干（安德烈、皮埃尔等）。

（2）拿破仑反动军，集体运动，将领的活动。

（3）罗斯托夫家族（贵族）

老罗斯托夫——罗斯托夫（尼古拉）

玛利亚

索尼亚

娜塔莎与安德烈、库拉根·安德烈——皮埃尔与爱·仑

4．书中的描写手法：集体行动的描写；心理描写，人物行动和言论，肖像、神态描写，插叙、政论，书信，等等。

5．从这部作品中可见列夫·托尔斯泰的思想倾向和世界观。他既歌颂了人民的伟大的正义的战争和战斗中的英雄们；同时，也反映了作者唯心论的思想和受宗教影响的局限性。

读完了这部巨著，再加上过去读过的《复活》《安娜·卡列尼娜》，我对列夫·托尔斯泰作品的研究产生了很大的兴趣。

列夫·托尔斯泰是世界文学大师，他的作品值得反复阅读。

● **1958年2月28日**

自由与自觉

什么是自由的人？真正自由的人，是掌握并能运用客观规律的人，是能够批判过去、预言将来的人。自由和自觉是孪生兄弟，真正自由的人也就是他最能使自己的行动符合客观规律，即是最自觉的人。

一个人生活在世界上，不仅要学习、工作、劳动，更重要的是还要了解自己今天的劳动、学习、工作和明天有着什么内在的联系。不了解这一点，就是一个盲目的人，就是一个没有掌握自己命运的人。生活应当有个奔头，今天为了明天，明天为了更美好的将来。将来又是什么呢？那就是实现人类最崇高的理想。

　　什么是觉悟？觉悟就是一个人能把自己的思想行动具体到每天每时，而又自觉地和社会发展的科学法则联系起来，和社会发展必然到达的终极目标联系起来。

　　下乡60多天，更加鼓舞了我的斗志，我决心和祖国人民一道，将自己的一切献给祖国的社会主义、共产主义事业，决心当一名尖兵，做一名突击手，当一个最最普通的劳动者。人的生活也是按照哲学规律——否定之否定向前发展。因此，必须不断革命，苦干再苦干。争取在明年的决战中获胜。

● **1958年4月10日（25岁）**

迈着矫健的步伐前行

　　到今天，我整整25岁了。生命的旅程已经度过了四分之一。25周年，这是多么值得回味的岁月啊！

　　辛酸苦辣的少年时代过去了。

又惊又喜的青年时代过去了。

春天的惊雷一声响，

青岛来了共产党，

公元 1949 年，

我逃出了火坑见了太阳。

千言万语难道情，

救命人就是太阳毛泽东！

我像春天的苗禾，

贪婪地吸吮着早晨的露珠。

报纸杂志夺去了我的全部课余空间，

祖国前进的脚步声震撼着我的心弦。

土改砸断了封建的锁链，

使我的家庭来了一个大转变：

分得了土地一亩二，分得了房子五大间。

六口睡一个土炕的日子，

每天吃糠咽菜的日子，

永远结束了……

朝鲜的炮火，

鸭绿江边母亲和儿子的哭泣，

使我不能坐视。

"决心到朝鲜，

不打败美国鬼子决不回家园！"

恨的是自己年岁小，只得哭着留下把书读。

三年光阴飞逝去，

情远意深，恋恋不舍地参加了肃反。

肃反斗争整一年，

山南海北跑过遍，

中南海、国务院，几次进出把事办……

长江、黄河、华北大平原，

北海、故宫、颐和园……

伟大的祖国，

伟大的人民，

沃野千里，南北西东，

无处不在滚动着我的心。

勤劳、勇敢，

无数的人民，

都在鼓舞着我前进！

记得 1956 年 1 月 15 日那一天，

我正站在西单马路边。

人流，无数的人流！

红旗，火红的海洋！

从大街小巷涌向了天安门。

我清楚地听见了彭真市长宣布：

北京市跨进社会主义的大门！

热泪涌出了眼眶，

我怀疑自己是在梦境。

祖先梦寐以求的理想，

成了活生生的现实。

1956 年，

祖国大发展。

旧社会的"穷光蛋"，

组织保送到大学把书念。

两股台风冲天起，

西风漫卷，

祖国的天空一时乌云翻转。

56、57 年

我划清了两个时期的一个界限

——敌我界限。

祖国正在全民跃进，

过去为了现在，

现在为了将来，

快马加鞭，

向前！向前！

看彩色影片《荒山泪》
——谈京剧艺术的价值

晚上，看彩色片《荒山泪》。原剧由程砚秋编，电影为吴祖光编导。

主要内容：

高忠家祖孙三代共5人，由于统治者为捐税抓人，被逼得家破人亡。父子为了纳捐上山采药被老虎吃掉，孙子被抓丁，祖母气死，最后高大娘子自杀。

该剧揭露了明末统治者的残酷、腐败，反映了李自成农民大起义的背景，创造了高大娘子这个富于反抗精神的劳动妇女的形象。

看了以后，我联想到几个问题：

1.社会主义文学的特点是民族的、科学的、大众的。

2.京剧是祖国优秀的文化遗产，必须继承。它有崇高的艺术价值，它使音乐、舞蹈、对话、道白、清唱，完美地结合起来。这是大众喜闻乐见的艺术形式，又是经得起历史考验的艺术形式。因此，中国京剧发展史应当列入文学史，特别是应成为戏剧发展史的主要组成部分。

梅兰芳、程砚秋等艺术大师，应当进入现代文艺史。他们把中国京剧的发展推向一个新的高峰。过去，文艺史没有这一部分是个严重的问题。

3. 由此想到，大鼓、山东快书、相声等为人民所喜闻乐见的艺术，都应列入文艺史，其中许多英雄形象，如鲁达、武松，其故事经过艺术加工，情节更加曲折、动人，人物形象更加完美。这些艺术形式都应加以整理，它是千百年来人民的精神食粮。

● 1958年8月30日

根扎在土中

根扎在土中，
心飞向劳动。
纯洁的灵魂，
工农的感情。

根扎在土中，
心飞向稻田。
崭新的课堂，
光辉的前程。

根扎在土中，

心飞向农村。

红专的基地，

生产的先锋。

根扎在土中，

农民是我的先生。

加紧准备啊！

明天就启程。

过去、现在和将来

迎着金色的太阳，踏着万道霞光照射的大地，回忆着过去，展望着未来。解放后的十年里，日子没有白过。我随着祖国的前进的脚步成长起来。是否很满意呢？永远不满足过去。过去是现在和将来的基础，但这个基础还不是绝对牢固，基石中还有些碎砂烂石。这些绊脚石必须清除。未来，青春永在，克服困难的锐气应永远保持，但要注意更细致、更踏实，学习、工作，越来越实事求是。

● **1959年5月16日**

学习中的辩证法

1. 虚与实
2. 敢想敢干和实事求是
3. 学习和劳动（工作、科研）
4. 全面和重点
5. 自学和写作
6. 课堂听课和课外独立工作
7. 先生和学生
8. 粗和细
9. 任务和时间
10. 紧张和休息

● **1959年8月4日**

人生最大的幸福

白天有着红太阳，

晚上挂着红月亮。

光明、自由、幸福、解放的金光，

透过了层层的黑云，闯进了人们的心房。

人类正在向一个
真正自由的王国飞跃，
每一个人
都应当
跑步，向前！

飞奔的岁月，
迸射出了青春的火花。
学习，斗争，劳动，
永生不息，为最大多数人服务，
——这才是人生最大的幸福。

● **1959年12月31日**

1960 年礼赞

人类历史上的20世纪50年代，以火箭般的速度，走完了它的旅程。它以英雄的笔触写下了光辉的史诗。豺狼虎豹、牛鬼蛇神为非作歹的时代一去不复返了。

十年，在人类史上实在是短暂，但这十年，又是如此不平凡！我们不去说，苏联的卫星上天，也不去谈阿尔及利亚的英勇的游击队员、古巴的独立、伊拉克冲断地狱的锁链。我们都不必细谈。这里，我仅想提出一点：那就是你的眼前。

十年前，这儿是黄水咆哮，今天是蛟龙腰斩，黄水发电；

十年前，这儿是荒山土岭，今天这儿是绿树成荫，牛羊满山；

十年前，这儿是水、旱、虫、雹，今天是"人定胜天"，步步实现；

千年的心酸十年变，吃糠咽菜、妻离子散的生活一去不复返；幸福的欢笑和歌舞，忘我的劳动和学习，干劲冲天，敢想敢干……这一切的一切，就是我们眼前的现实。

这一点还不足为奇，值得大书而特书的倒是我们周围的同志——十年，变化有多大啊！老李曾经是一个拿过要饭棍的"穷光蛋"，他的腿上现在还有着那块被地主家的狗咬过而留下的伤痕，小张本来是一个放牛娃，小刘还做过童养媳，老赵是一个有着十年工龄的产业工人，小宋是一个从部队复员的小伙子……谁能想到，就是这些几千年来被压在石板下面的幼芽，今天茁壮发育成人，这不是一般的人，而是共产主义建设的新人，老李加入了共产党，小刘、小张、小宋都加入了共青团。你看他们哪个不是干劲冲天，哪一个不想与地球"开战"！

如果说过去的十年党以真理和知识的乳汁把我们哺育成人，那么未来的十年，我们就应当为祖国建设贡献出一切的力量。

六〇年，揭开了20世纪60年代的序幕。

这十年，将是巫山神女下凡、长江黄河"对话"的十年；这十年是根绝文盲、普及大众文化的十年；也将是人类飞出地球到月宫去探险的十年……十年，这又是我们一生中的黄金时代的十年，——这样一个伟大的开端，必须飞跃向前，时代赋予我们的历史使命，应当无条件地承担，做时代和人民的忠实的儿子，做社会主义、共产主义伟业的英勇的突击手，就是我们的最大的志愿。

六○年，元旦，光荣的节日，幸福的开端，让我们高举自己的双手，欢呼祖国万岁，高速度地向前突进，迎接她的繁荣昌盛！

● **1960年1月31日**

捉黄龙

（一）

黄水滚滚出龙门，
奔腾呼啸扑人群，
东方巨人顶天立，
揪住龙头按地里。
"黄龙黄龙你睁开眼，
看谁在你面前站，
三大法宝握在手，

今天你得听我的。

现在叫你向右转，

规规矩矩进湖里，

旱天出来把田浇，

平日发电把功立，

洪峰到来张开口，

凌汛出现喝饱肚，

假若再是不听话，

叫你的脑袋碰铁壁！"

（二）

万里晴空西风卷，

汽车疾驶奔堤岸。

两边白杨傲然立，

沃野麦苗笑开怀。

人在车中心似箭，

思前想后坐不安。

辛酸眼泪成过去，

为民造福在眼前。

引黄闸

马山马山不见影，

钢筋水泥闸门挺，
赤地千里变水乡，
黄波咕咕进田垄。

腰斩黄河
——拦河坝

谁说鸡毛上不了天，
楷料茼麻柳条铸宝剑，
英雄人民手一举，
天水——黄河拦腰斩。
奇迹，奇迹，
平凡的真理，
人民的智慧，
诸葛退席。
人民的干劲，
天下无敌。

拦河闸

黄明柏木霞光锁，
开山劈岭龙门坐，
五千年的败家子，

回头立功载史册。

东平湖

枫叶红，天气凉，
　　全民种麦忙。
黄沙飞尘报旱象，
伏汛存的一湖水，
今来代替活龙王，
　　保证苗全苗旺。

冷风刺骨天气寒，
苗儿缺水难冬眠，
灌上半壶封冻浆，
开春拔节见风长。

春雨贵呀贵如油，
冰川茫茫湖中留，
麦苗跳着喊口渴，
打开电钮灌个够。

金色鲤鱼镜上跳，
垂柳迎风扭细腰，
荷花盛开香满路，
唧啾唧啾水鸟叫。

湖心亭中锣鼓响，
琴箫唢呐一起唱，
社员湖内度假日，
未来生活满希望。

● 1960年2月3日

两兄弟

喜鹊搭桥七月七，
牛郎织女大喜日，
同胞弟兄万山隔，
久别重逢在今夕。

丹江口边红旗飘，
金色的太阳当空照，
长江跨过大别山，
黄河飞渡洛阳桥。

地下的瑶池霞光起，
两兄弟见面在这里，
千言万语从何讲，
握手拥抱泪涌出。

黑夜升起了红太阳，
山南海北处处亮，
兄弟相助黄水足，
万吨大轮沿河上。

哥哥富来弟弟强，
华北变成鱼米乡，
贫穷灾难连根除，
共产主义放光芒。

● **1960年2月28日**

晨　练

清晨急步大路边，
跃进指标心盘旋，
低头不知宇宙事，
春枝红苞撞上眼。

春风亲吻着苹果似的笑脸，
献礼的事儿填满了人们的心田，
脑海中翻腾着壮言豪语，
浑身插翅跨上了原子飞船。

● 1960年3月2—18日

参加中国现代文学史教材编写，执笔毛泽东诗词和《在延安文艺座谈会上的讲话》专章。

● 1960年8月13日

青春的祖国

缕缕青烟直上，
隆隆马达欢唱。
无数人流
涌向了田野山岗。
青春的祖国，
像禾苗一样，
沐浴着真理的阳光，
受着万亿园丁的抚养，
日新月异，天天向上。

● **1960年8月30日**

大学毕业：决心书

大丈夫四海为家，

真英雄革命为业；

为人民鞠躬尽瘁，

为祖国献出青春。

● **1960年9月6日**

学生时代结束了。在全班最后一次班会上，偶感，赋诗一首：

宏愿——大学时代最后一次班会偶感

乘坐原子飞船，

奔向共产主义明天。

迎着暴风骤雨，

克服一切困难。

攀登世界高峰，

立下雄心宏愿。

劳动、学习、斗争，

　　为党洒血流汗。

虚心、踏实、认真，

　　艰苦奋斗，

　　埋头苦干，

　　社会主义建成，

　　快马加鞭向前！

● 1960年11月19日

学习毛主席的《六盘山》

　　干劲冲天，

　　心飞沂蒙山。

艰苦奋斗意志坚，

　　携手并肩作战！

　　珠穆朗玛高峰，

　　你追我赶登攀。

雄文四卷在手，

　　迎接世界大同！

迎接一九六一年

一九六一年，是我们党诞生的第四十个年头。

四十年，

中国共产党，

用革命巨笔，

在世界共产主义运动史上，

写下了一首光彩夺目、激动人心的诗篇；

四十年，

中国共产党，

领导着中国人民，

经过了艰苦曲折的革命历程，

送走了黑暗，迎来了光明，

使真理的太阳，

照亮了亚洲、非洲、拉丁美洲人民的心胸；

四十年，

中国共产党，

率领着中国人民，

继十月革命之后，

唱出了第二曲响彻云霄的凯歌；

东方巨人，

摔掉了压在自己身上的三座大山，

登上了地球之巅，

手中紧握着毛泽东思想的巨剑，

决心削平一穷二白两座高山，

实现世界大同的宏愿。

● **1961年2月14日**

爱的历史回眸

世界上的事情变化太快了。

一切事情又都是按照对立而又统一的法则进行。一切事情又都沿着由量变到质变发展的路程前进。我和春英的事情，说来时间已经很长了，至少也有5年的历史了。那是在我第一次离开师范而到北京去调查材料的时候发生的！一离开师范学校，离开周围的同志，我立刻就感到像少了许多东西似的。大概是在北京京文旅馆吧，我回想了青岛师范学校的一些情景，我发现我的确爱这个学校，爱这个学校的一草一木，特别是爱住在这儿的同志和朋友。当时闯入我脑海中的有三个人：一个是褚良修，一个是王曰劭，一个就是林春英。林春英是闯入我生活中的第一个姑娘，而她又是我的战友、同志和学生。于是我就给他们三人回了信，记得还专门给春英写了封信（内容记不太清了），好像还寄给了她一套书。也许这就是爱情的萌生。但那时，一直到以后很长时间，谁也没有提"爱情"两个字。

56年，4—5月间，我调到青岛中学党委工作，星期天春英有时找我玩，我有时也约她和其他几个同志到市里看话剧、看电影，如看过《刘胡兰》《万水千山》《西望长安》《天仙配》等。以后组织上动员考学，我曾与春英商量过，她大力支持我，借书给我复习功课，帮我准备上学的被子。在那个迷人的夏天，在青岛海滨，我们曾共同度过几个夜晚，两人在一起，话总是不断，什么也谈到，谈的是那样亲切自然，彼此感到幸福。当接到考入山东师院的通知书后，自己思想一度感到"委屈"。春英与我的看法相反，她安慰我、鼓励我：学的好坏，在于个人，不在于学校，条件的好坏。就是这样，当我思想陷入苦闷的时候，她首先帮了我的忙。因此，我更加感激她，她的声音笑貌也更加深刻地印在我的脑海中。

56年9月，到济南以后，我们时常以通信的方式表达感情。信中偶尔也有"爱情"的字样。正式表白，大概是在56年寒假，以后一直延至58年寒假。这段时间任务紧。她58年毕业分配在临沂。中间也有一些波折，我的情绪也有过一时的低沉。58年寒假，我们约好回校。我回青住了5—6天，见到春英。她本约我到她家玩。因当时我穿的很破烂，结果未去。决定回济。在一个风雨交加的夜晚，我们在咆哮的海滨，在天然的屏障处，让大海作证，两人作出了"海枯石烂心不变"的决定。

以后又是两年不见面，一般一月通一次信，关系正常。有时我也想到彼此相隔很远，真是不方便。但不管从哪些方面说，我总认为，春英在各方面都不弱于我所接触过的一些大学生。在政治立场、道德品质、工作能力、吃苦耐劳、身体健康等各方面，都是很好的。随着思想觉悟的提高，随着年龄的增长，我愈感到在处理爱情方面应严肃认真，也就特别珍惜我们过去的友谊和爱情。我认为我们之间的爱情是纯洁的、健康的，彼此又有了较长时间的了解，两人可以说是"志同道合"，并且能够"同甘共苦、白头偕老"。因此，虽然较长时间未见面，而心也未动摇，反而更加坚定。

爱情到了一定的阶段，再拖下去也不好，我考虑到自己的生活、工作、健康、年龄等各方面，也考虑到春英的处境，因此我认为有必要选择恰当的时机，以一种新的形式表现出来——这就是结婚。我本来打算各方面都打下一个坚实的基础之后，做到了"三十而立"再结婚，但考虑到个人的生活不能长期依靠父母姐妹，特别是再这样下去对春英不利的方面就更多，因此有了"速决战"的契机。于是，我向春英谈了。反映是这样快，她欣然同意寒假结婚。看来我的判断是完全正确的。

　　寒假回青一趟，顺便回家看了一下，看到了家中灾情。受灾严重，父亲有多种病，生活空前困难，吃饭将遇到较大的困难，我担心家中会出现什么意外的事情，因此，回校又犹豫了一下，想到暑假或寒假再结婚。毫无准备。

　　回校第三天清晨（2月4日），轻轻的敲门声。从半开的门缝里，我惊喜地发现姑娘是这样迅速地来到了我的身旁。事情已经大白，过去很少与周围同志谈论的这个问题，今天也无法掩饰了。我是一个很腼腆而又有点害羞的青年小伙子，平时和同志们一谈到爱情，一谈到姑娘就尽量回避。现在，一切的一切，都已揭晓了。

　　领导以及周围的同志知道后，纷纷劝说，认为"机不可失，时不再来"。就这样，经组织的大力支持和帮助，经同志们、同学们的积极筹备和春英的努力（她的确能干，半天加一晚上就缝起了一床被子、一床褥子），还不到两天的时间，一切筹备就绪（这中间我仅因结婚出去跑了一天，办理登记手续用了一天）。在2月10日晚，我们举行婚礼。婚礼举行得朴素、活泼、有意义。总支所有的领导同志、老教师都参加了，这对我是很大的鼓励。春英的三哥林之辉也参加了，我们大家都很满意。

　　以后，看来不应是爱情的结束，而应是更进一步的发展，在彼此更加充分地了解和接触中，爱情的火苗永远照耀着我俩生活的旅途，并且光亮越来越明；让爱情的种子，经过萌发、开花、结实，延续子孙万代，为人类的进步和社会的发展作出更大的贡献。

以一当十　以十当一

以一当十，以十当一，
发愤图强，艰苦奋进，
三年迈步，七年翻身；
实事求是，谦逊虚心，
全心全意，为党为民；
忘我劳动，英勇斗争，
举目欢呼，世界大同。

中国获世界乒乓球冠军，为徐寅生喝彩

（一）

咬紧牙关，

拉紧心弦，

每一个公民

为徐寅生捏了一把汗！

（二）

为了祖国的荣光，

为了增添真理的力量，

胜利在前！徐寅生加油啊。

（三）

"一大板，两大板，

板板打得心颤颤；

三大板，九大板，

板板都使人心欢；

十大板，十一大板。"

坐着的站起来，

站着的跳起来，

全世界沸腾起来，

闪电透过了人们的心胸！

春雷在长空中滚动！

（四）

"青出于蓝胜于蓝"

十八小将轰球坛；

兵多将广智无穷，

同心协力夺魁元！

关于调查研究的问题
心得体会之一

一、改造客观世界，又要改造自己的主观世界，并使自己的主观世界符合客观世界发展的规律。这是一个革命者每时每刻都应铭记在心的任务。

要认识世界、改造世界，使主观世界符合客观世界的发展，调查研究就是一把万能的钥匙，这是一条"放之四海而皆准"的真理。

二、调查研究的目的，在于探求真理，发现规律，并能熟练地掌握和运用客观规律来改造客观世界和主观世界，使我们的社会主义革命和建设事业加速进行，使人类历史前进的车轮飞跃向前。

因此，调查研究的过程就是一个"实事求是"的过程，也是一个发现问题、提出问题、分析问题、解决问题的过程，是一个不断革命的过程。

调查研究贯穿运动的始终，既要体现在认识过程中，又要贯彻在实践过程中。

三、如何调查研究?

1. 调查。

①内容。

全面的社会调查、科学调查,具体视革命任务的要求而定。

②调查的方面、时间、空间。

具体讲:上下、前后、左右、内外。

敌友我;正反侧;过去、现在、将来(打算)。

③系统地、全面地调查和掌握材料。

第一手材料(直接与间接)。

第二手材料。

历史的记载、别人的成果、间接的反映、总结报告材料等。

④方法:

a. 深入群众、调查研究。看、听、问、访、记。

b. 开调查会。

c. 典型调查。

d. 搜集群众已积累的历史的记载、书面的材料(事物交谈等)。

⑤态度:虚心、客观、严肃、认真。

防止主观片面、表面、先入为主、走马观花。

⑥应有目的,有调查提纲,有明确的步骤。

2. 研究。

①目的:提出问题,分析问题,研究解决问题的途径。

抓关键,找规律,接受经验教训。

②观点：群众观点，阶级观点，辩证唯物主义观点。

③方法：唯物辩证法。

a. 阶级分析法（分清敌我，区别性质）。

b. 矛盾分析：抓主要矛盾，抓矛盾的特殊性，及矛盾的主要方面。

c. 典型分析。

d. 历史主义分析。

e. 具体情况具体分析（矛盾的转化）。不同时间、地点、条件的新的表现，及贯彻中的灵活性问题。

f. 群众讨论分析。

3. 调查和研究的关系。

调查中有研究，研究中仍要调查；调查是基础，研究才能使感性知识上升到理性知识。

四、调查研究的过程是一个从群众中来到群众中去贯彻群众路线的过程。

实践——理论——实践

群众——领导——群众

（从群众中来 → 到群众中去）

五、树立马克思主义新学风，首先必须大兴调查研究之风。在学习中，最重要的一个是解决观点问题，一个是解决材料问题。解决观点一方面是学理论，同时又必须在实践中解决；材料问题就必须调查研究。

观点是从材料中得出来的。材料是第一位的东西（事实），观点是材料的抽象。

要解决观点问题，核心是解决世界观问题，解决思想感情问题；在学术上要解决材料问题，一个要解决工具问题（如外语、古汉语、现代汉语、逻辑），一个是态度问题。这些问题要很好地解决，必须顽强地持久地坚持下去。

"天才就是勤奋！"

六、调查研究是纠正缺点、改正错误、避免错误的根本方法。不了解客观世界（社会的动向、历史的任务、周围环境、组织同志的要求），不掌握自己的命运（思想规律及其不同的表现形式），哪一方面缺乏就要犯错误。

● **1961年5月20日**

调查研究是学习和做科研的根本方法
——学习心得之二

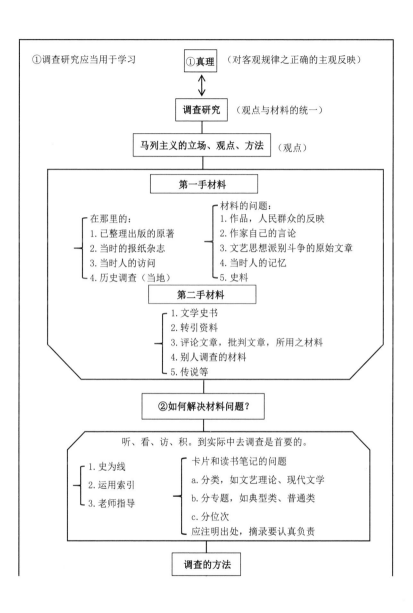

①调查研究应当用于学习　①**真理**　（对客观规律之正确的主观反映）

调查研究　（观点与材料的统一）

马列主义的立场、观点、方法　（观点）

第一手材料

在那里的：
1. 已整理出版的原著
2. 当时的报纸杂志
3. 当时人的访问
4. 历史调查（当地）

材料的问题：
1. 作品，人民群众的反映
2. 作家自己的言论
3. 文艺思想派别斗争的原始文章
4. 当时人的记忆
5. 史料

第二手材料

1. 文学史书
2. 转引资料
3. 评论文章，批判文章，所用之材料
4. 别人调查的材料
5. 传说等

②**如何解决材料问题？**

听、看、访、积。到实际中去调查是首要的。

1. 史为线
2. 运用索引
3. 老师指导

卡片和读书笔记的问题

a. 分类，如文艺理论、现代文学
b. 分专题，如典型类、普通类
c. 分位次
应注明出处，摘录要认真负责

调查的方法

要探索一个问题，研究一个事物的规律，就必须这样系统地、周密地调查

横断法
1. 同一时期：中国文坛、作家所处的环境。
2. 历史的情况（政治、经济、文化情况）。
3. 作品产生的社会背景及其时代意义。
4. 对同一作家作品，同一个时代的评论。

纵断法
1. 历史地考察，弄清其历史的渊源。（继承关系）
2. 作家或批评家、文艺理论家的新东西、地位与作用。
3. 串珠集锦：不同时期，各家研究的最好的成果的调查。

解剖"一只麻雀"
如：一个作家的创作道路、创作成绩、问题、经验教训、作用。
或对一个理论问题的探讨。

③研究的问题

观点哪里来？

这是一个完整地探索真理的过程，必须做严肃认真的工作

1. 从实践中抽象出来。反复分析比较，加以综合。
2. 从马列主义经典著作中找立场、找观点、找方法，譬如可以这样问自己：
   a. 毛主席对这个问题是怎样说的，或毛主席对某一个问题的论述对我的启示。毛主席为什么要这样说，我的体会是什么。
   b. 马克思、恩格斯、列宁是怎样说的。
   c. 马克思主义文艺家、文艺批评家，如高尔基、普列汉诺夫、鲁迅等的论述。
3. 古典作家、文艺理论家是怎样说的，他们的论述中什么是精华，什么是糟粕？（中、外）
   革命民主主义者是怎样说的？其贡献与局限性。
4. 同时代的研究成果的批判的综合、归纳。
5. 敌人是怎样写的？唯心主义者的论述是什么。（对立面）
6. 我应怎样看待。同意什么，不同意什么？理由。
   我的新观点是什么？理由。

有了自己的观点，并不等于自己的观点正确。还必须再到实践中去检验。

这包括：

1. 应用于实践，看效果；

2. 参加百家争鸣，听反映；

3. 请高于自己的同志（如老师）提意见；

4. 同志、同学之间交流心得，相互议论。

以说和写文章两种方式表现出来。

要解决观点问题，
关键的关键是
自己世界观的改造。
如果灵魂太鲁莽，
它是不会发现真理的。
同时，如果你认真地
进行了调查研究，
又可以促进你的
世界观的形成。
这就是方法论与认识论的一致。

● **1961年6月29日**

学习毛主席诗词偶感

金光万道，

宇宙红遍，

巨龙腾跃，

看昆仑雪融，

长城春晓，

江河奔流，

与时竞跑。

"银鹰"穿云，

"铁牛"欢叫，

神州六亿齐欢笑。

建乐园，

万民齐挥汗，

大地献宝。

庆佳节，谈往昔，

忆千年百载血泪日，

刀剑火影闪，

血染江湖；

田园草藜，

糠菜充饥。

七月雷鸣，

英华四出，

星火燎原展红旗。

展红旗，

乘东风跃进，

飞向星际。

1961.7—1964.7

（中国人民大学文艺理论研究班学习、毕业）

苦读经典文本，
踏着巨人的肩膀前行

● **1961年7月1日**

立志成为人民的"孺子牛"

（一）不要认为自己是天才，群众是庸才。

（二）不要认为自己最聪明，别人最愚蠢。

（三）不要清高自大。

（四）不要好为人师，训斥别人。

（五）不自满不自馁，不说"过头话"。

（六）不说空话，不说废话，不吹牛皮。

（七）不装，不假，不浮夸。

（八）不要得意时在党之上，失意时在党之外。

（九）不怕麻烦，不怕困难，不怕失败。

（十）不浪费时间。

为人做事要胜不骄，败不馁；言必信，行必果；要有理想、有志气、有决心、有毅力；方向清，道路明，方法对头。学习、工作、斗争坚决彻底，不获全胜，决不停止战斗。

● **1961年7月27日**

正式被中国人民大学文艺理论研究生班录取。

在北京西郊人民大学礼堂参加开学典礼，中国人民大学吴玉章校长讲话。

"人总是要老的。老人为什么可贵呢？如果老就可贵，那么可贵的人太多了。因此我们一定要有一个标准。就是说，可贵的是他一辈子总是做好事，不做坏事。做有利于人类的事，不做害人的事。如果开头做点好事，后来又做坏事，这就叫做没有坚持性。一个人做点好事并不难，难的是一辈子做好事，不做坏事，一贯的有益于广大群众，一贯的有益于青年，一贯的有益于革命，艰苦奋斗几十年如一日，这才是最难最难的啊！"

我们的吴玉章校长，就是这样一个几十年如一日的人。他今年60岁了，他从参加同盟会到今天，干了40年革命，中间颠沛流离……始终不变，这是……不容易啊。从同盟会中留下到今天的人，已经不多了，而始终为革命奋斗，无论如何不变其革命节操的更没有几个人了。要这样做，不但需要有坚定正确的政治方向，而且需要艰苦奋斗的精神，不然就不能抵抗各种恶势力恶风浪，例如死的威胁，饿的威胁，革命失败的威胁，等等。我们吴玉章同志就是经过这样无数的风浪而走过来的。

因此，我们要学习他的各方面的好处，但特别要学习他对于革命的坚持性。

——见毛泽东在中共中央举行的庆祝吴玉章同志六十寿辰大会上的祝词。见1940年1月24日《新中华报》

● 1961年9月25日

在人民大会堂参加首都纪念鲁迅诞辰80周年大会，郭沫若讲话，周总理、陈毅、陆定一、周扬、林枫、茅盾、包尔汉等参会。我们党和国家的领导人个个精神焕发，身体健壮，这是我们中国人民的幸福。

● 1961年10月1日

中华人民共和国12周年国庆，参加天安门前游行，见到毛主席，参加狂欢，观看烟火。

今天是第一次参加国庆节游行。我们的任务是举花摆国徽。最后，人群涌向天安门，毛主席在招手，在鼓掌，向英雄的人民表示敬意。我的心就像开了花，恨不得自己变成一只和平鸽，飞向天安门，去向毛主席问候，去看毛主席的面容。我多想变成一个三丈高的大汉，长得高过无数伸长的脖子，高过举起的花丛，把天安门上的一切看得清楚。毛主席的身体是那样健壮，头发油黑，他挥舞着那只有力的巨臂，象征着我们祖国还正年青。

晚上参加了狂欢，观看了烟火，真是天堂到了人间。

欢庆佳节

一串串的浪花，

追逐着历史的巨舰，

一只美丽的白鸽，

在五星红旗上空盘旋，

英明的舵手，指引着未来的航线，

脑中翻滚着宇宙风向的变化，

绕过暗礁，

排除万难，

乘风破浪，

飞奔向幸福的彼岸。

马克思在点头微笑

年青的共和国，

正像一个成长的少年。

十二个年头，

已经成了一个又高又壮的大汉。

高举着三面红旗，

带着丰厚的礼品，

走在马克思的面前，

他幸福，他自豪，
他全身是劲，浑身是胆，
看一眼，
再看一眼，
革命导师微笑的眼神，
凝住了他的视线。

礼炮颂

连珠礼炮震天响，
天动地转心欢畅。
牛鬼蛇神烟中灭，
豺狼虎豹随风扬。

观烟火

金色的菊花在云朵上怒放，
孔雀开屏在漆黑的太空呈祥，
月宫嫦娥乘伞在星际间观赏，
到底是太阳西出还是人间红亮？

咏　秋

一片红叶敲脑门，

仰见"金帅"站枝头；

鞭响车转长空碎，

飞奔绿野迎"皇后"。

注：

"金帅"：柿子名。

"皇后"：指"金皇后"，玉米名。

"马克思恩格斯论文学和艺术"读书札记。（选自《马克思恩格斯全集》，人民文学出版社1956年版）

《马克思、恩格斯收集的诗歌》

文学小丛书　62

人民文学出版社1959年4月

前　言

科学的共产主义的创始人、无产阶级革命运动的伟大领袖马克思和恩格斯，在生活中和著作中，都表现出了他们对民歌的热烈爱好加高度鉴赏力……

本书收入马克思、恩格斯抄录和引用的各国民歌26首，共分为三部分。

第一部分包括的19首民歌是马克思青年时代收集的民歌。他从当时出版的民歌集中选择了这些民歌，抄录在一本纪念册上，送给他的未婚妻燕妮。在纪念册的卷首，马克思曾亲笔写下了下面几行字：这是德国（德国各种方言）、西班牙、希腊、拉脱维亚、拉普兰、爱沙尼亚、阿尔巴尼亚、美国的一些民歌，是从不同的集子中选录的，仅以此献给我亲爱的燕妮。卡·马克思柏林1839年。这本纪念册的照片保存在苏联马克思—列宁主义研究所。……

第二、三部分包括的7首民歌，是马克思、恩格斯在1862年以后的论文与信札中引用过的，都是已有强烈的政治倾向性的诗歌。为了使读者容易了解这些民歌的内容，摘录了马克思、恩格斯对这些民歌的说明作为注释。……

I

《给爱人》　　　　　　《渔夫的歌》

《冬天的花》　　　　　《我要告诉我的爱人》

《爱情的考验》　　　　《寻找爱人的道路》

《猎人》　　　　　　　《自由的歌》

《阿·斯特拉斯堡!》　　《夜歌》

《月光的歌》　　　　　《鸽子》

《一首五分诗》　　　　《失去的心》

《修女的歌》　　　　　《你为什么这样悲伤》

《告别》　　　　　　　《弗朗与斯克神父》

《他说》

● **1962年4月23日**

马克思《经济学—哲学手稿》阅读笔记
（人民出版社1956年版，何思敬译）

序　言

　　把仅仅针对着唯心主义的思辨而作的批判和种种不同材料本身底批判混淆起来是很不恰当的，它妨碍发展、增加理解底困难化。此处如果对象底丰富性和多样性，仅仅允许用一个完全警句的方式压缩成一个著作。那末，另一方面，这样一个警句化的叙述会给人家得到一个矫揉造作的体系化底印象。所以我打算把法教、道德、政治等等底批判连缀成为系列的独立的小册子，而最后打算再在一个特殊的著作里面把全体底联系、各部分底关系以及末了对多种资料思辨的加工底批判提供出来……（P.1.）

　　※　这里讲了研究的方法论的问题：

　　1. 由于对象的丰富性和多样性，决定了研究的各个特殊性；但各个特殊之中有着统一性。（这个抽象化了的一般，这个一般和特殊不能混淆，不能等同起来。）

2. 个别、特殊入手 → 一个一个的特殊地研究 → 综合、整体的抽象。把个别形成整个的体系。

第一手稿

[疏远化了的劳动]

（一）

劳动者被降低为商品并为最贫困的商品了，劳动者的贫困和他的生产的威力及分量形成反比例了。竞争底必然结果就是资本底积累到少数人手里去，就是垄断底更可怕的重现，最后无论资本家和土地收租人底区别或农民和手工业工厂劳动者底区别都消灭了，从而整个社会不得不分裂为有产者和无财产的劳动者底两个阶级了。（P.50—51.）

劳动者越是生产更多的财富，他的生产在威力和范围上越是增大，则他反而越来越贫困。劳动者越是创造出更多的商品来，则他反而越加变成廉价的商品。物品底世界越是变成价值，则人类底世界越是在正比关系中失掉价值。劳动不仅生产着商品，那么就在这个比例中把自己本身和劳动者当作商品来生产着。

这个事实只不过表明着下面一个真相：劳动所生产的对象，劳动底生产品作为一个疏远的存在，作为不依存于生产者的一个努力对抗着劳动。劳动底生产品就是劳动自己固定在一个对象中，把自己弄成物件，这就是劳动底对象化。劳动底对象化是劳动的现实化。劳动底这种现实化在国民经济的状态中表现为劳动者底非现实化，对象化表现为对象底丧失和隶从，占有表现为疏远化，为外区化。（P.52.）

劳动底现实化那样厉害地表现为非现实化，甚而使劳动者非现实化到饿死为止。对象化那样厉害地表现为对象底丧失，甚而劳动者不仅在生活上最必要的对象，即连劳动的对象也被夺去了，甚而连劳动本身也成了一个对象。劳动者只有靠最大的努力和最不规则的间歇才把这对象占为己有。对象底占有表现为疏远化，甚而劳动者越是生产更多的对象，他就获得的越少并且越加落到他的生产品、资本底统治下面。（P.52—53.）

劳动者对待他的劳动生产品好像对待一个疏远的对象一样——就在这一论断中存在着全部结论。因此，依照这一个前提，那末下一个论断是明白的：劳动者生产得越多，那么，他创造在自己对面的疏远的对象世界就越加厉害，他本身，他的内部世界就越加贫乏。归他占有的东西就越少。……劳动者把他的生命投到对象中去；但现在他的生命已再也不属他而属于对象了。从而，这种活动越大则劳动者越丧失对象（空虚）。凡是他的劳动生产品都不属他。这生产品越大则他本身越小。劳动者底外在化在他的生产品里面有下述意义：不仅他的劳动成了一个对象，成了一个外在的现存，而且这外在的现存离开了他，不依存于他，对他疏远冷淡地现存着，而且在他对面成了一个独立的势力，这就是说，凡是他投到对象中去的所有的生命都敌对地疏远地对着他。（P.53.）

※ 上面主要是说了，人的劳动的异化的道理。

劳动→劳动者→劳动→劳动对象→劳动产品→劳动的对象化（或劳动的现实化）（人的劳动的异化）

劳动者——劳动对象，本来是统一的。但在资本主义社会里，劳动的结果，是劳动者与劳动对象脱离，进而成了劳动产品的附属物，成了劳动产品（商品）。

劳动者，劳动=商品，走向了自己的反面。

形成了尖锐的阶级对立。其根本原因是资本主义私有制的存在。

现在进一步观察一下对象化，劳动者底生产和在生产中对象——他的生产品底疏化丧失。劳动者没有自然，没有感性的外部世界就不能创造什么。感性的外部世界是材料，他的劳动在材料上实现自己，在材料里面进行活动，从材料里面并且利用材料来进行生产。

然而自然提供生活资料给劳动，有下面一个意思，就是说：劳动如果没有对象来使它发挥，那就不能生活。另一方面，自然提供生活资料也还有比较狭窄的意思，这意思是指劳动者本身肉体生存的资料。

所以，劳动者经过他的劳动来占有外部世界越多，占有感性的自然越多，则他越来越多地被夺去生活资料，这种剥夺向着双重的方面进行：第一，感性的外部世界越来越不成其为属于他的劳动的对象，不成其为他的劳动的生活资料；第二，感性的外部世界越来越不成其为直接意义底生活资料，即劳动者底肉体生存底资料。

于是劳动者就向下述对立的方面成为他的对象的奴仆：第一，他承受劳动底对象，这也就是说，他承受劳动；第二，他承受生存资料。所以，第一他作为劳动者，第二他作为肉体的主体能够生存。这个奴隶状态底顶点就是他只有更多地作为劳动者才能维持肉体和主体的生存，而且只有更多地作为肉体的主体才能是劳动者。（P.53—54.）

※ 第一段。

①感性的外部世界是任何生产的基础，这是唯一重要的前提条件。

② 感性的外部世界是材料。劳动者在材料上实现自己，在材料里面进行活动，利用材料进行生产。

③精神生产，如文学艺术的创作同样如此。

第二段。进一步说明了：

①自然是生产的基础前提。引申的论据为：

"自然提供生活资料给劳动。"

a.生产资料（无自然、材料，生产则无对象）。

b. 生活资料，无客观自然供给的生活资料，人就无法生存，因为人要吃饭才能生存。

第三段。

劳动生产是人类得以生存和发展的基础。劳动创造了人类社会。但劳动者劳动的发展进步，则出现了其对立面——剥削（私有制的产生的结果）。

这就导致：

a. 劳动者与劳动对象的脱节，外部世界不成其为劳动的生活（生产）的资料；

b. 劳动者与劳动产品的脱节，仅有维持生存的资料，其余被剥夺了。因此可以说"感性的外部世界……不成其为……劳动者底肉体生存底资料"。

第四段。

劳动者成了他的劳动对象的奴仆。

a. 他要生存；

b. 就必须承受劳动对象，而进行劳动，不如此不能生存。这样他及其劳动被一种外在的又是自我异化了的劳动产品所制约。

劳动底疏远化在他的对象里面，依照国民经济学底规律可以表现如下：劳动者生产得越多，他就不得不消费得越少。他越多创造价值，他就越加失去价值，失去品格。他的生产品越整齐则劳动者越不整齐，他的对象越成为文明，劳动者则越沦为野蛮，劳动越有实力则劳动者越成为无力，劳动越有精神则劳动者越加失去精神而成为自然奴隶。

国民经济学不考察劳动者（劳动）和生产底直接关系，因此，它把那在劳动底本质里面存在的疏远化隐没了。无论如何，劳动替富者生产了惊人作品（奇迹），然而劳动替劳动者生产了赤贫。劳动创造了宫殿，但是替劳动者生产了洞窟。劳动生产了美，但是给劳动者生产了畸形。劳动用机器来代替自己，但这样就使一部分劳动者倒退到野蛮的劳动上去并且使另一部分变成机器。劳动生产了精神（智慧），然而替劳动者生产了无知、痴癫。（P.54.）

※ 这里提出了：

①劳动生产了美。

②劳动又给劳动者生产了畸形。

对前者的理解：

劳动是美的。劳动创造了人类社会。劳动创造了"第二自然"。因此，我们说美是生活。这生活应是人类的社会生活。人类社会的出现本身就是一件最伟大的创造，就是美的。人类社会生活，应理解为它是按照对立的统一运动着的生活。因此，生活中既有美，又有丑。

劳动创造了 { 美
　　　　　　 畸形（不美）

对后者的理解：这应从前面的关于人的自我异化、劳动的疏远化（阶级对立的出现）去解释。

劳动和它的生产品底直接关系是劳动者和他的生产对象的关系。有产者和生产对象以及和生产本身底关系只是第一种关系底后果。并且这事被证实了。

……

由此可知，如果我们问：什么是劳动底本质关系，那就是问劳动者和生产底关系。（P.54—55.）

※ 以上，马克思是从劳动者与生产品的关系的角度，论述了劳动者的疏远化和外在化的问题。

（二）

然而，疏远化不仅表明在结果中，而且在生产的行为中，在生产活动本身中。如果劳动者在生产行为本身中自己不和自己本身疏远化起来，那么，他怎么能疏远地对待他的活动底生产品呢？确实，生产品不过是活动——生产底总括。所以如果劳动底生产品是外在化，那末，必须生产本身已经是活动着的外在化，是活动底外在化。在劳动对象底疏远化中，仅仅是总括着在劳动本身底活动中的疏远化、外在化而已。（P.55.）

※ 劳动的疏远化（外在化）贯穿生产运动的始终。

那么，劳动底外在化成立在哪里呢？

第一、劳动对劳动者是外在的，即不属于他的本质。因之，他在他的劳动中并不肯定自己，反而否定自己，并不感到幸福，反而感到不幸，并不展开自由的肉体的和精神的劲力，反而使他的肉体受到苦行，并使他的精神陷于荒废。因此，劳动者在劳动外边才觉得在自己这边，而在劳动里面就觉得在自己外面。

当他不劳动时就觉得安适，而当他劳动时就觉得不安适。所以他的劳动是不自愿的而是被逼迫的，是强迫劳动。因此劳动不是一个需要底满足，毋宁只是一个手段，为了满足劳动以外的需要。劳动底疏远性很清楚地表现在下述事实中：一旦，物理的或其他强制如果不存在了，那末，劳动就会鼠疫一样被厌弃。人类在外在的劳动中离开了自己，这种外在的劳动是自己牺牲底劳动、苦行底劳动。最后，劳动对劳动者和外在性表现在下述事实中：劳动不是劳动者自己的而是另外一个人的。劳动不属于劳动者，劳动者在劳动中不属于自己而属于别人。如同在宗教中人类底幻想，人类底脑髓和心脏底自己活动，脱离了个人，作为一个陌生的鬼神般的活动向个人作用着一样，劳动者底活动不是他自己的活动。劳动者的活动属于另外一个人，这种活动是他本身底丧失。

所以得到的结果就是人类（劳动者）只不过在他的动物机能，饮食、生育，至多还有居住、衣饰服装等等中自己觉得是自由活动的，而在他的人类的机能中并不比动物更多。

动物的东西成为人类的东西，人类的东西成为动物的东西。
（P.55—56.）

※ 劳动异化的结果：

劳动者仅存了动物的机能，或者说仅存动物生存的权利了。（在最低限度的生活水平上挣扎。）

我们已经向两个方面观察了劳动，实践的人类的活动底疏远化底行为。一、劳动者和劳动产品底关系作为疏远的，在他头上发挥权力的对象。这关系同时是他和感性的外部世界底关系。二、在劳动中劳动和生产行为底关系。这个关系是劳动者和他自己的活动底关系，是劳动者和一个疏远的不属于他的活动底关系，劳动者的这种活动是苦恼，他的这种力量是无力，他的这种生殖是去势，他自己的肉体的和精神的劲力，他亲身的生活——除了活动之外究竟什么是生活呢？——是一个对抗他本身，离开他而独立起来的，不属于他的活动。自己疏远化，同上面那种物品底疏远化一样。（P.56.）

（三）

现在我们还应当从至今两个规定中导引出疏远化了的劳动底第三个规定。（P.56—57.）

人类是一个族类存在，因为他不仅实践地和理论地把类属，把他自己的和其他事物底族类当作他的对象，反而——这只是同一件事情底另一个表达——也因为他自己把自己本身当作现在活着的族类来对待，因为他自己把自己当作一个普遍的、因而自由的本质来对待。

族类底生活，无论人类的或动物的，在生理上首先要依靠非有机的自然来生活。并且人类越是比动物宏阔，那么，他借以生活的非有机的自然底范围也越加广阔。如同植物、动物、石块、空气、阳光等等理论地形成人类意识底一部分，一方面作为自然科学底对象，一方面作为艺术底对象——这是人类为了享受和消费必须首先准备的，他的精神的非有机的自然，精神的生活资料——这样，这些东西也实践地形成人类生活和人类活动底一部分。人类在物质上只有依靠自然生产物来生活，现在这些东西可以用食品、燃料、服装、房屋底形式来表现。人类底普遍性恰恰表现为下述普遍性，这个普遍性把整个自然弄成他的非有机的躯体，只要（一）自然是一种直接的生活资料，或者（二）在一定程度内自然是他的生活活动底物质、对象和工具。自然是人类底非有机的身体，当自然本身不是人的肉体时，就是这种自然。人类靠自然来生活，这就是说：自然是人类底身体，为了不至于死亡，他必须始终和自然一道在连续不断的进程中。所谓人类底物质的和精神的生活和自然联系着，也就是说：自然和自己本身联系着，因为人类是自然底一部分。（P.57.）

因为疏远化了的劳动把（一）自然从人类那里疏远化起来，（二）把自己本身，把他自己的活动机能，把他的生活活动疏远化起来，于是疏远化了的劳动就从人类那里把族类疏远化起来，使人类把族类底生活弄成个人生活底手段。第一，它把族类生活和个人生活弄成疏远。第二，它把个人生活弄成个人生活底抽象，再把这个抽象弄成族类生活的目的，恰恰弄在族类生活底抽象的和疏远化了的形式中。（P.57—58.）

因为，第一，劳动、生活活动、生产的生活本身对人类仅仅表现为满足欲望——想维持肉体的生存这个欲望——的手段。然而，生产的生活是族类底生活。它是创造生活底生活。生活活动存在着一个物种底整个特征，而自由的意识活动是人类底族类底特征。（然而）这生活本身却仅仅表现为生活手段。

动物和它的生活活动直接是一个东西。它和它的生活活动没有区别。它就是它的生活活动。人类则把它的生活活动本身弄成它的意欲和意识底对象。他有着有意识的生活活动。……有意识的生活活动直接把人类和动物底生活活动区别着。恰恰只因其如此，他才是一个族类底存在。换言之，正因为他是一个族类底存在，所以他只是一个有意识的存在，这就是说，他自己的生活对他是对象。只因为这个理由所以他的活动是自由的活动。疏远化了的劳动把这个关系颠倒成下述这样：人类恰恰因为他是一个有意识的存在，所以，把他的生活活动，把他的本质弄成了他的生存底仅仅一个手段而已。（P.58.）

一个对象世界底实践的创造，和有机的自然底加工再造是人类作为一个有意识的族类存在，作为一个本质底证明，这个本质对族类则把它当作他自己的本质或对自己则把它当作族类底本质来对待。固然动物也生产，如蜜蜂、海狸、蚂蚁等等能建筑巢穴、居室。不过它只生产自己或它的幼年在直接需要的东西；它片面地生产着，但人类则普遍地生产着；动物只在直接底物质需要底统治下生产，而人类本身则自由地解脱着物质的需要来生产，而且在解脱着这种需要的自由中才真正地生产着；动物只生产自己本身，但人类再生产着整个自然；动物底生产品直接属于他的肉体，但人类则自由地对待他的生产品。动物只依照它所属的物种底尺度和需要来造形，但人类能够依照任何物种的尺度来生产并且能够到处适用内在的尺度到对象上去；所以人类也依照美底规律来造形。

所以人类恰恰就在对象世界底加工中才作为一个族类底存在来现实地证明自己。这种生产是他的勤劳和族类生活。经过生产自然就表现成他的作品和他的现实世界。所以劳动的对象是人类底族类生活底对象化：因为，人类不仅像在意识中那样理智地而且勤劳地、现实地把自己二重化起来，因而在一个由他来创造的世界中表现着自己本身。因为疏远化了的劳动从人类那里夺去了他的生产底对象，这就从他身上夺去了他的族类生活，夺去了他的现实的族类底对象性，并且把他的在动物之上的优点变成弱点，这就是把他的非有机的身体即自然从他身上抽去了。

正因为疏远化了的劳动把自己的活动，把自由的活动降低为手段，疏远化了的劳动就把人底族类生活弄成他的肉体生存底手段。

人对他的族类有着意识，由于疏远化之故，所以这个意识就变成下述这样：族类生活对他变成了手段。

……

（三）人底族类存在，把自然和他的精神的族类能力弄成一个对他疏远的东西，弄成他底个人生存底手段。疏远化了的劳动把人自己的身体从人那里疏远化起来，如同把他以外的自然，如同把他的精神的本质，把他的人的本质疏远化起来一样。（P.59.）

（四）如果说人对他的劳动生产品，对他的生活活动，对他的族类存在疏远化了，那么，从这里得到的一个直接的结论就是人和人底的疏远化。如果人自己本身对立了起来，那不外就是别人向他对立了起来。凡关于人和他的劳动底关系，关于人和他的劳动生产品，关于人和自己本身底关系都适应着人和别人底关系，人和别人底劳动及劳动对象底关系。

总之，所谓人和他的族类存在疏远化了这个命题是说：一个人和别人底疏远化，如同每个人和人的本质疏远化了一样。（艺术家与其创造的形象的关系是与此相关和适用的）人的疏远化不外是人和自己本身底任何关系都首先要被实现，被表现在人和别人底关系里面。

所以每人都在疏远化了的劳动底关系中依照他本身作为劳动者来发现的尺度和关系去观察别人。（P.60.）

※ 这很长的一段叙述，表达了以下的思想：

① 本来人类是自然的一部分，作为一个族类表现，他和动物一样，同样是盲目地依赖于自然界。

② 是劳动——疏远化的劳动造成了阶级对立。

a. 使人从自然界那里疏远化起来，即是说劳动创造了人本身，摆脱了自然界，进入了一个新的世界——人类社会（当然，人类社会广义来说仍然属于自然的一部分）。

b. 劳动使人脱离了动物界，与族类疏远化起来；人与动物的根本区别在于人是有意识的、能劳动的动物。由于生产劳动实践，一个"对象世界"（社会）诞生了——这是人类劳动的结晶，对自然加工的结果。

c. 疏远化的劳动，又把人的本质疏远化起来，（这可与前面的论述对照来看）使人仅仅依赖于生产的手段，成了劳动疏远化（其结果、产品、商品）的统治物。人，仅存了与生物相同的生存的权利了。

d. 结论。疏远化的劳动，造成了人与人社会关系的对立——阶级对立。

自然→族类→人类社会→人的异化（商品）

（劳动的疏远化的结果）

③文中还有几点应注意：

a. 从马克思论述的人与自然的关系中，可得到的启示：自然（植物、动物、石块、空气、阳光……）理论地形成人类意识的一部分；同样自然也可以作为艺术的对象——"这是人类为了享受和消费必须首先准备的，他的精神的非有机的自然，精神的生活资料"。

它也实践地形成了人类生活和人类活动的一部分。

b. 因为人有自觉的能动性，有意识，会劳动，因此只有人类才能以"美底规律来造形"。

人和自己本身底关系只有通过他和别人底关系才对他实现，才对象化。再想一下。如果人把它的劳动生产品，把他的对象化了的劳动当作一个疏远的敌对的威势的不依存于他的对象来对待，那么，他这样对付这个对象是因为另一个对他疏远的敌对的威势的不依存于他的人是这个对象底主人。如果他把自己的活动当作一个不自由的活动来对待，那么，这就是他把这个活动当作替另一个人服务，在另一人底统治、强制和枷锁之下的活动来对待。（P.61.）

人和自己底疏远化，人和自然底疏远化，任何这种自己疏远化都表现在他和另一个人，另一个和他不同的人底关系里面，这种关系是他自己的产物，适用于人自己，也拿到自然上去。……在实践的现实的世界中，这种自己疏远化只能通过他和别人底实践的现实关系来表现，疏远化借以发生的媒介——手段本身就是实践的。所以，人通过疏远化了的劳动不仅把他和对象，他和生产行为底关系当作疏远的和他敌对的势力生产出来；而且也把别人和他的生产底关系，别人和他的生产品底关系以及他和别人底关系生产出来。如同他把自己的生产弄成他的非现实化，弄成他的刑罚一样，如同他把他自己的生产品，弄成丧失，弄成不属于他的生产品一样，他产生了不生产者对生产和对生产品的统治。如同他自己把他自己的活动疏远化起来一样，他让别人来占有那不是那人自己的行为。

……

劳动在和劳动底关系产生着资本家即普通所谓雇主和劳动者底关系。

所以私有制是外在化了的劳动底生产品，结果必然的后果，是劳动者和自然以及和自己本身底外在的关系。（P.62.）

工资是疏远化了的劳动底直接结果，而疏远化了的劳动则是私有制底直接原因。（P.63.）

私有制，作为外在化了的劳动底物质的概括的表现包含着两个关系：劳动者和劳动，他和他的劳动生产品以及他和非劳动者底关系，非劳动者和劳动者以及和他的劳动生产品底关系。（P.65.）

第二手稿
[私有制底关系]

私人所有制底关系是劳动、资本和二者底交互关系。这些环节不得不贯穿的运动是：

第一，二者底直接的或间接的统一性。

初起资本和劳动还合一；其次虽然分离而疏远，但各自作为积极的诸条件互相提升着并促进着。

二者底对立。各对各互相排除着；劳动者知道资本家们，反过来，资本家们知道劳动者是他的非定在；任何一方都企图从对方手中剥夺去他的定在。

各个对自己本身底对立。资本＝积累起来的劳动＝劳动。

作为这样一个东西，资本分解成自己和它的利息，利息又分散成利息和利得。资本家们底无余剩的牺牲。他沦为工人阶级。同样劳动者——但只是例外——成为资本家。劳动作为资本底机因，它的费用。所以工资是资本底一个牺牲。

劳动分解为自己和工资，劳动者本身一个资本，一个商品。敌意的相互对立。（P.73—74.）

第三手稿
[私有制和劳动]

私有制底主体的本质，私有制，作为向自己存在着的活动性，作为主体，作为人格是劳动。（P.75.）

[私有制和共产主义]
……

人和人在直接的、自然的、必然的关系是男女关系。在这个自然的族类关系中人和自然底关系直接就是人和人底关系，如同人和人底关系直接就是人和自然底关系一样是他自己的自然的规定。所以在这个关系中，人的本质对人类到什么程度为止成了自然，或在自然到什么程度为止成为人类底人的本质，却感性地现象着。还无成一个可以直观的事实。所以人们可以从这个关系出发来判断人类底全部文化阶级。从这个关系底特征中得出人类作为族类底本质，作为人类自己生成到并且自己了解到什么程度为止的结论；男女关系是人和人底最自然的关系。……（P.81—82.）

共产主义是被扬弃了的私有权的积极表现，起初是普遍的私有权。……共产主义（一）在其最初的形象中只不过是私有权的普遍化和完成；照这样它把自己表示在双重的形象中：一方面物件所有权底统治对它（共产主义）对立得那么厉害，因而它要把一切凡作为私有权不可能被一切人占有的东西统统否定掉；它要依据强力的方式来把才能等等抽象掉。肉体的直接的占有被共产主义当作生活和定在底唯一目的；劳动者底规定不被废除，但推广到一切人身上去；私有权底关系仍然是公共组织对物品世界底关系；最后把普遍的私有权和私有权对立起来的运动用动物来表达出来，……这不成熟的共产主义者只不过是这种妒忌和这种从预想了的最低限度出发的平均化底完成。……（P.80—81.）

这种公共组织不过是劳动底一个公共组织和公共资本，公共组织作为普遍的资本家所付出的薪金底平等性而已。这个关系底双方被提高到一个想象的普遍性中去，劳动作为每一个人都被放进去的规定，资本作为公共组织底被公认的普遍性和权力。（P.81.）

（二）共产主义ⓐ还有着政治的本性，不问其为民主的或专制的，ⓑ和国家底扬弃一起，但同时还没有完成，并且还具有受着私有制，即人类底疏远化影响的本质。在这两个形式中，共产主义已经知道自己是人类底再团结或人类之复归于自己，是人的自己疏远底扬弃，但因为这种共产主义还没有捉摸到私有制底积极的本质并且同样很少了解到欲望底人的本性，所以它还被私有制所纠缠和感染。它虽然捉住了它的概念，但还没有捉住它的本质。

（三）共产主义作为私有制，即作为人的自己疏远化底积极的扬弃，并且因此作为人的本质通过人类并为了人类的现实的占有；因此，作为人类向自己作为一个社会的即人性的人类底完全的有意识地并且在至今的发展底全部丰富性生成的复归。这种共产主义作为完全自然主义=人本主义，作为完全的人本主义=自然主义存在着，它是人和自然以及人和人之间的抗争底真正的解决，是外在和本质、对象化和自己承认、自由和必然性、个性和同类之间的斗争底真正的解决。它是历史之谜底解决并知道自己是这种解决。（P.82—83.）

※ 马克思所说的人文主义、共产主义和现代修正主义所言的"人文主义=共产主义"的公式有着本质的区别。

共产主义是人类历史运动的必然归宿。共产主义社会是对私有制社会的扬弃。而私有制社会的出现，也是有其历史必然性的。

在私有制中，恰正在这种经济底运动中，全部革命运动既找到了它的经验的基础，也找到它的理论的基础，关于这点容易发现其必然性。

这物质的直接的感性的私有制是疏远化了的人的生活底物质的感性的表现。这生活底运动——生产和消费——是一切至今的生产底运动即人类底现实化或现实性底感性的启示。宗教、家庭、国家、法权、道德、科学、艺术等等只不过是生产底特殊的方式，服从着生产底一般规律。所以私有制底积极的扬弃作为人的生活底占有是一切疏远化底积极的扬弃，从而是人类从宗教、家庭、国家等等返回到他的人的即社会的……。（P.83.）

※ 艺术是生产的特殊的方式，服从于生产的一般规律。

"人是社会关系的总和"这一思想的初步形成：
社会的活动和社会的享受决不单独地在一个直接共同的活动和直接共同的享受形式中外存着。……倘我科学地等等活动着，即使我很少能够和别人直接共同地进行这一个活动，但因为我作为（类）来活动着，所以我是社会的。不仅我的活动底材料——甚而思维者借以活动的语言——作为社会的产物授给我，连我自己的定在都是社会的活动；因此我从我里面作出的东西是我从我里面替社会并且具有我作为一个社会的存在底意识作出的东西。我的普遍的意识只不过是某个存在——它的生动的形象就是实在的公共组织。社会的存在——底理论的形象，但今天这普遍的意识是现实生活底一个抽象并且当作这样的东西有敌意地对付着现实的生活。所以我们普遍的意识底这个活动——作为这样一个东西——也是我的理论的定在作为社会的存在。（P.85.）

首先应当避免再把"社会"当作抽象固定下来去和个体对立。个体是社会的存在。所以他的生活表现——尽管它并不现象在一个共同的和别人同时完成的生活表现底直接形式里面——是社会生活底一个表现和确征。人类底个体的和族类底生活并不是各别的，尽管——而且这是必然的——个体生活底定在方式是族类生活底一个或较为特殊或较为普遍的方式或者族类生活是一个较为特殊的或较为普遍的个体生活。（P.85—86.）

作为族类意识，人类确认着他的实在的社会生活并且在思维中只不过重复他的现实的定在而已，反过来族类存在也同样在族类意识中确认自己并且在他的普遍性中作为思维着的本质、对向自己存在着那样。

所以，人——尽管他是一个特殊的个体并且恰恰他的特殊性使他成为一个个体并成为现实的个体的公共存在——正因其如此，所以人是这个总体观念的总体，被思维到和被感觉到的社会本身底主观的定在，同样人在现实中作为社会的定在底直观和现实的享受，并作为人的生命表现底一个总体定在着。

所以思维和存在是有区别，但同时互相在统一中存在着。（P.86.）

※ ① 人的活动是社会性的。人不能离开社会而生存。

② 人的活动的物质生活（材料）是社会给予的；人思维和交际的物质材料——语言——也是社会给予的。人本身的存在，也是社会的活动（实践）的结果——社会性是人的普通性、共性、本质的方面。

③ 个体是社会的存在。

个体又是社会存在的表现形式，共性通过个性表现出来。个体的生活，反映着一定时代、一定民族的共同的特征，是人类社会生活的一个反映（与非人类比较而言，从族类来说），个体的意识，也是社会生活社会存在的反映。

④ 个体和整体的对立统一组成了人类社会。

其统一性——人与人是相互制约，互为存在条件，又相互转化，一代一代传下去。

二者又有区别：个体≠社会。

私有制的扬弃与个性解放：——

人依据一个全面的方式，因而作为一个完全的人占有他的全面的本质。他和世界底任何一个人性的关系，看、听、嗅、味、感觉、思维、直观、感受、意欲、动作、爱慕，一句话，他的个性底一切器官，如同那些直接在形式上作为共同器官的器官一样，在其对象的关系中或在它和对象底关系中是对象底占有；人底现实性底占有，诸器官和对象底关系是人的现实性底活动；所以这个活动如同人的诸规定和诸活动一样是复杂的；是人的功效和苦恼，因苦恼如果人性地被把握着，那是人底一个自我享受。（P.86—87.）

私有制把我们弄得那样愚蠢和那样片面，甚至是一个对象被我们持有着，从而作为资本，对我们现存着，或者被我直接占有着、吃着、饮着、在身上穿戴着、被我们居住着等等，一句话，被我们使用着的时候，才是我们的对象。尽管私有制把占有本身底一切这些直接的实现重新仅仅作为生活资料来了解，但生活，它们那些占有底实现作为这生活资料来服务着，是私有制底生活，是劳动和资本化。

……

所以私有制的扬弃是一切人的感觉和属性底完全的解放。但私有制底扬弃恰恰是因为这些感觉和属性无论在主观上或在客观上都成为人的主之故才是解放。如同眼睛底对象成了一个社会的、人的、从人类并为人类发生的对象一样，眼睛就成了人的眼睛。所以这些感觉直接在其实践中成为理论家。这些感觉为了事物之故对待着事物，但事物本身是一个对象的人类的关系对自己本身和对人类以及相反。所以当利用成为人的利用时，欲望或享乐就失去其利己的本性而自然就失去其单单的有用性。

其他人底感觉和享受也同样成为我自己的占有。所以在这些直接的使器官之外以社会底形式，形成社会的器官，从而例如直接在社会中和别人一道进行活动等等成了我的生活表现底一个器官和人的生活底一个占有方式。（P.87—88.）

对象与人的感觉的关系问题
——与美感问题直接有关——

我们看到过。如果对象对人成为人的对象或对象化了的人，只有这个时候，人就不会丧失自己在对象里面。这件事只有当对象对人成为社会的对象，人本身对自己成为社会的本质，同样社会在这个对象中对他成为本质时才有可能。

所以一方面对人在社会中，当那对象化了的现实性到处成为人的本质底主体力量底现实性，成为人的现实性，因而成为他自己的本质底主体力量底现实性时，一切对象成为他本身底对象化，成为把他的个性确证着并且实现着的主体对象，成为他的主体对象，换言之，他本身成为对象。诸对象如何成为他的东西，依靠着对象底本性和适合于它们的本质底力量底本性；因为恰正这个关系底规定性形成着这个肯定底特殊的、现实的方式。一个对象对眼睛和对耳朵不同，眼睛底对象和耳朵底对象是不同的对象。任何本质力量底特有性，恰恰是这个力量底特有的本质，所以它是这个力量底对象化底特有的方式，是这个力量底对象化地——现实的、生动的存在。所以，人在这个对象世界中不仅在思维中而且一切感觉来被肯定着。

另一方面，主观地看：如同音乐初次唤醒人底音乐的感觉一样，如同最优美的音乐对于非音乐的耳朵没有意义、不是对象一样，因为我的对象只能是我的本质底力量作为主体的能力向自己存在着，因为一个对象底意义对我（只有相应于对象的一个感觉底意义）恰恰像我的感觉所能达到的程度为止，因此，社会人的主体感觉不同于和社会人底感觉；只有经过人的本质底对象地展开了的冲突性才成为主观的人的感性底丰富性，才成为一个音乐的耳朵，对形式底美的一只眼睛，一句话，才成为人的享受，可能的主体感觉，把自己作为人的本质底力量来确证的主体感觉才一部分被形成，一部分被生产出来。因为不仅是五官感觉，而且那所谓的精神的感觉、实践的感觉（意志、恋爱等等），一句话，人的感觉，主体感觉底人类性，只有通过它的对象底定在，通过人类化了的自然才生成起来。五官感觉底形成是全部至今的世界史底一个工作。那被束缚在粗陋的实践的欲望里面的感觉还只有一个局限的意义。对于饿极的人们并不现存着食物底人的形式，只不过现存着它作为食物的抽象的定在而已；这就是说，食物也可以在最粗陋的形式中存在着，并且并不能说因此这种营养活动可以和动物的营养活动区别开。非常操心的穷困的人对美好的戏剧没有感觉；矿物贩卖者只看到商业的价值，但不看矿物底美丽和特有的本性，他没有矿物美的感觉；所以人的本质底对象化无论从理论的观点上或从实践的观点上讲，无论为了把人底感觉弄成人的或者为了创造相应于人类的和自然的本质底全部丰富性的人的感觉起见，都是必要的。（P.89.）

※ 这一段可以说为艺术观赏，为关于美感的理论打下了坚实的基础：

在第一段中已谈到的有：

a. 看、听、嗅、味、感觉、思维、直观、感受、意欲、动作、爱慕，……他的个性的一切器官，在和对象的关系中，是对象的占有；——客观存在决定人的感性认识——感觉→知觉。

b. 这是人的现实性的活动的结果（实践、社会实践的结果）。

在本段中继续提出了：

a. 对象如果是对象化了的人，则对象中仍含有人的主观的、个性的因果（如作品）。

b. 人的对象化是现实的生动的存在。——说"第二自然"——因此，从对象化的存在中（产品中）可以感觉着人的主观的因素。

（以上是从客观方面来讲的）

（以下是从主观方面来讲的）

c. 对象（指对象化的对象）是全体人的本质底力量的确

证，表示着他的感觉所能达到的程度。一个人所达到的程度实际是社会底丰富性在个人脑中的主观反映的程度。

d. 结论：

"不仅是五官感觉，而且那所谓的精神的感觉、实践的感觉（意志、恋爱等等），一句话，人的感觉，主体感觉底人类性，只有通过它的对象底定在，通过人类化了的自然才生成起来。"（P.89.）

即五官的感觉，也是人类社会实践的结果。

——"五官感觉底形成是全部至今的世界史底一个工作。"（P.89.）

e. 举例说明。

f. 补充说明：

"如同正在生成的社会，通过私有制以及它的财富和贫困——物质的和精神的财富和贫困——底运动，发见着这个形成的一切物质一样，已经生成了的社会把人们生产在他的本质底这个全部财富中，把丰富的全面并且深刻感觉的人们作为它的恒常的现实性生产出来。"（P.89-90.）

人们看到工业底历史和工业底既成的对象化了的定在是人的本质力量底已经打开的书卷，是感性地现存着的人的心理现象，这个工业底历史至今没有在和人类本质底联系中被了解，而且始终只不过被了解在一个外面的有用性底关系中，因为人们——在疏远化底范围内自己运动着——仅仅懂得把人底普遍的定在的宗教或者在其抽象的普遍的本质中的历史作为政治、艺术、文学等等，作为人的本质力量底现实性并且作为人的族类行为来了解。在通常的物质的工业（人们可以把它作为那个普遍运动底一部分来了解，也可以把这个运动本身作为工业底一个特殊的部分来了解。因为一切人的活动至今都是劳动，从而是工业，是自己本身疏远化了的活动——）中，我们在感性的、疏远的、有用的主体对象底形式下，在疏远化底形式下，有着人底对象化了的本质力量。如果那个书卷，从而恰恰这个历史底感性地就在眼前的最容易接近的部分对一个心理学不打开来，那末，这个心理学就不能成为一个现实的内容丰富的实在的科学。……（P.90.）

※ 这里：

1. 批判了过去人们的历史观、艺术观的不彻底性，主要是脱离了人的社会性、实践性去观察。

2. 正面论述了疏远化了的劳动与心理学的关系。

（那在人类历史中——人类社会底产生行为中——生成着的自然是人底现实的自然，因此，这自然，虽经过工业成为在疏远的形象中，仍然是真实的人类学的自然）

感性（见费尔巴哈）他便是一切科学底基础。不过，这科学在感性的意识和感性的欲望底二重的形象中从感性出发——这就是当科学只是从自然出发——，它才是现实的科学。若要

"人"成为感性意识底对象和"人作为人"底欲望成为欲望，为了此事，全国历史是准备底历史，发展底历史。历史本身是自然历史底一个现实的部分，是自然底向人的生成。（P.91.）

人是自然科学底直接对象：因为直接的感性的自然对人直接地是人的感性（一个同一的表达），直接地作为其他感性地对他现存着的人；因为他自己的感性要通过其他人才对他本身作为人的感性存在着。但自然是关于人的科学底直接对象。人底第一对象——人——是自然，感性，并且那些特殊的人的感性的本质诸力量，如同它们只在自然的诸对象中发现它们的对象的现实化一样，只在自然本质底科学全体中能找到它们的自己认识。思维本身底要素、思想底生活表现底要素、语言是属于感性的自然的。自然底社会的现实性和人的自然科学或关于人的自然科学是同一的诸表达。（P.92.）

※ 谈人的感性认识问题（感性认识的客观性问题）：

① 人类社会是人的异化的结果，是人的现实的自然。

② 感性是在长期人类形成的实践中形成的。直接的感性的自然，是人的感性的一个统一的表达（外化），而人的感性的产生，是客观，是通过他人的存在（感性的对象），才能感觉到的。

③ 人的感性认识的客观性，还在于"思维本身底要素、思想底生活表现底要素、语言是属于感性的自然的"。

下面又举出了资本主义社会为例子：

　　人们看到在国民经济学的财富和贫困底地位上如何出现着富有的人和富有的人的欲望。富有的人同时是需求人的生活表现底一个主体性的人。人，在他里面他自己的现实化作为内部的必要性，作为困苦现存着。不仅人底富有，而且人底贫困也同样——在社会主义底前提下，——得到一个人的从而社会的意义。这社会的意义是这种被动的束带，它使人把最大的富有、把别人当作欲望来感受。在我里面的对象的本质底统治，我的本质底活动性底感性的激发是激情，它在这里因而是我的本质底活动性。（P.92.）

　　"人是社会关系的总和。"人的社会性：——

　　一个本质一旦它依靠自己的两脚来站起来的时候，才被认为是独立的，并且一旦这个本质依靠自己本身具有它的定在时，才依靠自己的双脚站起来。依赖着别人底恩惠仁慈来生活的一个人把自己看成一个依赖的存在。但如果我不仅依靠他得到我的生活维持，而且他在外还创造了我的生活（生命），如果他是我的生活底源泉时，那时我完全靠别人底恩惠来生活着，并且如果我的生活不是我自己的创造，那么，我的生活必然在自己外边有着这样的一个根据。……（P.92—93.）

1. 劳动创造了人。劳动本身就是集体性的一种实践活动。

2. 亚里士多德说："你是由你的父母生出来的。"

3. 人生下来就要吃饭……衣食住行……这就不能脱离社会而生存。生产、阶级一样，革命，从人发生。

4. 人的历史的继承性问题（先天与后天的）。

脑的发达
语言的运用 ｝ 爱、教育、美

共产主义是肯定作为否定底否定，所以是人的解放和复元底现实的，对于后继的历史发展必要的机因。共产主义是最近将来底必然的形象和强劲的原理，但共产主义照这样现在还不是人的发展底目标——人类社会底形象。（P.94—95.）

※ 这是全书得出的结论。无产阶级革命实现共产主义的结论。伟大的科学发现。

［欲望生产和分工］

我们已经看到，国民经济学依凭多重的方式来设定着劳动和资本底统一性，（一）资本是积累起来的劳动；（二）在生产底范围内资本底规定，一个是带来利得的资本底再生产，一个是作为原料（劳动底物资）的资本，一个是生产的劳动作为自身劳动着的用具——机器是被假定为直接和劳动同一的资本；（三）劳动者是一种资本；（四）工资算在资本底费用里面；

（五）关系到劳动者身上来，劳动是他的生活资本底再生产；

（六）关系到资本家身上来，劳动是他的资本活动底一个机因。

最后，（七）国民经济学者把劳动和资本底本来的统一性说成为资本家和劳动者底统一性，设想为资本家和劳动者底统一性。……（P.102.）

疏远化也表现在下述事实中，即我的生活资料是别人底东西，即我所盼望的东西是别人底不可触犯的所有品，也表现在下述事实中即每个物品本身是和它本身不同的另外一个东西，即我的活动是另外一个东西，最后表现在下述事实中，即和人性的势力普遍地统治着——这对资本家们也同样有效。专委身于享乐的不劳而获的和浪费的财富底使命——在这个使命中享乐者一方面固然作为一个无常的、失去本质的、放荡的个人来活动着，并且同样把别人的奴隶劳动、把人的血汗当作他的嗜欲底捕获品（因而把人本身同时也把他自己本身当作一个被牺牲的无所谓的东西来了解，在这里那种成为傲慢的人类轻蔑，抛掷了可以养活几百人底生活的东西，一部分表现为下述可耻的幻想，即以为他的无节制的浪费和不停止的不生产的消费）正是别人底劳动和生存底条件——这种财富把人的本质力量底实现只当作他的非本质底、他的性癖和他的任意的异想底实现来了解，但这种财富另一方面把财富当作一个单单的手段和仅仅值得消灭的事物来了解，从而，这种财富同时是它的奴隶也是它的主人，同时是大方的又是卑鄙的、任性的、暧昧的、自满的、细巧的、修养过的、多智的——这种财富还没有把财富当作一个驾在自己本身之上的完全生疏的势力来体验过；它在它里面毋宁只看到它自己的权力并且不是财富而是享乐对它好像是最后目的。（P.105.）

分工是关于劳动底社会性在疏远化底范围内的国民经济学的表达。换言之，因为劳动只不过是人的活动在外在化底、生活表现作为生活外在化底范围内的一个表现而已，所以，分工也不外是人的活动作为一个实在的族类活动即作为人类作为族类存在底活动底疏远化了的和外在化了的创造而已。（P.108.）

引亚当·斯密斯的话：

分工底起源并不依赖于人的聪明智慧。它是生产品走向交换和互相卖买的这个趋势底必然的迟缓的逐步的结果。走向交易的这个趋势大概是理性和语言使用底一个必然的结果。……在个人们中间的自然才能底差别并不是分工底原因，而是分工底结果……（P.108—109.）

所谓分工和交换依据着私有制，这不外是下述一个主张，即劳动是私有制底本质……恰恰就在所谓分工和交换是私有制底两个形象里面，恰恰就在这里存在着双重的证明，就是说，一方面，人的生活为了它的现实化曾经需要过私有制，而另一方面现在人的生活却需要着私有制底抛弃。（P.113.）

［货币］

如果人底感受、热情等等不仅仅是狭义的人类学的主体规定而且是真正本体论的本质底（自然底）新肯定——并且如果

它们只是下述事实，即它们的对象感性地向它们存在着，来实现地肯定自己，那末，

（一）它们的肯定底方式完全不是同一个东西，反而毋宁这个肯定底不同的方式造成着它们的定在，它们的生活底特征，对象向它们存在的方式是它们的享受底特有的方式；

（二）当感性的肯定是对象在它的自立的形式中直接的扬弃时（吃、喝、对象底加工等等），这时候，这就是对象底肯定；

（三）只要人是人性的，因而他的感受等等也是人性的，在这个限度内，对象被另外一个人所肯定同样也是他自己的享受；（四）只有通过发展了的工业，即通过私有制底媒介，人的情欲底本体论上的本质才在他的总体性中也在他的人性中生成，所以关于人的科学本身是人底实践的自己活动底产物；（五）私有制——从它的疏远化中解脱出来之后——底意义就这些本质的诸对象底定在，对于人既作为享受也作为活动底对象。（P.114.）

因为货币具有能购买一切的属性，因为它具有所占有一切对象的属性，所以货币是对象在卓越的意义中。它的属性底普遍性是它的本质底万能；所以作为万能的本质生效……货币是人底欲望和对象之间、生活和生活资料之间的媒人。……（P.114—115.）

※ 上面一段马克思继续论证了人的感受、热情的客观规定性：

第一，人类学的新规定；

第二，"真正本体论的本质底（自然底）新肯定"——社会学的新规定。

① 人的感受是多样的，各种感受都以自己不同的方式存在着，有着自己的特性——但又都是感受的对象的客观存在着的特有的可以被感受的存在的方式的反映；

② 而人的感受的肯定，实际不是人的对象化的肯定的反映；

③ 同一对象可以被不同人所感受、所享受；——"只要人是人性的"社会本质的；

④ 感受同样是长期人们实践的产物；

⑤ 在阶级社会中，私有制既是人们感受的对象也是活动的对象。以货币为例说明。

在资本主义社会个性是不能得到充分发展的：

需求固然也对那没有货币者出现着，但他的需求只是一个想象中的东西，它对我，对第三者，对另外一个人，都没有作用，不是没有，所以对我们自身仍然是不现实的一元对象的。有效的即以货币为基础的需求和无效的即以我的欲望、渴求、愿望等等为基础的需求底区别是存在和思维底区别，单单在我心里出现的想象和作为现实的对象，在我外面对我存在的想象之间的区别。

我如果没有钱去旅行，我就没有要旅行的欲望即没有要旅行的现实的并把自己实现着的欲望。我如果有研究底本领，但没有钱来研究，那就没有本领来进行研究，即没有起作用的、没有真正的本领。相反，如果我现实地没有任何本领从事研究，但是我有了意志和货币，那末，我就有了一个起作用的本领去从事研究。这货币——作为外部的、并不从人类作为人类中并不从人的社会作为社会中由来的普遍的——手段和能力，把想象弄成现实，以及把现实弄成单单一个想象的手段和能力，同样地把现实的人的和自然的本质力量转化为单单抽象的诸表象，并且因而转化为不完全性，为充满痛苦的幻想，另一方面同样把这些现实的不完全性和幻想、把个人底那些现实地无力的、仅仅在个人的想象中出现的本质力量转化为现实的本质力量和能力。所以依照这个规定，货币已经是个性化底普遍颠倒，这种颠倒把他们颠倒成反对物并且把矛盾着的主体属性推与给他们的主体属性。（P.118—119.）

如果你想欣赏艺术，你必须成为一个在艺术上有修养的人；如果你想给别人一个影响，那末，你必须成为一个现实地激动地并且促进地在别人身上起作用的人。你和人类底每一个关系、你和自然底每一个关系——必须是你的现实的个人的生活底合乎你的意志底对象的特定表现。如果不引起对方底爱而恋爱着，换言之，你的恋爱作为恋爱并不生产对方底恋爱，如果你通过你作为恋爱着的人底生活表现没有把你弄成被恋爱的人，那么你的恋爱是无力的，是一个不幸。（P.119—120.）

［黑格尔辩证法和哲学底批判］

人的本质、人，黑格尔认为等于自己意识。所以人的本质底一切疏远化不外是自己意识底疏远化而已。自己意识底疏远化没有被认作人的本质底现实的疏远化底表现，自己反映在知识和思维中的表现。……（P.129.）

人的本质：——

①人的自然属性的一面：

（人类直接是自然本质。作为自然本质，作为活生生的自然本质，人类一部分用自然的种种力量、用生活底种种力量武装着成为活动着的自然本质，这些力量作为禀赋和本领、作为本能，在他本身里面现存着；另一部分，他作为自然的、肉体的、感觉的、对象化的本质是一个忍受着的、受制约、受限制的本质和动植物一样，这就是说，他的本能底主体对象在他本身以外作为与他无关的主体对象现存着，然而这些对象是他的需要底主体对象，在他的本质力量底实现和保障上不可缺少的主要的主体对象。所谓人类是一个肉体的、自然力量的、活生生的、现实的、感性的、对象化的本质，乃是说他具有许多现实的感性的对象作为他的本质底对象，作为他的生活表现底对象，或者也可以说，他只能凭借现实的感性的种种对象然后可以表现他的生活。对象地、客观地、自然地、感性地存在着，同在自己以外具有对象、自然和意义或者同本身对于第三者成为对象、自然和意义是一回事。）饥饿是一个自然的需要，他需要他外部的一个自然（物），要求他外部的一个对象来满足自己、来安定自己。（P.132.）

　　饥饿是一个身体底客观需要向着一个在他外部的并且对他的自己完成和本质表现不可缺少的对象。太阳是植物底对象，是一个对它不可缺少的、对它的生活有保证的对象，如同植物是太阳底对象，是太阳底生命，是生命力量底表现，是太阳底对象化的本质力量底表现一样。

　　一个本质如果在它的外部没有它的自然，便不是自然的本质，没有资格成为自然本质。一个本质，如果在他的外部没有对象，便不是对象化的本质。一个本质如果对第三者不是一个对象，便没有什么本质做它的对象，换言之，它并不对象化地活动着，它的存在不是对象（客观）化的东西。一个无对象的本质是一个非本质。（P.132—133.）

　　一个无对象的本质是不现实的无感性，只不过设想出来，即想象出来的本质，是抽象作用的本质。感性地存在着，就是说现实地存在着，不外是成为感觉底对象，成为感性的对象，从而在自己以外有着感性的对象，有着它的感性底对象。（P.133.）

　　※　以上对理解所谓美的自然属性有重要意义。

②人的社会属性——人的本质的主要一面

然而，人不仅仅是自然本质，而且是人类的自然本质；也就是向自己本身存在着的本质。（因而是族类的本质，人作为族类的本质无论在他的存在中或在他的知识中不得不主张自己并实现自己。所以人类的对象不是直接显露出的自然对象，直接地存在着的、对象地存在着的人类的感觉也不是人类的感性和人类的对象化。自然——无论是客观地或主观地——都并不直接符合于人的本质。）并且如同一切自然的东西必定发生一样，人类也有其发生底表演，这就是历史。但历史对于人类是一个意识得到的历史，因为作为发生底表演是和意识一道扬弃自己的发生底表演。历史是人类底真正的自然史。……（P.134.）

所以扬弃在其中结合着否定和保存即肯定，扬弃扮演着一个特有的角色。（P.137.）

※ 对理解什么是"继承"有重要意义。

读后记

马克思《经济学—哲学手稿》，是马克思从1844年开始撰写的一部著作，原名《政治和国民经济学批判》。这个手稿因各种情形一直没有出版，因此有些散失，到十月革命后，才被苏联马克思恩格斯列宁研究院发现其大部分，在1932年以《经济学—哲学手稿》的标题被收录在德文《马克思恩格斯全集》第一辑第三卷里面。这个译本是何思敬译的，1956年9月人民出版社第一次出版。

这部著作是马克思早期的代表性著作，反映了马克思主义的初步形成，但还带有一些费尔巴哈的影响。文字还是难懂的。这部著作对研究历史唯物主义，研究美学都是极其重要的。这次初步谈了一下个人的认识，并写了以上的笔记。

（1962年4月23日记）

马克思《政治经济学批判》与《政治经济学批判》序言、导言阅读笔记
（马克思《政治经济学批判》 徐竖译）

——本版根据1951年柏林第兹出版社德文本译出，并参照1949年苏联国家政治书籍出版局俄文本校订译文——

序　言

我得到的，并且随后即成为我的研究工作之导线的一段结论，可以扼要地表述如下：人们在自己生活的社会生产中参与一定的、必然的、不依他们本身意志为转移的关系，即与他们当时的物质生产力发展程度相适合的生产关系。这些生产关系的总和就组成为社会的经济结构，即法律的和政治的上层建筑所借以树立起来而且有一定的社会意识形态与其相适应的那个

现实基础。物质生活底生产方式决定着社会生活、政治生活以及一般精神生活的过程。并不是人们的意识决定人们的存在，恰好相反，正是人们的社会存在决定人们的意识。社会的物质生产力发展到一定阶段时，便和他们向来在其中发展的那些现存生产关系，或不过是现存生产关系在法律上的表现的财产关系发生矛盾。于是这些关系便由生产力发展的形式变成了束缚生产力的桎梏。那时社会革命时代就到来了。随着经济基础的变更，于是全部庞大的上层建筑中也就会或迟或速地发生变革。在考察这些变革时，必须时刻把经济生产条件方面所发生的那些可用自然科学精确眼光指明出来的物质变革，去与人们借以意识到这个冲突并力求把它克服的那些法律的、政治的、宗教的、美术的或哲学的形式——简言之，思想形式——分列清楚。正如我们评判一个人时不能以他对于自己的揣度为根据一样，我们评判这样一个变革时代时也不能以它的意识为根据。恰巧相反，这个意识正须从物质生活和矛盾中，从社会生产力和社会关系向现存的冲突中求得解释。无论那一个社会形态，当它所给以充分发展余地的那一切生产力还没有展开以前，是决不会灭亡的；而新的更高的生产关系，当它借以存在的那些物质条件还没有在旧社会胚胎里成熟以前，是决不会出现的。所以人类始终只会抱定自己所能够解决的任务，因为我们仔细去看时总可看出，任务本身，只有当它所能借以得到解决的那些物质条件已经存在或至少是已在形成过程中的时候，才会发生的。

……（P.Ⅲ.）

在科学的入口处，好比在地狱的入口处一样，必须提出这样的要求："这是必须根绝一切犹豫，这里任何懦怯都无济于事。"① （P.Ⅱ.）

［注］①引自但丁《神曲》。

卡尔·马克思

伦敦.1849.1

※ 这段的翻译与两卷集稍有些出入，故又抄在此，便于对照。

附录一：《政治经济学批判导言》
（1857.8.29）

一、生产

（甲）研究的对象，首先是物质生产。

在社会中进行着生产的个人，——因而，个人的、为社会所决定的生产，——自然是出发点。……（P.146.）

我们越是往前追溯历史，那末，个人，因而也就是进行着生产的个人，似乎越不独立，越是要隶属于一个较大的整体；起初，他自然地，是在家族和发展为氏族的宗族中；后来，在由于氏族的冲突和混合而产生的各种形态的公社中。到18世纪，在"市民社会"中，社会结合的各种形态，才在个人面前当作只是达到他私人目的的手段，当作外来的必需。但是，产生这种独立个人观点的时代，正是社会的关系（从这种观点说是一般的关系）空前发展的时代。人是严格定义上的……不只是合群的动物，并且是只有在社会中才能独立的动物。独立的个人在社会之外进行生产——这是非常少见的事，（P.147.）偶然迷失在荒原中但潜能上具有社会力量的文明人或许办得到——好比是没有许多人在一起生活和一起交谈而竟有语言的发展一样地不可思议。……

所以，一说到生产，总是指一定社会发展阶段上的生产，——指社会中的个人的生产。因此，看起来似乎是，只要一般说到生产，我们或者就要从它的各个不同阶段上来观察历史发展过程……生产一般是一个抽象，但是在它真正把共同之点提出来，固定下来，因而省得我们重复的限度以内，是一个合理的抽象。不过，这是一般，或通过比较而区别出来的共同之点，本身是分为许多构成部分而以各种不同规定互相分别的东西。其中有的属于一切时代，另外一些只属于几个时代。（某些）规定是最近时代和最古时代所共同的。……（P.148.）

※　这里以生产为例，说明了历史唯物主义中的一般和个别的关系问题。

二、生产、分配、交换和消费的一般关系

（甲）生产直接也就是消费，两种消费，主观的和客观的。

在生产中发展其能力的个人，同时在生产行为中支出和消耗这种能力，正如自然的生殖是生命力的一种消耗一样。第二，生产手段的消费，生产手段被使用、被消耗，一部分（如在燃烧中）再分解为一般元素。原料的消费也是同样，它不是保留着自己的自然形状与特性，后者则是被消耗掉了。因此，生产行为本身，在它的一切因果上，也就是消费行为。……（P.153.）

消费直接地也就是生产，正如自然界中元素和化学物质的消费是植物的生产一样。可见，每一种别的消费形式都可以这样说。它们以这一种或那一种形式从某一方面来生产人类。消费的生产，……同一于消费的这种生产，是第二种，是由第一种的生产之消灭引起的。在第一种中，生产者物化；第二种中，他所创造的物人化。因此，这种消费的生产，——虽然它是生产与消费间的一种直接的统一，是同原来意义上的生产根本不同的。生产合一于消费与消费合一于生产的直接统一性，并不排斥……

因而，生产（P.153.）直接就是消费，消费直接就是生产。每一个直接就是它的对方，可见同时在两者之间存在着一种媒介运动。……如果没有生产，就没有消费，但是，如果没

有消费，也就没有生产，因为如果这样，生产就没有目的。消费从两方面生产着生产。一、因为要在消费中生产物才成为实际的生产物，……生产物不同于单纯的自然对象，它要在消费中才证明自己，才成为生产物。……因为生产物的所以是生产之物，不仅是由于作为物化了的活动，并且还只是由于它是对于活动着的主体的一个对象（消费生产着生产）；二、因为消费给新的生产创造出需要，因而创造出成为生产的前提的观念上的内在动力。消费创造出生产的动力；它也创造出在生活中当作目的的决定者发挥作用的对象。如果说生产给消费从外面提供了对象是一件明显的事，那末，同样明显的是，消费在观念上树立了生产的对象，当作内心的意象、需要、动力和目的。它在还是主观的形式上创造出生产的对象。如果没有需要，就没有生产。……（P.154.）

※ 这是马克思论述的生产与消费的关系，此观点同样也可以运用于精神生产方面。如，创作与鉴赏之间的关系。

① 鉴赏是创作的目的。在鉴赏中，创作的产品（作品）才证明了自己，肯定或否定了自己。

② 鉴赏同样也为创作者生产提供新的需要、动力和目的。

③ 当然，有了创作（第一种生产，产品的生产）才能有鉴赏（消费的生产）。

与此相应，就生产方面来说，它，一、为消费提供物质，提供对象。消费而无对象，不成其为消费；因而，就这方面说，生产创造着生产着消费。二、但是，生产为消费创造的不只是对象。它给消费以消费的规定、性质（完成）。（P.154.）

正如消费给生产物以完成而使其成为生产物，生产则给消费以完成。首先，对象不是一般对象，而是一定的对象，是必须用一定方式来消费，而这个方式又是由生产本身所媒介的。饥饿总是饥饿，但是用刀叉吃熟肉来满足的饥饿不同于用手指甲和牙齿吞食生肉来满足的饥饿。因此，不仅消费的对象，并且还有消费的方式也是由生产生产的，不仅客观方面，并且还有主观方面。所以，生产创造着消费者。三、生产不仅为需要提供了一种物质，并且它为物质也提供了一种需要。当消费已经离开它初期的粗陋性和直接性之后，——停留在这种状态又是生产停留在自然粗陋性的结果，——它本身借对象而成为动力，消费对于对象所感到的需要，是对于对象的知觉所创造的。艺术对象——任何其他生产物也一样——创造着有艺术情感和审美能力的群众。因此，生产不仅为主体生产着对象，并且也为对象生产着主体。因此，生产生产着消费，一、因为它为消费创造物质；二、因为它决定着消费的方式；三、因为它把靠它才当作对象而生产出来的生产物在消费者心中当作需要来唤起。因此，它生产出消费的对象、消费的方式和消费的动力。同样，消费生产着生产者的意图，因为它把生产者当作决定目的的需要和唤起。（P.155.）

※ 这里更清楚地阐明了艺术生产与美术鉴赏的关系：

① 艺术生产（创造、创作）创造出鉴赏的对象（艺术或精神生产品）。

② 同样地创造着鉴赏的方式，如说形象是艺术创作的根本特点，那么，鉴赏无疑也应以此而入。"缘情披文"就是这个道理。

③ 培养新的鉴赏力。"艺术对象……创造着有艺术情感和审美能力的群众。"

因此，消费与生产之间的同一性表现在三方面：

一、直接的同一性：生产就是消费；消费就是生产。消费的生产，生产的消费。国民经济学家们把两者都称为生产的消费，可是还作了一个区别：前者表现为再生产；后者表现为生产的消费。关于前者的一切研究是关于生产的或非生产的劳动；关于后者的一切研究是关于生产的或非生产的消费。

二、每一方表现为别的一方的手段，以别一方为媒介；这表现为它们的相互依存性；这是一个运动，通过这个运动，它们彼此发生关系，一方离不开另一方，但一方处于另一方之外。生产为消费创造物质当作外在的对象，消费为生产创造需要当作内在的对象、目的。（P.155.）

如果没有生产就没有消费；如果没有消费就没有生产。这在经济学中用各种形式出面。

三、生产不仅直接是消费，而且消费也不仅直接是生产；

并且，生产不仅仅是消费的手段，消费不仅仅是生产的目的，也就是说，不仅是每一方都为另一方提供对象，生产为消费提供外在的对象，消费为生产提供观念的对象；它们之中，每一方不仅直接就是另一方，不仅媒介着另一方，并且两者之中，每一方在完成自己的时候创造着另一方，把自己当作另一方面创造出来。当消费把生产物当作生产物来完成的时候，当它把生产物消灭掉，把它的独立的物体形式消费掉的时候，当它把那在最初生产行为中发展起来的意图通过反复进行的需要而提高到完善地步的时候，它才予生产行为以完成；所以，它不仅是生产物借以成为生产物的最后行为，并且也是生产者借以变成生产者的最后行为。另一方面，是生产创造着消费的一定方式，然后创造着消费的冲动，把消费能力本身当作需要创造出来的时候，生产生产着消费。这最后的，在第三项下指出的同一性，在经济学中论述需求与供给、对象与需要，由社会创造的需要与自然的需要等等时，多方面地加以说明。（P.156—157.）

（乙）分配

依照最浅薄的见解，分配表现为生产物的分配，所以离生产很远，对生产似乎是独立的。但是，在分配是生产物的分配之前，它首先是：（一）生产工具的分配；（二）就是这同一关系的进一步的规定，即社会成员在各种生产间的分配（个人的从属于一定的生产关系）。生产物的分配，显然只是这一种包含在生产过程内部并决定着生产制度的分配的结果。离开了这一种包含在生产内部的分配来观察生产，生产显然是空虚的抽象；反过来说，生产物的分配，它本身就是同这一种本来是生产的一个要素的分配一起给定了的。……

对生产本身起决定作用的这种分配，对生产究竟有什么关系，显然是内在于生产本身的问题。如果说，生产既然必须从生产工具的一定的分配出发，那么，至少就这一点而论，分配先于生产且成为它的前提，对于这一点的答复应该是：生产实际上有它的条件和前提成为它的要素。……（P.159.）

（丙）交换与流通

流通本身仅仅是交换的一定的要素，或者说，是在其整体上来看的交换。

既然交换只是在生产以及由它所决定的分配同消费之间的一个媒介要素；而消费本身又表现为生产的一个要素，那么，交换显然也是当作后者的一个要素，而包括在后者之中的。首先，在生产本身中实现的劳动与能力的交换，显然是直接属于生产并且构成生产的本质的东西。第二，生产物，当它是用于制造供直接消费用的完成生产物的手段时，它的交换也是一样。在这个限度内，交换本身是包含在生产之中的行为。第三，商人相互之间的交换。从组织方面来看，如同生产活动本身一样，是完全由生产决定的。只有在最后阶段上，当生产物直接为消费而交换时，交换才表现得独立于生产之旁而与生产无关。但是，第一，如果没有分工，不论这分工是自然发生的或者本身已经是历史的成果，那就没有交换；第二，私的交换以私的生产为前提；第三，交换的深度、广度和方式都决定于生产的发展与结构。譬如，城乡之间的交换、乡村中的交换、城市中的交换等等。由此可见，交换在其所有一切要素上，或者是直接包含在生产中，或者是由生产决定。（P.161.）

我们所得的结论，并非说生产、分配、交换、消费是同一的东西，而是说，它们构成一个总体的各个环节、一个统一体内部的差别。生产既支配着在生产的对立规定上的自身，同样也支配着其他要素。过程总是从它重新开始。交换与消费不能居于支配地位，那是一望而知的。……生产物的分配也是同样，当作生产要素的分配，那么，它本身是生产的一个要素。因此，一定的生产决定一定的消费、分配和交换，以及这些不同的要素相互间的一定的关系。当然，生产在其片面形式上也被其他要素决定，例如当市场扩大即交换的范围扩大时，生产从规模上有增长了，也分得更细了。随着分配的变更，例如随着资本的集中，随着城乡人口的不同的分配等等，生产也变更。最后，消费的需要决定着生产，在不同要素之间，存在着相互作用。凡是有机体的整体总是这种情况。（P.161—162.）

三、政治经济学的方法

从实在的具体的东西着手，从现实的前提着手，因而，例如在经济学上，从成为整个社会生产行为之基础和主体的人口着手，似乎是正确的。但是仔细研究起来，这是错误的。如果我抛开了人口所由以构成的譬如阶级，人口是一个抽象。如果我不认识阶级所依据的因素如雇用劳动、资本之类，阶级又是一句空话。而这些因素又以交换、人口、价格等为前提。譬如说资本，如果没有雇用劳动，没有价值、货币、价格等等，它就什么也不是。因此，要是我从人口着手，那末，这是一个关于整体的混沌表象，通过更加仔细的规定之后，我从分析中得出越来越是简单的概念；从表象中的具体达到越来越是浅显的（抽象），直到我达到一些最简单的规定。于是，行程从那里倒过头来，直到我最后再回到人口上，可是，这回它不是关于整体的一个混沌的表象了，而是一个丰富的、由许多规定和关系形成的总体了。（P.162.）

具体之所以为具体，因为它是许多规定的总结，因而是复杂物的统一，因此，在思维中它表现为总结的过程，表现为结果而不是表现为出发点。在第一条道路上，完整的表象升华为抽象的规定；在第二条道路上，抽象的规定在思维的行程中走向具体之再生产。（P.163.）

※ ① 这里马克思完整地提出了辩证唯物主义的方法论（认识论）——

个别——一般——个别

具体——抽象——具体

马克思指出这是"科学的正确的方法"。

而机械唯物主义者，或形而上学唯物论者的公式是：

"具体——抽象"

他们停止在抽象上。马克思指出：17世纪经济学家们就是走的"第一条道路"。

而唯心主义者则是另一个公式：

"抽象——具体"

这可以黑格尔为代表。马克思指出："因而黑格尔陷入幻想，把实在理解为自行总结、自行深化与自行运动的思维之结果。其实由抽象上升为具体的这种方法，仅仅是思维掌握具体而把它当作一个精神上的具体来再生产的方法。但决不是具体本身的产生过程。"（P.163.）

② 马克思还指出了一般认识过程的特点：

a. 具体→抽象用毛泽东的话讲就是认识的第一阶段，从感性认识阶段，进入理性认识阶段。这时的特点是：

表象〔整体的混沌表象（个别的表示）〕→抽象→表象（是一个丰富的、由许多规定和关系形成的总体了）

b. 这在艺术上，则是通过感性认识，上升为理性认识，再将理性认识回到感性认识（再认识），这时表象则上升为有机的、具有美学意义的形象了。

在意识看来，——而哲学意识的特点在于，在它看来，正在理解着的思维才是现实的人，因而被理解了的这样的世界，才是现实的世界，——范畴的运动表现为现实的生产行为，——可惜的只是它要从外界得到一种推动，——而世界是它的结果；这一点，就当作思维总体的，当作一个思维具体的具体总体，可实际上是一种思维的、理解的生产物而论，——但是这又是一个同义语的复述——倒是对的，但决不是居于直观与表象之外或之上而思维着，（P.163.）自我发展着的概念的生产物，倒是直观与表象在概念中的加工。在头脑中当作思维整体而出现的那样的整体，是思维着的头脑的一种生产物，这个头脑以它所唯一可能的、不同于对这个世界从艺术上、宗教上、实务精神上去掌握的方式，去掌握世界。现实的主体，在头脑只是思辨地、理论地对待它时，它同从前一样仍然保持着它的独立性而留在头脑之外。因此，在理论方法上，主体，即社会，也必须作为前提，而经常地浮现在我们的表象之前。（P.164.）

　　※ 这里马克思提出了一个很重要的论点：

　　1.掌握世界有两种不同的方式：

　　① "理论的方法"（P.164.）

　　② "从艺术上、宗教上、实务精神上去掌握的方式"（P.164.）

　　2. "理论的方法" 的特点：

　　"直观与表象在概念中的加工"，它对现实是"思辨地、理论地对待"。但现实"仍然保持着它的独立性而留在头脑之外"，并作为"理论方法"掌握世界的前提。

　　马克思没有说艺术地掌握世界的方式的特点。是否可以这样说：它是形象地、具体地、感性地去对待世界；而现实一方面"仍然保持着它的独立性而留在头脑之外"，作为它掌握世界的前提、根据（这一点与理论的方式掌握世界相同）；同时，现实的表象又失去了自己的独立性而走进了艺术家的头脑之内，进行重新地改造、制作，最后形成独特的熔铸了艺术家的思想情感、理想、愿望的艺术的世界。这个问题需进一步学习和探索。

货币能够存在，而且在历史上也曾经在资本存在之前、银行存在之前、雇佣劳动存在之前存在。因此，从这方面看，可以说，比较简单的范畴，能够表现出一个未发达整体的主导关系，或者表现出一个已发达整体的从属关系，后者，当整体还没有朝着把它用比较具体的范畴表现出来的方向发展之前，已经在历史上有它的存在。在这个限度以内，由最简单升到复杂的这个抽象思维的过程，是符合于现实的历史过程的。（P.168.）

在一切社会形态中都有一定的生产决定着其他一切生产的地位和影响，因而它的关系也决定着其他一切关系的地位和影响。这是普照的光，淹没着其他一切色彩，改变着它们的特点。（P.169.）

马克思是用解剖麻雀（资本）的办法，揭示出社会发展的规律的。这里马克思自己有一段很好的叙述：

资本主义社会是历史上最发达、最复杂的生产组织。因此，表现它的各种关系的种种范畴，关于它的结构的理解，同时对于一切已经覆灭了的社会形态的结构和生产关系提供了透彻理解的可能性，——资本主义社会是在这些社会的残片和因素上建立起来的，这些残片和因素，一部分被它当作未及克服的遗迹而保存着，一部分仅仅是征象的东西被它发展为十分显著的东西，诸如此类。人体解剖对于猴体解剖是一把钥匙。在下等动物身上所透露的高等动物的征象，反而只有在已经认识了高等动物之后才能理解。资本主义经济为古代经济等等提供了钥匙。但是决不是像抹杀一切历史差别而把一切社会形态都看成资本主义形态的那些经济学家的做法。（P.167.）

四、物质生产与艺术生产

Natabene [注意]这里应该提到而不应该忘记的各点：

……

六、物质生产的发展对于例如艺术生产的发展之不平衡的关系。一般地说，进步这个概念不该在普通的抽象中理解。这种不平衡，在艺术等问题上，还不必在实际社会关系本身上那样重要而难于理解。例如，美国对欧洲的教育关系。可是，这里应该仔细说明的困难之点是：当作法律关系的生产关系怎样表现出不平衡发展的。例如，罗马私法对现代生产的关系（在刑法和公法上关系较少）。

七、这种见解表现为必然的发展。但承认偶然。

Varia（自由及其他）。交通工具的作用。世界史不是总存在的；作为世界史的历史是结果。（P.171.）

八、出发点当然是自然规定；主体与客体。部落、种族等等。……一、在艺术上，大家知道，它的某些繁荣时期，同社会的一般发展，因而，也同等于社会组织之骨骼的物质基础的一般发展，决不成比例。例如，把希腊人或者甚至把莎士比亚同现代人相比。就某些艺术形式的史诗来说，甚至是公认的。当艺术生产一经当作艺术生产出现，就决不能再把它们在它们的划世界史时代的古典形式上生产出来了；因此，在艺术本身的领域发展的低级阶段才有可能。如果在艺术本身的领域内部、在不同艺术种类的关系上已经是这种情况。那么，整个艺术领域对社会一般发展的关系上也是这种情况，就不奇怪了。困难只是在这些矛盾的一般表述中存在。它们只要一特殊化，它们就已经被证明了。我们先把希腊艺术对现代的关系，然后再把莎士比亚对现代的关系，作为例子。大家知道，希腊神话不只是希腊艺术的武库，并且是它的园地。希腊人的幻想，从而希腊人的（艺术）所依据的对自然和社会关系的见解，当有了自动机械、铁道、机车、电报的时候还可能存在吗？在洛勒志公司面前，瓦尔刚神（Vulcan）留在哪里呢？在动产银行（Creditmobilier）面前，赫尔麦习神（Hermes）留在哪里呢？一切神话，都是在想象中并通过想象去征服、支配和形成自然力，因此，对于自然力有了现实的支配，他们就消失了。印刷厂广场（Printingghansesgnara）的旁边，华玛神成什么呢？希腊艺术以希腊神话为前提，就是说，自然和社会形态本身，通过人民的想象，已经用一种不自觉的艺术方式加工过了。这是它的素材。不是随便什么神话，就是说，不是随便什么对于自然（指一切对象，因而也包括社会在内）的不自觉的艺术加工。埃及的神话决不能是希腊艺术的园地和母胎。不过它不论如何总还是一种神话。因此决不是那不容许对于自然的一切神话的，神话化的关系存在而要求艺术家具有与神话无关的想象力的一种社会发展。（P.172.）

从另一方面看：雅基贝斯可能与火药和弹丸并存吗？或者总的来说《伊里亚特》新篇和印字盘甚至印刷机并存吗？随着印字盘的出现，歌谣、朗诵和缪司诗神岂不是必然要结束，因此史诗的必需条件岂不是消失了么？

但是，困难还不在于理解希腊艺术和史诗与一定社会发展形态有关。困难是，它们何以仍能给我们以艺术的满足，并且就某方面说，还是当作规范和高不可及的模本。

成人不能再变成儿童，否则他就稚气了。但是儿童的天真难道不使他感到愉快吗？他自己不该努力在更高的程度上使儿童的纯朴本质再现吗？他固有的纯朴性格不是在儿童的本质中在任何时期都复活着吗？人类最美丽地发展着的人类史之童年为什么不该作为一去不复返的阶段而永远发生吸引力呢？有教养不良的儿童，有懂事太早的儿童。古代民族中，有许多属于这一类。希腊人是正常的儿童，他们的艺术对我们所发生的那种强烈的吸引力，同它的生长所依据的不发达的社会阶段并不矛盾。不如说，倒是这个社会阶段的结果，不如说，同这些未成熟的社会条件——它是在这些条件下产生并且只能在这些条件下产生的——永远不会再来是分不开的。（P.173.）

※ 一、马克思在这里提出了：物质生产的发展对于艺术生产的发展的不平衡规律。

二、马克思接着解释：

1.“进步这个概念不该在普遍的抽象中理解。”

——譬如说社会的进步、物质生产的进步和艺术生产的进步的关系，不应该是普遍的，或者说不能将各个历史阶段都抽象地理解为“进步”，它们或相适应，应当具体地分析。

2.“这种见解表现为必然的发展。但承认偶然。”

——即是说要说明物质生产的发展与艺术生产的不平衡的关系。一方面应看为这种不平衡是历史发展（物质生产的发展同艺术生产的发展）的必然结果，当然也有偶然的成分。同时，马克思还特别指出了交通工具的作用（这对艺术生产是有影响，譬如说文化交流问题）。

3.世界史不是总的存在的，而是历史的存在的结果。

（这一点与上一点是一致的，补充说明）

4.这个规律提出的出发点是什么呢？

① “自然规定”——客观发展规律的具体的目标，是发展的必然结果。

② "主体与客体"

物质生产中的主体与客体问题；艺术生产中的主体与客体关系；艺术生产与物质生产之间的主客体关系。——这几个方面很重要。

③ 其他：部落、种族等。

5. 举希腊艺术和莎士比亚为例说明。

这段的意思看来有以下的几点：

① 在艺术上，它的某些繁荣时期，同社会的一般发展，同物质生产的一般发展相适应。

古希腊艺术同古希腊的社会发展；
莎士比亚同文艺复兴时期的发展。 } 横的比较

② 但从纵的方面比较，则不同了，出现了物质生产对精神生产之不平衡的状况：

就某些艺术形式，如史诗，是世界史时代的古典形式的作品，但它却生长在、出现在艺术发展的低级阶段，也是社会发展的低级阶段，（只有那个阶段才有可能）现代物质生产高度发展了，却不能也不会出现这种艺术形式。在艺术生产本身的领域中、本身的发展史中，就艺术形式，或就"不同艺术种类的关系"上来讲，有不平衡的情况。某些划时代的艺术形式、种类只出现在艺术发展的低级阶段，但它却达到了不可企及的高峰。就整个艺术领域对社会一般发展的关系上同样也是如此。至于为什么出现这种情况，进行一下具体分析就可解决。

③ 希腊神话、希腊艺术同古希腊的社会发展的关系的具体分析。

a. 希腊神话与希腊艺术的关系：

"希腊神话不只是希腊艺术的武库，并且是它的园地。"就是说，它既是希腊艺术的一种，又是希腊艺术产生发展的土壤（前提）。

b. 希腊人——希腊神话——希腊艺术的关系：

"希腊艺术以希腊神话为前提，就是说，自然和社会形态本身，通过人民的想象，已经用一种不自觉的艺术方式加工过了。这是它的素材。不是随便什么神话，……不是随便什么对于自然（指一切对象，因而也包括社会在内）的不自觉的艺术加工。"（P.172.）

希腊神话、希腊艺术对古希腊人来说：

它们是古希腊人的幻想，他们所依据的是古希腊人对自然和社会关系的见解（即它是古希腊人的生活、思想感情、理想的反映）。它们是古希腊人对自然和社会形态本身的想象的结果，不自觉的艺术加工的结果。

希腊艺术是以希腊神话，不是以任何其他国家的神话为素材的，是古希腊人的想象力的结果，不是其他时代，或其他地区人的想象力的结果。

④ 希腊艺术对我们所产生的那种强烈的吸引力，同它的生长所依据的不发展的社会阶段并不矛盾。希腊神话、希腊艺术为什么至今仍有它的艺术魅力，而且成为规范、高不可及的

范本呢？

马克思的结论是：这是因为它是人类童年的生活的再现，是与那种美丽的童年生活永远不会再来有关系的。

⑤ 希腊艺术与现代比较：

a. "艺术生产一经当作艺术生产出现"像古希腊的那种艺术形式就永远也生产不出来了。因为它是那时代的古希腊人的想象的结果，是他们对自然社会形态进行的一种不自觉的艺术加工。

艺术生产一经当作艺术生产，即自觉地进行艺术生产，这种产品即不能出现了。

b. 希腊艺术是社会生产的低级阶段的产物，当人们"对于自然力有了现实的支配，他们就消失了"。

在文艺复兴时代只能产生莎士比亚，不能出现《伊里亚特》。

c. 史诗（或者说希腊艺术）的必需条件消失了，这种艺术形式也就永远消失了（不能再生产出来）。

这是马克思指出的必需条件之一——是人民的集体的口头创作传颂。"随着印字盘的出现，歌谣、朗诵和缪司诗神岂不是必然要结束，因此史诗的必需条件岂不是消失了么？"（P.173.）

三、马克思在这里对神话及神话的研究提出了经典性的解释和科学方法的启示。

1. 神话：

"一切神话，都是在想象中并通过想象去征服、支配和形成自然力。"（P.172.）

2.马克思分析希腊神话为我们提供了文艺批评的范例：

① 我们应一切依一定的时间、地点、条件为转移，进行具体的分析。这是基本的原则。

② 历史的唯物主义的分析：

a. 从产生希腊神话的土壤——社会条件、生产力水平着眼（历史之必然）。

b. 从产生希腊神话的主体——古希腊人创作的特点着眼（主体和客体）。

c. 从神话本身的特点着眼。

d. 从古希腊神话的作用、意义在艺术史上的地位着眼。

e. 从它创造的（或代表的）艺术形式着眼。

③ 又从发展的观点，与莎士比亚及其产生的时代分析；同其他地区、神话比较（注意马克思特别指出了在古代民族中，有教养不良的儿童，有懂事太早的儿童，还有正常的儿童，因而想象力也是不同的，产生的神话也各有特点，这对研究我国神话有极大意义），同当代及不同时代的物质生产条件、艺术形式产生的必需条件分析，还从艺术领域内部分析，揭示出物质生产同艺术生产发展不平衡的规律。

附录二：《论马克思的〈政治经济学批判〉》

（恩格斯）

—

这种德国的经济学，其精神实质是建立在对于历史的唯物主义观点上的，后者的主要本质，已经在本书序言中简单地叙述了。（P.175.）

下面这个原理，不只对于经济学，而且对于一切历史的科学（凡不是自然科学的一切科学都是历史性的）都是一个起革命作用的发现："物质生活的生产方式决定着社会生活、政治生活以及一般精神生活的过程。"在历史中出现的一切社会关系和国家关系，一切宗教制度和法律制度，一切理论观点，只有了解了与它们相应的每个时代的物质生活条件，把它们从这些物质条件中引申出来的时候，才能了解。"并不是人们的意识决定他们的存在，恰巧相反，正是人们的社会存在决定人们的意识。"这个原理这样简单，在没有给唯心主义的欺骗迷住的人看来是当然的道理。但是，这个事实，却不仅对于理论，而且对于实践也是最革命的结论。社会的物质生产力发展到一定程度时，便和它们向来在其中发展的那些现存生产关系，或不过是现存生产关系在法律上的表现的财产关系发生矛盾。于是这些关系便由生产力发展的形成变成了束缚生产力的桎梏。那时社会革命时代就到来了。随着经济基础的变更，于是全部庞大的上层建筑也就或迟或速地发生变革。……资本主义生产关系是社会生产过程的最后一个对抗形式，……但是，在资本主义社会母胎中发展起来的生产力同时就创造着解决这种对抗的物质条件。由此可见，把我们的唯物主义论点进一步发展，而把它应用于现代的时候，一个伟大的、在一切时代中最伟大的革命远景就展开在我们的面前。

※　恩格斯指出了马克思在《政治经济学批判序言》中的根本观点，即阐明了历史唯物主义的基本原理，这在一切历史科学中都是一个起革命作用的发现：

①揭示了社会发展的最根本的规律。

生产关系与生产力的矛盾，经济基础与上层建筑的矛盾。从而为认识社会各种关系的本质提供了一把钥匙。

②揭示了存在和意识的最一般的规律。

③揭示了社会革命的最一般的规律。

④为社会革命、社会科学的发展开辟了一个最广阔最革命的远景。

1. 接着恩格斯论述了这些基本原理，首先是哲学史上最伟大的革命。

人们的意识决定人们的存在而不是相反——这个表面上很简单的原理，仔细研究一下，就发现在它的最初的推论中已经触犯了一切唯心主义，连最隐蔽的唯心主义也在内。对于一切历史性的东西的全部传统的和习惯的观点，都给它否定了。政治论证的传统方式全部崩溃了；爱国的义勇精神愤慨起来反对这无礼的观点。因此，新的世界观必然引起反感，不仅从资产阶级的代表人物方面，并且也从法兰西社会主义群众方面——后者希望靠……（自由、平等、博爱）这个符咒把世界翻身的。（P.176—177.）

唯物主义的认识的发展，哪怕是单单对于一个历史实例，都是一种科学工作，要求多年的冷静钻研，因为这是很明白的，单靠几句空话是做不出什么来的，只有大量的、批判地审查过的、透彻地掌握了的历史资料，才能解决这样的任务。（P.177.）

二

恩格斯指出，马克思的唯物辩证法的历史观是以黑格尔的辩证法的批判继承为前提的。恩格斯指出：黑格尔他倒是所有时代中最有学问的一个。他是第一个想证明在历史中有一种发展、一种内在联系的人，不论在我们现在看来，他的历史精神有许多精神是多么古怪，如果我们把他的前辈甚至把在他以后敢于对历史作总的考虑的人同他相比，他的基本观点之伟大，就是在今天都还值得惊异。在现象论中，在美学中，在历史哲学中，到处贯串着这种伟大的历史观。材料到处是历史地，即放在于历史的一定联系中来处理的，虽然这个联系是抽象地歪曲了的。

这个划时代的历史观是新的唯物观点的直接的理论前

提……对于这个方法的批判可不是一件小事，整个官方哲学不论过去和现在都怕把这件事担当下来。

马克思，不论过去和现在，都是唯一能够担当起这样工作的人，唯有他能够从黑格尔逻辑学中把包含着黑格尔在这方面的真正发现的那个核心解脱出来，使辩证法摆脱了它的唯心主义的外壳而在简单的形式上建立起来，在这种形式上成为唯一正确的思维发展形式。（P.180.）

2. 恩格斯接着论述了唯物辩证法的历史观的方法论的基本特点。

用这种方法，我们从历史上和实际上存在于我们面前的最初而最简单的关系出发，因而这里是从我们所遇到的最初的经济关系出发。我们分析这个关系。这是一个关系，这个事实本身就表示着其中有相互关联着的两个方面。我们就每一个方面分别研究；从此得出它们相互联系的方式，它们的相互作用。于是出现了需要解决的矛盾。可是因为我们这里研究的不是仅仅在我们头脑中发生的思维过程，而是在什么时候发生了的或者仍然在发生着的现实过程，因而这些矛盾也是在实际中发展着的，并且可能已找到了解决的我们追究这个解决的方式，于是发现，是由建立新关系来解决的，而这个新关系的两个矛盾方面，我们现在又要加以说明，诸如此类。（P.181.）

※ 这个方法简要地说就是毛主席所说的，运用矛盾的对

立统一规律来研究社会和历史。

政治经济学从商品开始，从生产物由个别的人或公社相互交换的那个时机开始。进入交换的生产物是商品。但是它的成为商品，仅仅因为两个个人或公社之间有一种关系与这个物、这个生产物结合着，这个关系就是生产者与消费者之间的关系，在这里，两者已经不再合在同一人身上了。这里我们立即得到一个特殊事实，它贯穿整个经济学，……这个事实，就是：政治经济学所研究的，不是物，而是人与人的关系，最后说来是阶级与阶级的关系；可是这些关系总是与物结合着，作为物的出现……（P.181—182.）

● 1962年4月29—30日

马克思恩格斯：《德意志意识形态》学习笔记

马克思在《关于费尔巴哈的论纲》中提出：

"人的本质并不是单个人所固有的抽象物，实际上，它是一切社会关系的总和。"（马克思写于1845年春）

这一论点是正确理解马克思谈的关于典型的理论的最坚实

的基础，不搞通这句话，就无法理解"典型环境中的典型性格"这句话。

由于费尔巴哈没有这样理解，他把宗教的本质理解为人的本质。马克思批判费尔巴哈时指出：

"（1）撇开历史的进程，孤立地观察宗教感情，并假定出一种抽象的——孤立的——人类个体；

"（2）所以，他只能把人的本质理解为'类'，理解为一种内在的、无声的、把许多个人纯粹自然地联系起来的共同性。"（三卷 P.5.）

这就是说，费尔巴哈之所以认识错误是由于他在认识上离开了人的实践性（历史性），脱离了人的社会性，只是孤立的、静止的、形而上学的从单纯自然的关系上去理解，所以必然导致错误的结论。

在马克思和恩格斯于1845—1846年间合写的《德意志意识形态》一书中，对"人是一切社会关系的总和"这一论点作了充分地反复地论述。下面将其主要内容摘录下来，并写一点自己的偶得：

《序言》中写道：

"人们迄今总是为自己造出关于自己本身、关于自己是何物或应当成为何物的种种虚假观念。他们按照自己关于神、关于模范人等等观念来建立自己的关系。它们头脑的产物就统治他们。他们这些创造者就屈从于自己的创造物。我们要把他们从幻想、观念、教条和想象的存在物中解放出来，使他们不再在这些东西的枷锁下呻吟喘息。我们要起来反抗这种思想的统治。一个人说，只要我们教会他们如何用符合人的本质的思想来代替这些幻想。另一个人说，只要我们教会他们如何批判地对待这一些幻想。还有个人说，只要我们教会他们如何从头脑里抛掉这些幻想，这样……当前的现实就会崩溃。"

（P.15.——《马克思恩格斯全集》第三卷）

一

费尔巴哈

唯物主义观点和唯心主义观点的对立。

我们开始要谈的前提并不是任意想出的，它们不是教条，而是一些只有在想象中才能加以抛开的现实的前提。这是一些现实的个人，是他们的活动和他们的物质生活条件，包括他们得到的现成的和由他们自己的活动所创造出来的物质生活条件。因此，这些前提可以用纯粹经验的方法来确定。

任何人类历史的第一个前提无疑是有生命的个人的存在。（手稿中删去了以下这一段话：这些个人使自己和动物区别开来的第一个历史行动并不是在于他们有思想，而是在于他们开始生产自己所必需的生活资料——编者论）因此第一个需要确定的具体事实就是这些个人的肉体组织，以及受肉体组织制约的他们与自然界的关系。当然，我们在这里既不能深入研究人的自身的生理特征，也不能深入研究各种自然条件——地质条件、地理条件、气候条件以及人们能遇到的其他条件。（手稿中删去了以下这一段话："但是，这些条件不仅制约着人们最初的、自然产生的肉体组织，特别是他们之间的种族差别，而且直到如今还制约着肉体组织的整个进一步发达或不发达"）任何历史记载都应当从这些自然基础以及它们在历史进程中由于人的活动（P.23.）而发生的变更出发。

可以根据意识、宗教或随便别的什么来区别人和动物。一旦人们自己开始生产他们所必需的生活资料的时候（这一点是由他们的肉体组织所决定的），他们就开始把自己和动物区别开来。人们生产他们所必需的生活资料，同时也就间接地生产着他们的物质生活本身。

人们用以生产自己必需的生活资料的方式，首先反映于他们得到的现成的和需要再生产的生活资料本身的特性。这种生产方式不仅应当从它的个人肉体存在的再生产这方面来加以观察。它在更大程度上是这些个人的一定的活动方式，表现他们生活的一定形式、他们的一定的生活方式。个人怎样表现自己的生活，他们自己也就怎样。因此，他们是什么样的，这同他们生产是一致的——既和他们生产什么一致，又和他们怎样生产一致。因而，个人是什么样的，这取决于他们进行生产的物质条件。（P.24.）

※ 上面提出了几点：

1. 人类历史的第一个前提：生命的个人的存在。

①个人肉体组织的存在。

②个人与自然的关系——自然条件是他们存在的基础。

但这两条还不能区别人和动物的本质。

2. 人为了生存，开始生产他们所必需的生活资料的时候，才使人和动物区别开来。由此也就产生了人的物质生活的问题。而人们的生产方式，又取决于"他们得到的现成的和需要再生产的生活资料本身的特性"。

3. "个人是什么样的，这取决于他们进行生产的物质条件。"个人怎样表现自己的生活，他们自己也就怎样。——这是创造典型的唯物主义的基础。

他们是一个什么样的人，既和他们生产什么一致，又和他们怎样生产一致。这一点极为重要。

4. 这种生产第一次是随着人口的增长而开始的。而生产本身又是以个人之间的交往为前提的。这种交往的形式又是由生产决定的。

各民族之间的相互关系取决于每一个民族的生产力、分工和内部交往的发展程度。这个原理是公认的然而不仅一个民族与其他民族的关系，而且一个民族本身的整个内部结构都取决于它的生产以及内部和外部的交往的发展程度。一个民族的生产力发展的水平，最明显地表现在使民族分工的发展程度上。

任何新的生产力都会引起分工的进一步发展，因为它不仅仅是现有生产力的量的增加（例如开垦新的土地）。（P.24.）

某一民族内部的分工，首先引起工商业劳动和农业劳动的分（P.24.）离，从而也引起城市的分离和城乡利益的对立。分工的进一步发展导致商业劳动和工业劳动的分离。同时，由于这些不同部门内部的分工，在某一劳动部门共同劳动的个人之间的分工也愈来愈细致了。这些种种细微的分工的相互关系是由农业劳动、工业劳动和商业劳动的经营方式（父权制、奴隶制、等级、阶级）决定的。在交往比较发达的情况下，同样的关系也会在各民族间相互关系中出现。

分工发展的各个不同阶段，同时也就是私有制的各种不同形式。这就是说，分工的每一个阶段还根据个人与劳动的材料、工具和产品的关系决定他们相互之间的关系。（P.25.）

※　① 这里马克思又谈了人类历史的第二个前提：人口的增长。

人类的历史是生产者的历史，无人口的增长（增殖、发展），无历史可谈。生产是以个人之间的交往为前提。

马克思这里谈的"交往形式"，译者在注释中解释得很好："在《德意志意识形态》中，'Verkenr'（交往）这个术语的含义很广。它包括个人、社会团体、许多国家的物质交往和精神交往。马克思和恩格斯在这部著作中指出：物质交往——首先是人们在生产过程中的交往，乃是任何另一种交往的基础。《德意志意识形态》中所用的这些术语……（交往形式、交往方法、交往关系）就是马克思和恩格斯在当时所形成的生产关系的概念。"但是这种交往形式又是由生产决定的。

② 马克思进一步又提出了：生产关系不仅制约着民族之间的关系，而且也决定着一个民族本身的整个内部结构。

③ 而生产关系又受生产力的发展所制约：生产力的发展→分工的发展→生产关系的发展。

马克思分析了部落的、古代公社的、奴隶的、封建的几种所有制发展形式之后，作了如下的结论：

由此可见，事情是这样的：以一定的方式进行生产活动的一定（P.28.）的个人，发生一种的社会关系和政治关系。经验的观察在任何情况下都应当根据经验来揭示社会结构和政治结构同生产的联系，而不应当带有任何神秘和思辨的色彩。社会结构和国家经常是从一定个人的生活过程中产生的。但这里所说的个人不是他们自己或别人想象中的那种个人，而是现实中的个人。也就是说，这些个人是从事活动的、进行物质生产的，因而是在一定的物质的、不受他们任意支配的界限、前提和条件下能动地表现自己的。〔手稿中删去了以下这一段话："这些个人所产生的观念，是关于他们同自然界的关系，或者是关于他们之间的关系，或者是关于他们自己的肉体组织的观念。显然，在这几种情况下，这些观念都是他们的现实关系和活动、他们的生产、他们的交往、他们的社会政治组织的有意识的表现（不管这些表现是真实的还是虚幻的）。相反的，假设只有在除了真正的、受物质制约的个人的精神以外还假定有某种特殊的精神的情况下才能成立，如果这些个人的现实关系的有意识的表现是虚幻的，如果他们在自己的观念中把自己的现实颠倒过来，那末，这还是由他们的物质活动方式的局限性以及由此而来的他们的狭隘的社会关系所造成的。"〕（P.28—29.）

※ 这里进一步提出：

① 由于有以一定的方式进行生产活动的一定的个人，因此必然发生一定的社会关系和政治关系。

② 现实中的个人是在一定的物质的、不受他们任意支配的界限、前提和条件下能动地表现自己的。而这一些界限、前提、条件就是人的现实的存在。人的现实的存在决定着他的性格、他的观念。而人的精神也只不过是"关于他们同自然界的关系，或者是关于他们之间的关系，或者是关于他们自己的肉体组织的观念"，都是"他们的现实关系和活动、他们的生产、他们的交往、他们的社会政治组织的有意识的表现"。

但人的意识反映人的存在，又可能出现两种情况：

a. 真实的反映。

b. 虚幻的反映——"把自己的现实颠倒过来。"而这也是他们的存在所决定的，包括物质活动方式的局限性以及他们的狭隘的社会关系的局限性。

③ 这对理解什么是真实，什么是现实主义、浪漫主义都有好处。我们分析问题要坚持两点论，不搞一点论（存在决定意识）。

思想、观念、意识的生产最初是直接与人们的物质活动、与人们的物质交往、与现实生活的语言交织在一起的。观念、思维、人们的精神交往在这里还是人们的物质关系的直接产物。表现在某一民族的政治、法道德、宗教、形而上学等等的语言中的精神生产也是这样。人们是自己的观念、思想等等的生产者。但这里所说的人们是现实的、从事活动的人们，他们受着自己的生产力的一定发展以及与这种发展相适应的交往（直到它最遥远的形式）的制约。意识在任何时候都只能是被意识到了的存在，而人们的存在就是他们的实际生活过程。如果在全部意识形态中人们和他们的关系就像在照相机中一样是倒现着的，那么这种现象也是从人们生活（P.29.）的历史过程中产生的。正如物象在眼网膜上的倒影是直接从人们的生活的物理过程中产生的一样。（P.29—30.）

※ 这地方，马克思论述了精神生产的特点：

1. 精神生产的特点：

① 与人们的物质活动
② 与人们的物质交往　　｝　劳动实践
③ 现实生活的语言——语言

与此三者最初是直接交织在一起的。

2. 它与物质生产的关系：

① 精神生产、精神交往是物质交往的直接产物，受物质生产的制约。

原因：物质生产也好，精神生产也好，其主体都是现实存在的人。

由于人的存在首先是受物质生产、物质生产关系的制约，因此其精神生产也同样必须受物质生产、物质生产关系的制约。

② 意识是被意识到了的存在。这一方面指出了意识是存在的反映；同时也说明了意识的能动作用。

3. 这样人生在社会上，不仅受社会的物质生产关系所制约（其中表现为政治关系所制约），同时也受社会的精神交往所制约和影响。（精神交往是生产交往的一个组成部分。）

德国哲学从天上降到地上；和它完全相反，这里我们是从地上升到天上，就是说，我们不是从人们所说的、所想象的、所设想的东西出发，也不是从只存在于口头上所说的、所想象的、所设想的东西出发，去理解真正的人。我们的出发点是从事实际活动的人，而且从他们的现实生活过程中，我们还可以揭示出这一生活过程在意识形态上的反射和回声的发展。甚至人们头脑中模糊的东西也是他们的可以通过经验来确定的、与物质前提相互联系的物质生活过程的必然的升华物。因此，道德、宗教、形而上学和其他意识形态，以及与它们相适应的意识形式便失去独立性的外观。他们没有历史、没有发展；那些发展着自己的物质生产和物质交往的人们，在改变自己的这个现实的同时，也改变着自己的思维和思维的产物。不是意识决定生活，而是生活决定意识。前一种观察方法从意识出发，把意识看作是有生命的个人。符合实际生活的第二种观察方法是从现实的、有生命的个人本身出发，把意识仅仅看作是他们的意识。

这种观察方法并不是没有前提的。它从现实的前提出发，而且一刻也不离开这种前提。它的前提是人，但不是某种处在幻想的与世隔绝离群索居状态的人，而是处在一定条件的进行的、现实的、可以通过经验观察到的发展过程中的人。只要描绘出这个能动的生产过程，历史就不再像那些本身还是抽象的经验论者所认为的那样，是一些僵死事实的搜集，也不再像唯心主义者所认为的那样，是想象的主体的想象的活动。（P.30.）

※　1. 这里马克思揭示了两种世界观和两种方法论的学说的对立。

2. "我们的出发点是从事实际活动的人，而且从他们的现实生活过程中，我们还可以揭示出这一生活过程在意识形态上的反射和回声的发展。"（P.30.）这也可以说，是马列主义美学中的典型论的唯物主义基础。这一点对理解革命现实主义与革命浪漫主义相结合有着极重要的意义。

我们首先应当确定一切人类生存的第一个前提也就是一切历史的第一个前提，这个前提就是：人们为了能够"创造历史"，必须能够生活。但是为了生活，首先就需要衣、食、住以及其他东西。因此，第一个历史活动就是生产满足这些需要的资料，即生产物质生活本身。同时这也是人们仅仅为了能够生活就必须每日每时都要进行的（现在也和几千年前一样）一种历史活动，即一切历史的一种基本条件。……（P.31—32.）

　　第二个事实是，已经得到满足的第一个需要本身，满足需要的活动和已经获得的为满足需要用的工具又引起新的需要。这种新的需要的产生是第一个历史活动。（P.32.）

　　一开始就纳入历史发展过程的第三种关系就是：每日都在重新生产自己生活的人们开始生产另外一些人，即增殖。这就是夫妻之间的关系，父母和子女之间的关系，也就是家庭。这个家庭起初是唯一的社会关系，后来，当需要的增长产生新的社会关系，而人口的增多又产生了新的需要的时候，家庭便成为（德国除外）从属的关系了。那么就应该根据现有的经验的材料来考察和研究家庭，而不应该像通常在德国所做的那样，根据"家庭概念"来考察和研究家庭。此外，不应把社会活动的这三个方面看作是三个不同的阶段，而只应看作是三个方面，或者，为了使德国人能够了解，把它们看作是三个"因素"。从历史的最初时期起，从另一批人出现时，三者就同时存在着，而且就是现在也还在历史上起着作用。（P.32—33.）

这样，生活的生产——无论是自己生活的生产（通过劳动）或他人生活的生产（通过生育）——立即表现为双重关系：一方面是自然关系，另一方面是社会关系；社会关系的含义是指许多个人的合作，至于这种合作是在什么条件下、用什么方式和为了什么目的进行的，则是无关紧要的。由此可见，一定的生产方式或一定的工业阶段始终是与一定的共同活动的方式或一定的社会阶段联系着的，而这种共同活动方式本身就是"生产力"；由此可见，人们所达到的生产力的总和决定着社会状况，因而，始终必须把"人类的历史"同工业和交换的历史联系起来研究和探讨。……由此可见，一开始就表明了人们之间是有物质联系的。这种联系是由需要和生产方式决定的，它的历史和人的历史一样长久；这种联系不断采取新的形式，因而就呈现出"历史"，它完全不需要似乎还把人们联系起来的任何政治的或宗教的呓语存在。（P.33—34.）

※ 以上马克思分析了人类生存的四个基本因素：

① 必须有衣食住行，才能够生活，才能够创造人的历史。为了满足衣食住行，就必须生产物质生活本身。

② 满足生活、生产的新的需要，扩大再生产。——这是需要生产的第一个历史活动。

③ 人的增殖表现为家庭关系和夫妻关系，即父母关系和子女之间的关系，亦即家庭。

家庭与家庭之间的关系进一步扩大，家庭关系又成了社会关系的从属。

④ 生产关系。（社会存在的最基本的关系）社会关系生活的生产。

$$\left.\begin{array}{l}\text{自然关系}\\\text{社会关系}\end{array}\right\}\text{生产力与生产关系的关系}$$

生产力就是生产关系，生产关系制约着其他一切社会关系。人与人之间首先是有物质关系联系的。

只有现在，当我们已经考察了最初的历史关系的四个因素、四个方面之后，我们才发现：人也具有意识。（这里马克思加了一个边注："人们之所以有历史，是因为他们必须生产自己的生活，而且是用一定的方式来进行的。这和人们的意识一样，也是受他们的肉体组织所制约的。"）但是人并非一开始就具有"纯粹的"意识。"精神"从一开始就很倒霉，注定要受物质的"纠缠"，物质在这里表现为震动着的空气层、声音，简言之，即语言。语言和意识具有同样长久的历史；语言（一种实践的、既为别人存在并仅仅因此也为我自己存在的、现实的意识。）也和意识一样，只是由于需要，由于和他人交往的迫切需要才产生的。（手稿中删去以下这一句话："我对我的环境的关系是我的意识。"）凡是有某种关系存在的地方，这种关系都是为我们而存在的；动物不对什么东西发生"关系"，而且根本没有"关系"；对于动物来说，他对他物的关系不是作为关系存在的。因而，意识一开始就是社会的产物，而且只要人们还存在着，它就仍然是这种产物。当然意识起初只是对周围的可感知的环境的一种意识，是对处于开始意（P.34.）识到自身的个人以外的其他人和其他物的狭隘联系的一种意识。同时，它也是对自然界的一种意识，自然界起初是作为一种完全异己的、有无限威力的和不可制服的力量与人们对立的，人们同它的关系完全像动物同它的关系一样，人们就像牲畜一样服从它的权力。因而，这是对自然界的一种纯粹动物式的意识（自然宗教）。这里立即可以看出，这种自然宗教或对自然界的特定关系，是受社会形态制约的，反过来也是一样。这里和任何其他地方一样，自然界和人的同一性表现在：人们对自然界的狭隘的关系制约着他们之间的狭隘的关系，而他们之间的狭隘的关系，制约着他们对自然界的狭隘的关系，这正是因为自然界几乎还没有被历史的进程所改变；但是，另一方面，意识到必须和周围的人来往，也就是开始意识到人一般地是生活在社会中的。这个开始和这个阶段的社会生活本身一样，带有同样的动物性质，这是纯粹畜群的意识，这里人和绵羊不同的地方只是在于：意识代替了他的本能，或说他的本能是被意识到了的本能。由于生产效率的提高、需要的增长以及作为前二者基础的人口的增多，这种绵羊的或部落的意识获得了进一步的发展。与此同时，分工也发展起来。分工起初只是性行为方面的分工，后来是由于天赋（例如体力）、需要、偶然性等等而自然地或"自然产生的"分工。分工只是从物质劳动和精神劳动分离的时候才开始成为真实的分工。（这里马克思加了一个边注："与此相适应的是思想家、僧侣的最初形式。"）从这时候起，意识才能真实地这样想象：它是同对现存实践的意识不同的某种的某种其他的东西；它不想象某种真实的东西而能够真实地想象某种东西。（P.34—35.）

※ 以上谈的是意识及意识的产生、发展。

分工在社会发展中的作用——

分工不仅使物质活动和精神活动、享受和劳动、生产和消费由各种不同的人来分担这种情况成为可能，而且成为现实。要使生产力、社会状况和意识这三个因素彼此不发生矛盾，只有消灭分工。（P.36.）

分工包含着所有这些矛盾，而且又是以家庭中自然产生的分工和社会分裂为单独的、互相对立的家庭这一点为基础的。与这种分工同时出现的还有分配，而且是劳动及其产品的不平等的分配（无论在数量上或质量上）；因而也产生了所有制，它的萌芽和原始形态在家庭中已经出现，在那里妻子和孩子是丈夫的奴隶。家庭中的奴隶制（诚然，它还是非常原始和隐蔽的）是最早的所有制，但就是这种形式的所有制也完全适合于现代经济学家所下的定义，即所有制是对他人劳动力的支配。其实分工和私有制是两个同义语，讲的是同一件事情，一个是就活动而言，另一个是就活动的产品而言。

　　其次，随着分工的发展也产生了个人利益或单个家庭的利益与所有互相交往的人们的共同利益之间的矛盾；同时，这种共同的利益不是仅仅作为一种"普遍的东西"存在于观念之中，而且首先是作为彼此分工的个人之间的相互依存关系存在于现实之中。最后，分工还给我们提供了第一个例证，说明只要人们还处在自发的形成的社会中，也就是说，只要分工还不是出于自愿，而是自发的，那么人本身的活动对人说来就成为一种异己的、与他对立的力量，这种力量驱使着人，而不是人驾驭着这种力量。原来当分工一出现之后，每个人就有了自己一定的特殊的活动范围，这个范围是强力于他的，他不能超出这个范围：他是一个猎人、渔夫或牧人，或者是一个批判的批判者，只要他不想失去生活资料，他就始终应该是这样的人。而在共产主义社会里，任何人都没有特定的活动范围，每个人都可以在任何部门内发展。社会调节着整个生产，因而使我有可能随我自己的心愿今天干这事，明天干那事。上午打猎，下午捕鱼，傍晚从事畜牧，晚饭后从事批判，但并不因此就使我成为一个猎人、渔夫、牧人或批判者。社会活动的这种固定化，我们本身的产物聚合为一种统治我们的、不受我们控制的、与我们愿望背道而驰的并抹煞我们打算的物质力量，这是过去历史发展的主要因素之一。（P.37.）

　　真正的资产阶级社会只是随同资产阶级发展起来的，但是这一名称始终标志着直接从生产和交往中发展起来的社会组织，这种社会组织在一切时代都构成国家的基础以及任何其他的观念的上层建筑的基础。

※ 上面讲物质基础与上层建筑的问题。

只有在共产主义社会，人的个性才能得到充分的发展。

……随着现存社会制度被共产主义革命所推翻（……），以及随着私有制遭到与这一革命有同等意义的消灭，也将被消灭。同时，每一个单独的个人的解放程度是与历史完全转变为世界历史的程度一致的。至于个人的真正的精神财富完全取决于他的现实关系的财富……仅仅因为这个缘故，各个单独的个人才能摆脱各种不同的民族局限和地域局限，而同整个世界的生产（也包括精神的生产）发生实际联系，并且可能有力量来利用全球的这种全面生产（人们所创造的一切）。各个个人的全面的依存关系、他们的这种自发形成的世界历史性的共同活动的形式，由于共产主义革命而转化为对那些异己力量的控制和自觉的驾驭。这些力量本来是由人们的相互作用所产生的，但是对他们说来却一直是一种异己的、统治着他们的力量。……（P.42.）

历史并不是作为"产生于精神的精神"消融在"自我意识"中，历史的每一阶段都遇到有一定的物质结果、一定数量的生产力总和，人和自然以及人与人之间在历史上形成的关系，都遇到有前一代传给后一代的大量生产力、资金和环境，尽管一方面这些生产力、资金和环境为新的一代所改变，但另一方面，它们也预先规定新的一代的生活条件，使它得到一定的发展和具有特殊的性质。由此可见，这种观点表明：人创造环境，同样环境也创造人。每个个人和每一代当作现成的东西承受下来的生产力、资金和社会交往形式的总和，是哲学家们想象为"实体"和"人的本质"的东西的现实基础。……（P.43.）

马克思批评费尔巴哈关于对人的本质的错误解释写道："他没有看到，他周围的感性世界决不是某种开天辟地以来就已存在的，始终如一的东西，而是工业和社会状况的产物，是历史的产物，是世世代代活动的结果，其中每一代都在前一代所达到的基础上继续发展前一代的工业和交往方式，并随着需要而改变它的社会制度。甚至连最简单的可靠的感性的对象也只是由于社会发展、由于工业和商业往来才提供给他的。大家知道，樱桃树和几乎所有的果树一样，只是在数世纪以前依靠商业的结果才在我们这个地区出现。由此可见，樱桃树只是依靠一定的社会在一定时期的这种活动才为费尔巴哈的可靠的感性所感知。"（P.48—49.）

历史不外是各个世代的依次交替。每一代都利用以前各代遗留下来的材料、资金和生产力；由于这个缘故每一代一方面在完全改变了的条件下继续从事先辈的活动，另一方面又通过完全改变了的活动来改变旧的条件。（P.51.）

统治阶级的思想在每一时代都是占统治地位的思想。这就是说，一个阶级是社会上占统治地位的物质力量，同时也是社会上占统治地位的精神力量。支配着物质生产资料的阶级，同时也支配着精神生产的资料，因此，那些没有精神生产资料的人的思想，一般地是受统治阶级支配的。占统治地位的思想不过是占统治地位的物质关系在观念上的表现，不过是表现为思想的占统治地位的物质关系；因而，这就是那些使某一阶段成为统治阶级的各种关系的表现，因而这也就是这个阶段的统治的思想。此外，构成统治阶级的各个个人也都具有意识，因而他们也会思维；既然他们正是作为一个阶级而进行统治，并且决定着某一历史时代的整个面貌，不言而喻，他们在这个历史时代的一切领域中也会这样做，就是说，他们还作为思维着的人，作为思想的生产者而进行统治，他们调节着自己时代的思想的生产和分配；而这就意味着他们的思想是一个时代的占统治地位的思想。（P.52.）

※ 这里是对"统治阶级的思想在每一时代都是占统治地位的思想"的解释。

……分工也以精神劳动和物质劳动的分工的形式出现在统治阶级中间，因为在这个阶级内部，一部分人是作为该阶级的思想家而出现的（他们是这一阶级的积极的、有概括能力的思想家，他们把编造这一阶级关于自身的幻想当作谋生的主要泉源），而另一些人对于这些思想和幻想则采取比较消极的态度，他们准备接受这些思想和幻想，因为实际上该阶级的这些代表才是它的积极成员，所以他们很少有时间来编造关于自身的幻想和思想。在这一阶级内部，这种分裂甚至可以发展成为这两部分人之间的某种程度上的对立和敌视，但一旦发生任何实际冲突，当阶级本身受到威胁，甚至占统治地位的思想好像不是统治阶级的思想这种征象、它们拥有的权力好像和这一阶级的权力不同这种征象也趋于消失的时候，这种敌视便会自行消失。一定时代的革命思想的存在是以革命阶段的存在为前提的，……（P.53.）

然而，在考察历史运动时，如果把统治阶级的思想和统治阶级本身分割开来，使这些思想独立化，如果不顾这些思想的条件和它们的生产者而硬说该时代占统治地位的是这些或那些思想，也就是说，如果完全不考虑这些思想的基础——个人和历史环境，那就可以这样说：例如，在贵族统治时期占统治地位的是忠诚信义等等概念，而在资产阶级占统治地位的则是自由平等等等概念。总之，统治阶级自己为自己编造出诸如此类的幻想。（P.53.）

事情是这样的，每一个企图代替旧统治阶级的地位的新阶级就是为了达到自己的目的而不得不把自己的利益说成是社会全体成员的共同利益，抽象地讲，就是赋予自己的思想以普遍性的形式，把它们描绘成唯一合理的、有普遍意义的思想。进行革命的阶级，仅就它对抗另一阶级这一类来说，从一开始就不是作为一个阶级，而是作为全社会的代表出现的；它俨然以社会全体群众的姿态反对唯一的统治阶级。它之所以能这样做，是因为它的利益在开始时的确同其余一切旧统治阶级的共同利益还多少有一些联系，在当时存在的那些关系的压力下还来不及发展为特殊阶级的特殊利益。因此，这一阶级的胜利对于其他未能争得统治的阶级中的许多个人说来也是有利的，但这只是就这种胜利使这些个人有可能上升到统治阶级行列这一点讲的。……每一个新阶级赖以建立自己统治的基础，比它以前的统治阶级所依赖的基础要宽广一些；可是后来，非统治阶级和取得统治的阶级之间的对立也发展得更尖锐和更深刻。这两种情况使得旧统治阶级反对新统治阶级的斗争在否定旧社会制度方面，又比起过去一切争得统治的阶级要更加坚决、更加激进。（P.54.）

同样的条件、同样的对立、同样的利益，一般说来也就应当在一切地方产生同样的风俗习惯。（P.60.）

个人和阶级的关系：
单独的个人所以组成阶级只是因为他们必须进行共同的斗争来反对某一另外的阶级；在其他方面，他们本身就是相互敌对的竞争者。另一方面，阶级对个人来说又是独立的，因此，这些人可以看到自己的生活条件是早已确定了的；阶级决定他们的生活状况，同时也决定他们的个人命运，使它们受它支配。（人的阶级性）这和个人屈从于分工是同类的现象，这种现象只有通过消灭私有制和消灭劳动本身才能消除。至于个人受阶级支配怎样同时发展为受各种各样观念支配，这一点我们已经不只一次地指出过了。（P.61.）

生产力与交往形式的关系就是交往形式与个人的行动或活动的关系。这种活动的基本形式当然是物质活动。它决定一切其他的活动，如脑力活动、政治活动、宗教活动等。当然，物质生活的这样或那样的组织，每次都依赖于已经发达的需求，而这些需求的产生，也像它们的满足一样，本身是一个历史过程，这一过程在羊狗那里是没有的（……）在上述矛盾产生以前，个人之间进行交往的条件是与他们的个性相适应的条件，这些条件对于他们说来不是什么外部的东西，它们是这样一些条件，在这些条件下，生存于一定关系中的一定的个人只能生产自己的物质生活，以及与这种物质生活有关的东西，因而它们是个人自主活动的条件，而且是由这种自己活动创造出来的。（这里马克思加了一个边注："交往形式本身的生产。"）这样，在上述矛盾发生以前，人们进行生产的一定条件是同他们的现实的局限状态和他们的片面存在相适应的，这种存在的片面性只是在矛盾产生时才表现出来，因为只是对于后代才存在的。这时人们才觉得这些条件是偶然的桎梏。并且把这种视上述条件为桎梏的观点也强加给过去的时代。（P.80—81.）

一切历史冲突都根源于生产力和交往形式之间的矛盾。

（P.83.）

生产力和交往形式之间的这种矛盾（正如我们所见到的，它在以往的历史中曾多次发生过，然而并没有威胁这种形式的基础）每一次都不免要爆发为革命，同时也采取各种附带形式——表现为冲突的总和，表现为各个阶级之间的冲突，表现为意识的矛盾、思想斗争等等、政治斗争等等。（P.83—84.）

个人和集体的关系（个人和阶级的关系）：

只有在集体中，个人才能获得全面发展其才能的手段，也就是说，只有在集体中才可能有个人自由。在过去的种种冒充的集体中，如在国家等等中，个人自由只是对那些在统治阶级范围内发展的个人来说是存在的，他们之所以有个人自由，只是因为他们是这一阶级的个人。从前各个个人所结成的那种虚构的集体，总是作为某种独立的东西而使自己与各个个人对立起来了，由于这种集体是一个阶级反对另一个阶级的联合，因此对于被支配的阶级说来，它不仅是完全虚幻的集体，而且是新的桎梏。在真实的集体的条件下，各个个人在自己的联合中并通过这种联合获得自由。

从上述的一切中可以看出，某一阶级的个人所结成的、受他们反对另一阶级的那种共同利益所制约的社会关系，总是构成这样一种集体，而个人只是作为普通的个人来属于这个集体；他们不是作为个人而是作为阶级的成员处于这种社会关系中的。在控制了自己的生存条件和社会全体成员的生存条件的革命无产者的集体中，情况就完全不同了。在这个集体中个人是作为个人参加的。它是个人的这样一种联合（自然是以当时已经发达的生产力为基础的），这种联合把个人的自由发展和运动的条件置于他们的控制之下。而这些条件在从前是受偶然性支配的，并且是作为某种独立的东西同各个个人对立的，这是由于他们作为个人是分散的，是由于分工使他们有了一种必不可免的联合，而这种联合又因为他们的分散而成了一种对他们来说是异己的联系。……（P.84—85.）

个性与阶级产生的关系：

个人隶属于一个阶级这一现象，在那个除了反对统治阶级以外不需要维护任何特殊的阶级利益的阶级还没有形成之前，是不可能消灭的。

对于各个个人来说，出发点总是他们自己，当然是在一定的历史条件和关系中的个人，而不是思想家所理解的"纯粹的"个人。然而在历史发展过程中，在每一个人的个人生活同他的屈从于某一劳动部门和与之相关的各种条件的生活之间出现了差别——这正是由于在分工条件下，社会关系必然变成某种独立的东西。（这不应当理解为，似乎像食利者和资本家等等已不再是有个性的个人了，而应当理解为，他们的个性是受非常具体的阶级关系所制约和决定的，上述差别只是在他们与另一阶级的对立中才出现的，而对他们本身说来只是在他们破产之后才产生的。）在等级中（尤其是在部落中）这种现象还是隐蔽的：例如，贵族总是贵族，Roturtier（平民）总是Roturtier，不管他们其它的生活条件如何；这是一种与他们的个性不可分割的品质。有个性的个人与阶级的个人的差别，个人生活条件的偶然性，只是随着那个自身是资产阶级产物的阶级的出现才出现的。只有个人相互之间的竞争和斗争才产生和发展了这种偶然性。因此，在资产阶级的统治下个人似乎要比先前更自由些，因为他们的生活条件对他们说来是偶然的；然而事实上，他们当然更不自由，因为他们更加受到物的力量的统治。和等级不同的地方特别显著地表现在资产阶级与无产阶级的对立中。……（P.86.）

对于无产者说来，他们自身的生存条件、劳动以及当代社会的全部生存条件都是一种偶然的东西，它是单个无产者无法加以控制的，而且也没有任何社会组织能使他们加以控制的。单个无产者的个性和强加于他的生存条件即劳动之间的矛盾，现在无产者自己已经意识到了。……

而无产者，为保证自己的个性，就应当消灭他们至今所面临的生存条件，消灭这个同时也是整个旧社会生存的条件，即消极劳动。因此，他们也就和国家这种形式（在这种形式下组成社会的各个个人迄今都表现为某种整体）处于直接的对立中，他们应当推翻国家，使自己作为个性的个人确立下来。（P.87.）

● 1962年3月—12月

1962年在京读研期间，讲课的专家及讲课的题目：

余冠英　《诗经》（1962年3月17日）

　　一、关于《诗经》的一些问题说明；

　　二、古人对《诗经》的评释；

　　三、改写文学史《诗经》一章的一些问题、看法。

冯　　至　关于杜甫的诗（1962年4月16日）

　　屈原、杜甫、鲁迅，在中国文学史上影响最大，是三个顶峰，都产生在三个历史大变革的时代。他们对人民的态度，是其他诗人少见的。

　　关于杜甫的诗：只读选本是不够的，选本只能提供一点线索，必须读全集。

　　分析杜甫的政治态度和艺术态度，及他对政治和艺术的关系的处理。

蔡　　仪　文学的本质和特点（1962年5月15日）

　　一、文学的本质和特征；

　　二、文学的发展规律；

　　三、文学作品构成的规律；

　　四、文学的欣赏批评。

季镇淮　《史记》（1962年6月6日）

　　　　一、《史记》的义、思想、原则的具体表现；

　　　　二、《史记》中许多传记有文学性，是在历史的真实性的基础上产生的。之所以有文学的特征，与司马迁如何写有很大的关系。

唐　弢　关于编写中国现代文学史的几个问题（1962年6月29日）

　　　　一、观点同材料结合起来；

　　　　二、接受研究成果问题；

　　　　三、文化面貌的问题；

　　　　四、历史处理问题。

蔡　仪　文学的本质和特征（1962年7月4日）

　　　　一、关于典型问题；

　　　　二、关于形象思维。

宗白华　略谈中国先秦工艺美术与先秦诸子文中的美学思想（1962年9月10日）

宗白华　略论"初发芙蓉，自然可爱""铺锦列绣，雕缋满眼"之美的理想在后世文学思想的发展（1962年10月7日）

李泽厚　艺术的种类（1962年10月10日）

　　　　一、以动表现，音乐、舞蹈；

　　　　二、以静表现，建筑、工艺美术；

　　　　三、以动再现，雕塑；

四、以静再现，绘画；

五、语言艺术，文学。

宗白华 **"虚"与"实"的关系作为中国美学思想中的重要范畴**（1962年10月22日）

"虚"与"实"的问题归结到最后可从古代人的世界观去解释。虚中有实，实中有虚，是我国古人的宇宙观的表现。

王朝闻 **戏曲艺术美学**（1962年11月2日）

戏曲是围绕人民、教育人民、打击敌人、消灭敌人的手段。戏曲创作应当反映观众的审美趣味、审美需要，代表观众的欣赏要求，代表发展着的欣赏要求。

宗白华 **中国美学中的"虚"与"实"问题**（1962年11月6日）

虚，就是意中的境界，化景物为情思。艺术就要化景物为情思，化美为虚。

洪毅然 **艺术的本质**（1962年11月30日）

研究艺术的本质，就是要探讨什么是艺术的问题。

艺术是人对世界的审美关系的集中体现。

周来祥 **谈艺术创作**（1962年12月11日）

一、艺术创作作为人的特殊的心理活动的特质；

二、创作过程。

吴组缃　谈《红楼梦》（1962年10月17日）

　　一、贾宝玉的典型问题；

　　二、《红楼梦》的悲剧问题。

冯其庸　《三国演义》（1962年12月19日）

　　一、罗贯中的时代；

　　二、通过曹操的艺术形象谈《三国演义》的艺术
　　特色。

● **1963年3月3日**

时间就是生命

　　节约时间和有效地利用时间就是延长自己的青春，延长自己的生命。一个人生活在世界上，从生到死这是自然的发展规律，但一个人的生活绝不是所谓的"自然人"的与世隔绝的生活，而是过着作为"社会关系总和"的人的生活。因此他就应当适应社会发展的规律，成为社会上的真正主人。为人民服务，这是自己的天职，这是人生最主要的生活原则，同样这也是个人生存的条件和价值。作为一个共产党人，仅仅过这样的生活还不够，这只是出发点，他应当为人民的彻底解放（物质和精神上），为社会的进步事业——社会主义和共产主义作出新的贡献，增加新的点滴，这样的生活才是更有意义的。

　　为人民服务、为共产主义奋斗不是空洞的、抽象的东西。

它应当渗透在你的生活的每一个细流中，体现在各个方面。为人类历史长河中增加新的点滴，绝不是梦想出来的，而是一步一步、一天一天、日积月累、辛勤劳动、虚心学习、勇于创造，以自己全部心血凝成果实。

从大处着眼，从小处下手，既有革命精神，又有求实的态度，才是一个革命者应有的态度。因此，不虚度青春年华，有效地运用每一天、每一小时，就成了生活中十分重要的事情。

● **1963年3月16日**

"三十而立"偶感

一

惊涛骇浪三十春，
地覆天翻万象新；
水晶宫殿从地起，
人民手中定乾坤。

二

生活的真理竟何在？
人生的道路哪里寻？
三十年前一粒子，
今天为啥成新人？

三

枪林弹雨烈士血，

十月的阳光照人心，

铁拳砸碎恶魔窟，

"一唱雄鸡天下白。"

四

伟大的母亲伟大的党，

甜浆玉汁亲口喂，

把手教儿学法宝，

航海亲授指南针。

五

学习探求不间歇，

工作学习不停顿；

耳听眼见亲手干，

寻师交友是非分。

六

共产主义是真理，

人生的价值为人民；

光明大道向前走，

忘我忠诚加干劲。

七

"横眉冷对千夫指,

俯首甘为孺子牛。"

同心协力建乐园,

人间天堂献终身。

● **1963年3月17日**

做一个名副其实的人民教师

过去的岁月只完成了一件事——从出生、爬着生活到站起来生活。但是站得还不是那么稳,还有一些绳索拖着拽着,这仍需继续改造自己。今后的任务是坚定地向前走去,学习毛泽东思想、宣传毛泽东思想,为实现毛泽东同志开创的伟大的事业贡献出自己的一切力量。

今后十年内,继续努力,进一步打下一个坚实的基础,系统地、认真地研究和掌握马克思主义文艺理论发展史,初步掌握中国文艺理论发展史,积极地参加当前的文艺实践。

在学校工作中,努力做一个名副其实的人民教师——真理的传播者、人民灵魂的工程师。同时也随时准备着,响应祖国的号召,完成各种新的任务。

生活的眼光应该面对全世界,要向马克思学习,努力成为一个"全世界的公民"。

登长城有感

奇景壮观，
宇宙风云变。
巨龙飞腾穿云间，
五湖四海呼欢。

万里长城屹立，
牛鬼蛇神寒战。
革命红旗飘舞，
公社理想飞传。

巨人颂

时代的巨人，
推动着历史前进。
中华人民共和国，
聆听十月革命的炮声，

高举列宁的旗帜，

奋勇前进！

时代的巨人，

推动着历史前进。

十四个年头，

仅仅是十四个年头啊，

四千年套在脖子上的枷锁，

用双手挣得粉碎。

十四个年头，

仅仅是十四个年头啊，

巴黎公社烈士们播下的种子，

变成了万年长青的大树。

时代的巨人，

推动着历史前进。

过去拴在土地上的"牛马"，

今天掌握了自己的命运；

这儿筑起了"绿色长城"，

那儿出现了人造的湖海；

高山见了它低头，

河水见了它让路；

那片终年开着"白花"的盐碱地，

那片龟纹五裂尘烟飞扬的荒山，

马达唱起了丰收的歌曲，

暖风飘出了稻花的香气。

时代的巨人，

推动着历史前进。

登上地球之巅，

吹起嘹亮的军号：

"起来，饥寒交迫的奴隶……"

打断自己身上的锁链，

摔掉自己头上的大山。

解放，翻身，

走向理想的未来。

（为我们党和国家在农业社会主义改造取得的决定性胜利和农业现代化初步取得的成就而作。）

● **1964年1月13日下午**

与林宝全一起，去蔡仪先生家谈毕业论文写作问题。我将题目及提纲详细地对蔡先生作了汇报。蔡先生基本上同意题目和大纲，同时也提出了一些具体意见，特别强调培养独立工作能力，要求材料切实可靠。

● 1964年5月23日—6月15日

将写好的毕业论文《学习马克思恩格斯论文学中的典型问题》初稿，交蔡仪先生。

5月23日下午，去蔡仪先生家，听取蔡仪先生对论文的具体意见。我请他解答了准备过程中遇到的一些问题，很有收获。也发现自己的论文中还存有不少有问题的地方，论述不周密、不突出的毛病也是存在的。

6月15日，又去蔡仪先生家取回论文。蔡仪先生基本同意，提了些意见。论文修改之后，定稿即可。

● 1964年7月23日

研究生毕业座谈会，何其芳先生讲话，何洛主任讲话。

何其芳先生发言：

一、文艺理论工作者的任务问题。

去年干部会议上，周扬同志的报告中讲了文艺理论是社会科学。具体任务和长远规划，二者是统一的。当前研究的问题很多就是理论问题，如京剧改革就提出了基础与上层建筑问题。现实问题研究多了，理论水平也就高了。现在的问题是文艺理论战线落后于当前的斗争，文章太少，有质量的文章太少了。

二、文艺理论的作者的修养

"立远大的目标，走艰苦的道路。"

过去没有强调革命化问题，这是首要问题。我们是搞马克思主义的，书斋的马克思主义是很危险的。马克思主义的本本，必须和中国的实际相结合。在书本中讨生活是很危险的。理论工作者必须和实际联系，培养工农兵的感情。共产主义接班人，要为国际国内最大多数人服务。抓一些与劳动人民有关的问题。

正确的治学道路是马克思主义的治学道路，不是书斋的马克思主义。学马克思主义，根本是学立场、观点和方法。

三、其他问题

1. 马克思主义文艺理论经典课

马克思、恩格斯、列宁、毛泽东的主要著作。

2. 古典文艺理论研究

以当前问题为主，参考古典的、外国的。

如果专门研究古典遗产，眼光还要关心现实，因为研究是为现实服务的。

研究《文心雕龙》服务当前不是太直接的。马克思主义文艺理论总结和包括了过去的好的东西。把中国的古典理论遗产整理清楚，也是需要的。现在还没有一部马克思主义的古典文艺理论书。

总的说，还是为今天服务。为当前斗争服务，要靠研究当前问题。整理古典遗产，可以丰富我们今天的理论，增强民族自信心。研究典型问题，还是要研究古今作品，以马克思主义观点去分析、研究。从古典遗产中去找答案是困难的。不要牵强。当然还是需要少数人去做古典遗产的整理工作。研究古典的同志也应注意今天的问题。

何洛主任发言：

做文艺工作应该很好地为革命服务，红与专应很好地解决，这是一个大问题。革命化不是一个一般问题，要跟上时代。毕业的同学，要把工作搞好，要适应革命的需要。若不能很好地革命化，不能很好地为革命服务，还会犯错误。不光学古代的东西，外国的东西也要为今天服务。大家应走正确的道路。希望同志们在斗争中起带头作用，发挥战斗的作用。

● **1963—1964年**

"文论班"听课笔记

马　奇　马克思《经济学—哲学手稿》美学思想（1964年
　　　　2月26日—4月23日）

马　奇　周谷城的美学思想（1963年9月—1964年1月）
　　　　周谷城到现在共发表了七篇文章。归纳起来有三
　　　　个问题：艺术源泉、艺术创作、艺术作用。

1964.10—1977.6

伴着时代的风云，在知行合一、
调查研究的过程中逐渐形成自己的
世界观和人生观

● **1964年10月29日—1965年4月15日**

在山东省齐河县潘店季庄参加"四清运动"。

● **1965年2月19日**

春雨行

工作队员意志坚，
冒雨迎风走泥丸，
谈笑风生心里乐，
贫下中农笑开颜。

雨 景

细雨蒙蒙南风吹，
麦苗顶珠迎春归，
杨柳换装吐新芽，
喜鹊见客枝头飞。

实事求是：做人处事的根本原则

实事求是，也要有勇气，也要有坚决革命的态度。只有共产党人才能真正做到实事求是。原因是：共产党人最无私心，能够做到大公无私，因而能最客观地处理问题；共产党人的世界观是辩证唯物主义的世界观，是一分为二的世界观和方法论；共产党人代表人民群众的根本利益；共产党人处理问题、考虑问题的一个根本出发点就是调动一切积极因素，团结一切可以团结的力量，进行伟大的社会革命。

有个人主义的人，有剥削阶级偏见的人，犯有主观主义、教条主义、宗派主义、经验主义的人，都不能真正做到实事求是。

搞"四清"，第一条要有敢于革命、敢于斗争的彻底革命精神；第二条就是依靠群众，实事求是地处理干部。解决两类矛盾，二者缺一不可。

● **1965年10月2日**

去北京参加中国作家协会写作组，同去的有南开大学的雷声宏教授。

北京，多么熟悉亲切的面容。仅仅一年，你变得更加繁荣美丽。北京，在这里每天都可以听到祖国社会主义革命和世界共产主义运动前进的脚步声。今天又到了你的身旁，我唯一的心愿只能是：听从你的教导，虚心向同志们学习，认真地做一个学生，努力地做一个战士，完成祖国交给的每一项任务。

● **1965年12月9日**

《文艺报》副主编侯金镜谈评《上海的早晨》的问题。李基凯谈拿笔杆子的价值和意义。

● **1965年12月30日**

《文艺报》副主编冯牧与笔者谈《评〈上海的早晨〉初稿修改问题》。

● **1966年1月6日**

学习毛泽东的《为人民服务》

为人民服务，是我们工作的出发点和归宿。这就是说，我们生是为人民而生，死是为人民而死。我们的一生是为人民的一生。这样才算"生的伟大，死的光荣"。

为人民服务，就要完全、彻底、全心全意、不能掺假，为个人名利，为出风头、显示自己，是不彻底的人生观。有了这些东西，或掺杂这些东西，就做不到完全彻底地为人民服务。对于那种人来讲，为人民服务是为个人服务的途径、手段。

为人民服务，是我们生命的动力，是学习的动力。一个人能够全心全意地为人民服务，他就会有最大的勇敢，就能坚持真理，坚决地修正错误，正确地开展批评与自我批评，密切地联系群众，积极地学习马克思列宁主义，学习毛泽东思想，精益求精掌握自己手中的枪，练出一身硬功夫。

● **1966年11月2日**

甘做人民的"老黄牛"

人民，只有人民才是世界历史的真正创造者。这是历史唯物主义的最基本的出发点。一切为人民，全心全意为人民，处处、时时、事事为人民着想，依靠人民群众，向人民群众学习，甘当人民群众的"老黄牛"，永远做人民群众的小学生，是自己的志愿。今后必须努力这样做。

● 1969年2月12日

南京长江大桥

壮志凌云冲霄汉，
劈水斩浪战天堑；
脚踏龙宫手安墩，
压死帝修金桥建。
红雨迎春洒江天，
旭日东升彩虹现；
大江起舞钟山笑，
五洲四海凯歌传。

● 1970年11月29日

主观与客观

　　毛主席教导我们："唯心论和机械唯物论，机会主义和冒险主义，都是以主观和客观相分裂，以认识和实践相脱离为特征的。"

　　主观与客观是对立的统一。从人的主观认识形成的过程来说，是客观存在决定主观认识。"在阶级社会中，每一个人都在一定的阶级地位中生活，各种思想无不打上阶级的烙印。"人们在三大革命实践运动中，在一定的社会关系中生活，逐渐形成自己的世界观，形成自己的思想感情。但是从人们从事一定实践活动、干某一项工作的过程来讲，又是从主观到客观、从精神到物质，即都是在一定的目的和思想指导下去从事实践活动。这是人类所独有的主观能动性。人们的主观认识是否正确，关键在于它能否正确地反映客观世界发展着的辩证法运动，并受着人民群众的实践的检验。人们之所以在实践中碰钉子、失败，就是因为其主观认识不符合客观世界发展的规律。毛主席说："主观反映了客观，就成了主观能动性，不是主观主义。主观能动性有两种：一种是脱离实际的，就是主观主义；一种是符合客观规律的，是符合实践的主观能动性。凡是违反客观规律的就要受挫折。"

"人们要想得到工作的胜利即得到预想的结果，一定要使自己的思想合于客观外界的规律性，如果不合，就会在实践中失败。"（《实践论》）"革命中间的错误无一不是违反辩证法的，但如懂得了它，那就能生出绝大的效果。"主观主义、脱离群众的结果，就是狼狈不堪、碰钉子。

毛主席又说："为什么主观上会犯错误呢？就是因为战争或战斗的部署和指挥不适合当时当地的情况，主观的指导和客观的实在情况不相符合，不对头，或者叫做没有解决主观和客观之间的矛盾。人办一切事情都难免这种情形，有比较地会办和比较地不会办之分罢了。事情要求比较地会办，军事上就要求比较地多打胜仗，反面地说，要求比较地少打败仗。这里的关键，就在于把主观和客观二者之间好好地符合起来。"我们应当永远记住主席的这一教导。

"种牛痘"与"防天花"
——正确对待群众批评

毛主席说："马克思主义者不应该害怕任何人批评。相反，马克思主义者就是要在人们的批评中间，就是要在斗争的风雨中间，锻炼自己，发展自己，扩大自己的阵地。同错误思想作斗争，好比种牛痘，经过了牛痘疫苗的作用，人身上就能增强免疫力。在温室里培养出来的东西，不会有强大的生命力。"（《关于正确处理人民内部矛盾的问题》）毛主席把群众批评比作"种牛痘"，这太恰当了。现在人们对种牛痘已经成了一种习惯，小孩子一生下来，不等医生来，自己就要抱着孩子找上门去，非常自觉，非常诚恳，非常高兴。特别是当牛痘出来之后，就更高兴。这件事说明了人们掌握了牛痘与天花的辩证法，认识到种了牛痘就可以预防天花，自觉地让牛痘的疫苗与天花的病毒展开斗争。这样，就可以消除人身上的一个隐患，避免了一场大病，或满脸麻子的丑态。

对于旧传统、旧教育在自己身上种下的病毒，并不是每个人都能认识的，在通常情况下，人们往往陷入盲目性，这就叫作个人掌握不了自己的命运。但是群众的眼睛是雪亮的，你的病根在哪里，他们一语就可以道破。特别在今天，广大革命群众已被毛泽东思想武装起来，每个人更是心明眼亮。大家出于对革命负责、对同志负责的态度，对一些同志、一些患病而不自觉不认识的同志，提出了尖锐的中肯的批评。聪明的同志应该热烈欢迎群众的批评，要像请医生种牛痘那样自觉、诚恳、高兴，并且以自我批评的态度与之相结合。通过群众"帮"，自己"亮"，就可以很快把自己身上的病毒引出来、消除掉。这样的同志懂得种牛痘与防天花的辩证法，很快就可冲刷掉自己身上的"污泥"，去掉头脑中的"脏物"，增强抗毒免疫的能力，思想出现新的飞跃。有的同志则不然，他看问题的方法不对，是用唯心的、形而上学的态度对待群众的批评帮助，他不相信群众，不相信群众能够掌握毛泽东思想，认为群众是跟自己"过不去"，于是乎就赶忙把思想大门关起来，不是用自我批评去欢迎群众批评，而是用自我辩护去对抗群众的帮助。说也怪，越这样做的同志，他身上的病毒发作得越快。病毒蔓延的结果是主人也就失去了自主的能力，站不住，左摇右摆，昏昏然一头栽倒了，最后被"病魔"夺去了政治生命。

我们应当自觉地掌握唯物辩证法，热烈地欢迎群众的批评帮助。这样就可以在实践中一步步清除身上的一切"病毒"，永葆无产阶级的革命青春。

物质变精神　精神变物质

物质变精神，精神变物质。这是毛主席对辩证唯物主义的认识论最精辟、最科学、最完整的概括，是对马克思主义哲学的重大发展。

物质变精神，即认识来源于实践，人的正确认识来源于三大革命运动的实践。"这是整个认识过程的第一个阶段，即由客观物质到主观精神的阶段，由存在到思想的阶段。"教条主义者否认这个科学的认识论阶段，教条主义者的公式是从书本到书本，即使他学的是马克思主义，也不是三大革命运动中的活的马克思主义，而是书本上的马克思主义。脱离三大革命运动学习马列主义是不可能真正把马克思主义、列宁主义、毛泽东思想学到手的。从这个意义上讲，教条主义实质上是唯心主义。

精神变物质，这是马克思主义认识论更为重要的组成部分，是整个认识过程的第二个阶段，即"由精神到物质的阶段，由思想到存在的阶段"。毛主席说："人们的认识经过实践的考验，又会产生一个飞跃。这次飞跃，比起前一次飞跃来，意义更加伟大。因为只有这一次飞跃，才能证明认识的第一次飞跃，即从客观外界的反映过程中得到的思想、理论、政策、计划、办法等等，究竟是正确的还是错误的，此外再无别的检验真理的办法。而无产阶级认识世界的目的，只是为了改造世界，此外再无别的目的。"马克思主义认识论的这一个飞跃往往被人们所忽视。而这恰恰是区别马克思主义与修正主义、教条主义的界线。修正主义者否认精神可以变成物质。他们认为思想、思维、精神同存在、物质没有同一性。他们强调特殊，否认一般规律的指导作用和普遍意义。在经济上就执行物质刺激、利润挂帅、技术第一、业务至上的路线。这是否认精神变物质的资产阶级世界观和形而上学的方法论的具体体现。教条主义者同样否认精神变物质，他们学习马克思主义不是为了指导自己的行动，去改造自己的主观世界和客观世界，而是为了自己的名权利，为了装潢门面，夸夸其谈。

马克思主义、列宁主义、毛泽东思想是对无产阶级革命和无产阶级专政实践过程的最科学的总结，是人类智慧的最高结晶。毛主席说："马克思列宁主义是从客观实际产生出来又在客观实际中获得了证明的最正确最科学最革命的真理。"（《整顿党的作风》）马克思主义、列宁主义、毛泽东思想最正确地反映和概括了物质世界和人类社会的客观规律。精神变物质最重要的就是把马克思主义、列宁主义、毛泽东思想与革命实践相结合，使之为广大革命群众所掌握，使之变成改造世界的巨大物质力量。"马克思主义的哲学认为十分重要的问题，不在于懂得了客观世界的规律性，因而能够解释世界，而在于拿了这种对于客观规律的认识去能动地改造世界。"（《实践论》）"而代表先进阶级的正确思想，一旦被群众掌握，就会变成改造社会、改造世界的物质力量。"人民群众掌握了毛泽东思想，就有了克服一切困难的智慧和力量，就可以绕过革命航线上无数的"暗礁"和"险滩"。

● 1970年12月15日

箭与靶：理论与实践相结合

毛主席教导我们："马克思列宁主义和中国革命的关系，就是箭和靶的关系。""马克思列宁主义之箭，必须用了去射中国革命之的。这个问题不讲明白，我们党的理论水平永远不会提高，中国革命也永远不会胜利。"（《整顿党的作风》）毛主席是用马克思列宁之箭，射中国革命和世界革命之的的最高典范。毛主席在半个世纪以来，领导中国人民创造性地运用和全面地发展了马列主义，在中国这块土地上建设起了一个光芒四射的革命根据地。从20世纪50年代斯大林逝世以后，毛主席以无产阶级革命家的大无畏的精神，更高地举起了马克思主义、列宁主义的旗帜，把世界革命推向了一个崭新的阶段。要革命，就必须学习毛泽东思想，学习毛泽东思想，就必须与革命实际相结合，必须与改造自己的世界观和改造客观世界的斗争相结合。毛主席说："在中国生活的共产党员，离开中国的实际需要来读马克思主义，纵令你把马克思主义读一万本一千遍，也还是一个假马克思主义，这样的'马克思主义理论家'，也还是一个'老鼠上秤钩，自己秤自己'的假理论家。"（《〈反对党八股〉的补充》一九四二年六月十八日《解放日报》）如果学习马列主义、毛泽东思想采取教条主义的态度，搞来搞去，就要变坏，"甚至可能走上反革命的道路"。因此，我们干革命，学习毛泽东思想，就必须结合实际、结合思想革命实际活学活用，正确解决箭与靶的关系，永远用红箭射黑靶，在射黑靶的斗争中，使红箭更红、更锐利。

● **1971年6月24日**

共产党员
——庆"七一"

一

共产党员意志坚，
钢铸铁打冲霄汉。
千钧霹雷轰不倒，
万吨高压腰不弯。
腥风血雨无所惧，
火海刀山忠心显。
喜看四海展红旗，
笑洒热血写新篇。

二

共产党员打先锋，
冲锋陷阵斗敌勇。
万水千山踩脚下，
林海雪原逞英雄。
劈风斩浪卫祖国，
战天斗地筑长城。
炉火熊熊炼纯钢，
山花烂漫树青松。

三

共产党员心最红，
无限忠于毛泽东。
雄心撼山动天地，
壮志凌云贯长虹。
生为工农打天下，
继续革命永攀登。

用马克思主义世界观和方法论武装头脑
——读列宁《唯物主义和经验批判主义》

　　毛主席教导我们："要有目的地去研究马克思列宁主义的理论，要使马克思列宁主义的理论和中国革命的实际运动结合起来，是为着解决中国革命的理论问题和策略问题而去从它找立场，找观点，找方法的。"今天我们学习马克思、恩格斯、列宁的几本光辉著作，就必须遵照毛主席的这一伟大教导去学习。

　　8月以来，在上半年粗读《唯物主义和经验批判主义》的基础上，又参考有关辅导材料，比较认真地读了一遍。尽管仍然还有许多地方吃不透、学不懂，但已经初步尝到了甜头，进一步认识到今天毛主席、党中央要全党重新学习这本光辉著作的重大意义。这本书是列宁在十月革命前、1908年写的，已经60多年了，但是，列宁所全力捍卫的马克思主义哲学路线仍然同主观唯心主义的哲学路线进行着激烈的斗争，并在斗争中发展到了一个崭新的阶段。已被列宁批得体无完肤的形形色色的马赫主义谬论又开始"抬头"。他们有的是直接贩卖马赫——波格丹诺夫的理论、口号，公开攻击马克思主义真理"过时"，诬蔑战无不胜的毛泽东思想是"教条主义"（俄国的马赫主义者攻击马克思主义是"独断的唯物主义");有的则穿上华美的伪装,宣扬反动的先验论,对抗毛主席的《实践论》《矛盾论》;有的则摆出一副公允的样子,大力推销折中主义。他们的这一套主观唯心主义哲学,尽管花样繁多,但在《唯物主义和经验批判主义》这面光芒四射的照妖镜面前都现出了它们的"蛆虫哲学"的面目。从他们宣扬的谬论,到他们玩弄的诡辩术,都可以在列宁批判的马赫之流中找到根据。

我们看一看列宁是怎样批判马赫主义者的,认真学习、领会和掌握其方法十分必要,十分重要。现将自己的一些粗浅体会综合如下。

一、选好靶子。

列宁本书批判的主要靶子是波格丹诺夫(一度是布尔什维克的政治局委员)、卢那察尔斯基,以及孟什维克的代表人物尤什凯维克、沃尔斯基和布尔什维克的敌人、社会革命党的首领切尔诺夫等。他们有的是(布)党内的资产阶级代表人物,是显赫一时的"理论权威";有的是党外的敌人的理论权威。他们不是代表个人,都是代表反动的地主、资产阶级,在理论上结成了反对马克思主义辩证唯物论和历史唯物论的"神圣同盟"。这些人物是反动思潮的代表。列宁把这些人物选为靶子,公开点名批判,是当时思想文化界的一场大革命,震动大、影响深远。从根本路线上和理论上真正武装了党和人民,为伟大的十月革命作了最好的理论准备。

二、从哲学基本路线上分清是非、划清界限。列宁在本书的结论中指出："首先必须把这种哲学的理论基础和辩证唯物主义的理论基础加以比较。本书前三章作了这样的比较，从而表明了：用新的谬论、术语和诡计来掩饰唯心主义和不可知论的旧错误的经验批判主义在全部认识论问题上是反动透顶的。只有那些根本不懂得什么是一般哲学唯物主义以及什么是马克思和恩格斯的辩证方法的人，才会侈谈经验批判主义和马克思主义的'结合'。"列宁在书中牢牢抓住物质和精神、思维和存在的辩证关系这个哲学的根本问题，逐个对照、检验、批判了俄国马赫主义分子的理论，捍卫了马克思主义哲学的纯洁性，揭露出他们打着红旗反红旗的反革命面目，从理论上、路线上分清了敌我。

三、查来龙去脉，着眼其发展，着眼其特点。列宁在书中，查了俄国马赫主义的"三代"，追溯其历史发展的渊源。它的老祖宗是贝克莱大主教，第二代是马赫、阿芬那留斯，再到俄国马赫主义者。列宁在这里拿出他们"祖孙三代"的言论加以对照分析，看其本质。列宁说："必须确定经验批判主义这个哲学专家们的小学派在现代其他哲学学派中的地位。"不仅看其历史根子，放在整个主观唯心主义哲学发展史中分析批判，同时又从其自身发展的过程加以分析。列宁一方面指出："现在我们应当看一看它的历史发展，看一看它同其他哲学派别的联系和相互关系。"同时又指出："我们现在应当看一看这种哲学怎样发展，往哪里发展，就是说，朝什么方向发展。"列宁对波格丹诺夫的思想发展，也是这样分析的，指出他是怎样堕落为马赫主义的。

四、看他跟谁走，与谁交朋友，与谁携手并进，他们共同反对的是谁。列宁指出："判断哲学家，不应当根据他们所持的招牌（"实证论"、"纯粹经验"哲学、"一元论"或"经验一元论"、"自然科学的哲学"等等），而应当根据他们实际上怎样解决基本的理论问题、他们同什么人携手并进、他们过去和现在用什么教导自己的学生和追随者。"这里我们联系毛主席在《将革命进行到底》中的教导："处在革命高潮中的中国人民除了记住自己的朋友以外，还应当牢牢地记住自己的敌人和敌人的朋友。"分清敌友我，这不仅是政治斗争、军事斗争必须解决的根本问题，就是在理论斗争、思想斗争中，在分辨各种反动思潮、文艺派别时，也必须抓住。

五、有的放矢，剥其伪装，分析其诡辩的手法。列宁认真地分析了论敌提出的每一个谬论，找出他们的论据、例证。这里有时看其自供，即看看他们一伙对其哲学的性质、联系的论述；有时就从引证他们的一些玄之又玄的言论中找出其要害论点、依据。在批判时，一是用马克思、恩格斯和狄慈根及其他唯物主义的言论同波格丹诺夫的言论加以比较，以马克思主义之矢射马赫主义之的，从对照、比较中看他们是怎样背叛马克思主义、攻击唯物主义的。一是以毒攻毒，用敌人阵营的代表人物对俄国马赫主义的欢迎态度揭露其反动本质。一是用科学的最新事实和阶级斗争的发展来驳斥。

以上几点是我初步看到的列宁的批判方法，我们必须在革命实践中，才能逐步有所体会和掌握。要做到这一点，就必须像列宁那样做系统的、周密的调查研究。

座右铭与指路灯

　　毛主席说："既然必须和新的群众的时代相结合，就必须彻底解决个人和群众的关系问题。鲁迅的两句诗'横眉冷对千夫指，俯首甘为孺子牛'，应该成为我们的座右铭。'千夫指'在这里就是说敌人，对于无论什么凶恶的敌人我们决不屈服。'孺子牛'在这里就是说无产阶级和人民大众。一切共产党员，一切革命家，一切革命的文艺工作者，都应该学鲁迅的榜样，做无产阶级和人民大众的'牛'，鞠躬尽瘁，死而后已。知识分子要和群众结合，要为群众服务，需要一个互相认识的过程。这个过程可能而且一定会发生许多痛苦，许多摩擦，但是只要大家有决心，这些要求是能够达到的。"毛主席这段指示，是何等的亲切、深刻，是一切革命者，也是我思想入党，实现思想革命化的光明大道。对敌人，不管它是明火执仗的，还是暗藏隐蔽的，不管是举着白旗的反动派，还是打着红旗的反革命两面派，不管是政治上组织上的阶级敌人，还是理论上思想上的敌人，都要"横眉冷对"，绝不能讲"仁慈""平等"，必须彻底划清界限，坚决斗争，直至把敌人消灭为止。相反，对无产阶级和人民大众，我们永远是俯首听命、全力拉车的"牛"，是接受哺育、吸收营养的"孺子"。"横眉冷对千夫指，俯首甘为孺子牛"最完整地概括了一个共产党人的世界观，这就是说，"做一个共产党员，要永远与人民群众在一起，虚心向人民群众学习，坚决相信和依靠人民群众，完全彻底为人民服务，拉一辈子革命车，一直拉到共产主义。"要做到这一点，就要下决心，经过长期的痛苦的磨炼，才能有所收获。

● 1971年11月20日

关于调查研究应注意的几个问题

写一个全过程的调查报告，在分析提炼中心和主题思想时，应注意以下几个问题：

1. 历史与现实的关系；
2. 全过程与规律、现象与本质的关系；
3. 普遍性与特殊性的关系；
4. 表达时，应注意搞好：观点与材料的统一，内容与形式的统一；在集体协作时应正确处理个人与集体的关系。

纪念《在延安文艺座谈会上的讲话》发表 30 周年

毛主席的光辉著作《在延安文艺座谈会上的讲话》发表马上就30年了。30年的历史证明："讲话"不仅是革命文艺工作者，而且是一切革命者前进的灯塔。

舞台风雷激，
艺园炮声隆。
斩妖驱魔英雄立，
红塔指航程。

"黄河"飞九霄，
芭蕾出彩虹。
鲜花奇葩向阳开，
神州春意浓。

● 1972年7月5日—1973年2月13日

在济南养病期间阅读的书目：

《列宁选集》四卷

摩尔根《古代社会》一、二、三

周一良等编《世界近代史》上下

范文澜版《中国通史》第一、二编

梅林《马克思传》

克鲁普斯卡娅《回忆列宁》

恩格斯《家族、私有制和国家的起源》

巴尔扎克小说：《朱安党》《驴皮记》《夏倍上校》《凯撒比罗图盛衰史》《比哀兰德》《禁治产》《地区的才女》等十多部。

《红楼梦》（四册）及脂评本16回

鲁迅小说集及部分杂文、其他

1972年全国出版的几部长篇小说：《金光大道》《激战无名川》《飞雪迎春》《江畔朝阳》《虹南作战史》《牛田洋》《矿山风云》《闪闪的红星》等十多部

诗歌十多本及其他文学常识多本

延安行——铜川之夜

繁星闪烁灯火明，
煤海欢唱山川红；
心潮翻腾久不眠，
梦中呼唤延安城。

乘车北上

车轮飞转穿高原，
逶迤盘旋山谷间。
层层梯田迎面来，
排排白杨入眼帘。
雨点山花红四野，
风传战歌动洛川。
一桥飞渡延河水，
革命精神万代传。

● **1973年5月5—16日**

42年前，延安剧团和演出情况：

战剧团（1935年6月成立时，名为列宁剧社）：

演出歌舞、秦剧、话剧。以后，要搞"提高"作品，就单纯演话剧。

青年艺术剧院（原为四川旅行剧队，1940年来延安）：

《雷雨》《伪君子》《上海屋檐下》《铁甲列车》

鲁艺话剧团：《日出》《带枪的人》《婚事》《蠢货》《求婚》

边区文协 ｛ 民众剧团
西北文工团：《蜕变》《北京人》《雾重庆》
杂技团

留守兵团烽火剧团：《李秀成之死》《太平天国》《国家至上》《悭吝人》《海滨渔妇》

抗大文工团：《魔窟》

剧协：《钦差大臣》

马列学院：《马门教授》

（延大　据赵云天同志调查）

《简·爱》阅读摘记

女主人公简·爱的故事：她从小父（原是个牧师）母去世，到了她舅母家生活，受了种种迫害，后被送进教会学校（教养院），学成后又当了两年教员。后到罗切斯特家（乡村）当家庭教师，与相差20岁的主人发生爱情，直至要结婚时，才发现主人已婚，妻子疯了，未死。教会不允许他们结婚，她逃走了，又得到了一个牧师圣约翰的救助，作了教会小学校长。圣约翰向她求爱，准备结婚后去印度，因无爱情，她拒绝，并亲自去找原爱人。这时（原爱人的）疯妻子已烧死，他本人瞎了眼，少了一只胳臂，成了残废，两人忠于爱情，结合在一起，获得幸福。全书歌颂了"爱情至上主义"，批判禁欲主义。

作者以第一人称写的，语言娓娓动听，富于情感色彩。

《悲惨世界》（一）（二）阅读笔记

（雨果著、李丹译，人民文学出版社1958年版）

作者序

只要因法律和习俗所造成的社会压迫还存在一天，在文明鼎盛时期人为地把人间变成地狱并且使人类与生俱来的幸运遭受不可避免的灾祸，只要本世纪的三个问题——贫穷使男子潦倒，饥饿使妇女堕落，黑暗使儿童羸弱——还得不到解决，只要在某些地区还可能发生社会的毒害，换句话说同时也是从更广的意义上来说，只要这世界上还有愚昧和困苦，那末，和本书同一性质的作品都不会是无用的。

一八六二年一月一日

雨果是19世纪积极浪漫主义的代表人物。他的思想基础仍然是人性论。他的革命性是很强烈的。

写作上，书中有许多内容是争论或叙述和富有感情色彩的描写的结合。如，"断头台是法律的体现，它的别名是'镇压'，它不是中立的，也不让人中立。看见它的人都发着最神秘的战栗。所有的社会问题都在那把板斧的四周举起了它们的问号。断头台是想象。断头台不是一个架子。断头台不是一种机器。断头台不是由木条、铁器和绳索所构成的无生气的机械。它好像是一种生物，具有一种说不出来的阴森森的主动能力。我们可以说那架子能看见，那座机器能听见，那种机械能了解，那些木条铁件和绳索具有意识。……断头台是刽子手的同伙；它在吞噬东西，在吃肉，在饮血。断头台是法官和木工合造的怪物，是一种凭着自己所制造的死亡以为生命而活动着的鬼怪。"（P.21.）

书中热烈赞扬了法国大革命，这在国民公会代表同主教的对话中充分表现出来。公会代表说："我的意见就是说：人类有一个暴君，那就是蒙昧。我表决了这位暴君的末日。王权就是从那暴君产生的，王权是一种伪造的权力，只有知识才是真正的权力。……"（P.48.）

"可惜！那次的事业是不全面的，我承认；我们在实际事物中摧毁了旧的制度，在思想领域中却没有能够把它完全铲除掉。消灭恶习，是不够的，还必须转移风气。风车已经不存在了，风却还存在。"（P.49.）这观点很深刻。

"法兰西革命，是人类的无上光荣。"（P.49.）

"呀！对！九三！这个字我等了许久了。满天乌云密布了一千五百年。过了十五个世纪之后，乌云散了，而您却要加罪于雷霆。"（P.49—50.）

作品通过对宗教的批判，揭露了主教的剥削本质。

冉阿让是作者同情的劳动者。他从小失去父母，不识字。因饥饿在资本家商店橱窗偷了一块面包，结果被罚了终身苦役。1795年，做苦役十九年后他逃跑了。"人类社会所加于他的只是残害。"（P.112.）

语言的象征性也是浪漫主义作品的一个特点。如，

一个人落在海里了！有什么要紧！船是不会停的。风刮着，这条阴暗的船有它非走不可的路程。它过去了。

那个人灭了顶，随后又出现，忽沉忽浮，浮在水面，他叫喊，扬手，却没有人听见他的喊声。船呢，在飓风里飘荡不定，人们正忙于操作，海员们和旅客们，对于那个落水的人，甚至连一眼也不再望了；他那个可怜的头只是沧海中的一粟而已。（P.117—118.）

海，就是残酷无情的法律抛掷它的牺牲品的总渊薮。海，就是无边的苦难。

漂在那深渊里的心灵可以变成尸体，将来谁使它复活呢？（P.119.）

作者的回答：是主教，是上帝，是人性复归、良心发现。雨果对他理想的大主教的描写：

正当月光射来重叠（不妨这样说）在他心光上面的时候，熟睡着的主教好像是包围在一圈灵光里。那种光却是柔和的，是涵容在一种不可言喻的半明半暗的光里的。……显得有一种说不出的奇妙庄严的神态……（P.126.）

作者把冉阿让写成了一个心惊胆颤去偷主教的很丑的贼。

冉阿让改名换姓，到了一个海边小市镇——蒙特猗市，成了资本家，叫马德兰，并当了市长。

他与芳汀（当了妓女）的关系。

……

侦察员（法律的化身）时刻注意马德兰的问题，多方调查，想使他落入法网。圣马弟案件诬害一个好人：因他雨天拾到一个苹果枝（有果），说他偷的。从相貌，说他是在逃的苦役犯——冉阿让。

冉阿让知道此事后，为了不冤枉好人，亲自到法庭上去坦白救那个人，并要求逮捕自己。（实际是写冉阿让赎罪的过程）

（被捕后，他为了救芳汀的孩子，又逃走了。）

他牢记主教的话，"重做诚实的人，做一个有天良的人！""外表是重入地狱，实际上却是出地狱！""最高的圣德便是为旁人着想。"（P.284.）

他自首了以后，又回来看芳汀。芳汀想看自己的孩子。冉阿让被捕。芳汀死。（第一部完）

第二部第一卷，详细地描写了拿破仑失败的滑铁卢战役。作者对拿破仑的失败是惋惜的。"滑铁卢过后，欧洲在实质上是昏天黑地。拿破仑的消失替欧洲带来了长时期的莫大空虚。"（P.425.）

冉阿让潜水逃跑，救珂赛特的过程，揭露了以德纳弟夫妇为代表的资产阶级的丑恶。

冉阿让带珂赛特逃进一个女修道院（对修道院制度的批判），作者借冉阿让之口认为修道院"是中世纪的一种最悲惨的具体形象"。

……那些魑魅魍魉，尽管全是鬼物，却有顽强的生活力，它们的鬼影全有牙有爪；必须和它们肉搏，和它们战斗，不停地和它们战斗，因为和鬼魅进行永久性的斗争，是人类必然的、注定了的命运之一。要扼住鬼影的咽喉，把它制伏在地上，那是不容易的事。

法国的修道院，在十九世纪太阳当顶的时候，是一群处在阳光下面的枭鸟的窠。修道院在一七八九、一八三〇和一八四八年是革命发祥地的中心，鼓吹出家修行，让罗马的幽灵横行在巴黎，那是一种违反时代的现象。在寻常时期，如果要制止一种违反时代的现象，使它消亡，我们只须让它念念公元年代的数字便可以了，但是我们现在绝不是在寻常时期。我们必须斗争。（P.617.）

冉阿让最后在个疯老头的帮助下，从棺材里得到活命，后进了修道院当园丁，珂赛特入了修道院学习。

● 1974年12月16日

读《红楼梦》的无名抄本。

读列宁格勒《红楼梦》抄本记。

读吴世昌著《论脂砚斋重评〈石头记〉（七十八回本）的构成、年代和评语》。

吴世昌先生认为：

畸笏是脂砚斋晚年的笔名。

脂砚斋是曹寅之弟曹宣的幼子，字竹磵，故为曹雪芹的叔辈，其年龄较曹雪芹大20岁左右。

其他评者：

松斋即白筠，为兵部尚书白潢之孙。

梅溪即曹雪芹之弟棠村。

鉴堂为清末的藏书家、山东巡抚李秉衡，死于义和团之役。

（见扬州师范学院中文系选编的《红楼梦研究参考资料选编》上册 P.280.）

读吴世昌著《从高鹗生平论其作品思想》：

高鹗卒年大致在1815年，

1788年（约为50岁）中举，

1795年 中进士，

辽宁铁岭人。

● 1975年7月14—19日

关于郭澄清创作《大刀记》的调查研究与调查报告

调查对象：

长官公社　李长辛

大柳公社　孙连歧

保店公社　李德福

田庄公社　王贵智

座谈会（宁津县委）发言

李德福同志（保店公社）：

20多年前我就与郭澄清同志认识、熟悉。他过去的作品我也看过一些。《大刀记》出来后，我看了。他把不同时期的斗争反映出来。这个创作，不是凭主观想象，有革命理论，有历史知识，有现实斗争。铁头骆驼的故事，我介绍他去了解。高荣芳有真实的人物原形。旧社会的孤儿都是从实践中磨砺出来的。澄清很用脑子。

我迫切希望看到整部《大刀记》。这部小说对下一代进行教育很有益。

孙连歧（大柳公社）：

《大刀记》我看过一遍，很受教育。书确实能把旧社会的面貌、各阶层的面貌反映出来。连保店卖猴的各种人都反映得很全面。看了后，感到是这么回事。老人可以回忆旧社会的苦，青年人能接受教育。

郭澄清也是这个县的老人。他平易近人，对工农干部很愿接近。他能密切联系群众。保店生活比较苦（三年困难时），他与贫下中农同吃、同住、同劳动。他能联系群众，他的创作路线是群众路线。大柳公社李满大队，1942年被鬼子包围，一次被烧500多间房，200多人被杀，我同他讲过。他时时刻刻用心搜集材料。

他真有点拼命精神。他病得不轻，仍坚持写作。他对农村的先进人物模范非常爱护，歌颂英雄。大柳公社的民兵李守凤的材料也是他开始写的。他的马列主义理论水平高。他经常关心模范人物、先进人物。我经常同他们接触。我曾三次给他送过材料。

王贵智（田庄公社）：

我原来在县委办公室工作。同澄清在一起工作六年，对他的为人体会得比较深刻：

1. 对同志、对群众平易近人；

2. 关心同志、爱护同志，对我的进步帮助很大，我念了四年书，这与他的关心帮助也有关系；

3. 艰苦朴素，不怕吃苦，在大灾之年，工作一点也不误，每晚创作到深夜，没有吃的的时候，晚上就热地瓜、胡萝卜。他体质很弱，但坚持创作；

4. 善于联系群众、深入群众、体验生活，在齐河孙更公社，他经常与老贫农促膝谈心，与群众同呼吸、共命运。

《大刀记》的征求意见本我看过，用了三个晚上看的。我是含着眼泪看完的。小说说出了今天贫下中农的心里话。看后，心情好几天平静不下来，给我上了一堂生动的阶级教育课。

他的作品有生命力。书中他写了袁桂田（救红小兵伤臂）的事迹。现在袁桂田成长得很好，是地革委常委、支书。我看的小说，没有像这部这样写得这样深刻的。我认为是空前的。他写出《大刀记》不是偶然的。他一再说，一定要深入群众，深入生活。

他是高小生，不断学习马列、毛主席著作、抗日时的军事著作，有的都能背下来。

看他的书不知不觉掉泪了。他几次要我向袁桂田同志学习。他对同志的病更是关心，见面就问起。

李长辛（长官公社）：

我是宁津人。1950年，他当校长，我在民政科工作，我对这个人有些崇拜。每次教育界发言的都是他。他讲得很生动，群众爱听。以后，他调到县委办公室工作。1960年以后，我们更熟悉。郭澄清培养人不惜牺牲一切。他平易近人，有闻必录，勤于思索。严成的事迹，我向他介绍过。郭澄清对别人的工作帮助很大。他写作十分艰苦。他知我是工农干部，对我说："你别光抓粮棉油，要抓抓人头，要抓抓教育，要提高对人的认识。"这事对我很有启发。我开始抓文艺宣传、教育工作。他写书很忙，但对同志的关心很大。有时写封信，鼓励同志们好好工作，搞好团结。

他善于深入实际调查研究。我们社几个写材料的都是他培养的。他到我们社后，就指导人写作。

张奎荣（文化馆负责人）：

宁津县业余创作者有三四百人，重点作者有三四十人。现业余创作已经到了第三代。1962年以来，每年都召开二三次业余创作会议。

《大刀记》说出了贫下中农心里的话，唱出了他们对党对毛主席的热爱。

李华南（县委副书记）：

我与澄清很合脾气。他为人很耿直。他会做群众工作。做得不错，我还比较满意。他创作着迷一样。他是有空就挤，他的时间是挤出来的。我是支持他的。他很艰苦朴素，对老人很孝敬。俺俩是抬杠抬出来的友谊。抗日时期，我去宁津，我知道的事情就告诉他。第一部样稿，他念给我听过，我也提过意见。他这个人能全部理解，重点问题一点就透。他也经常问我，鬼子的楼是怎样的，当时的歌曲、背景，我提供过一些材料。

严玉森（天津，抗日时期县委书记）：

郭澄清写《大刀记》的想法同我谈过，说他要写抗日时期的阶级斗争与民族斗争，以及两者的关系。这个主题我赞成。

第一部我看过、听过。

华北最艰苦。宁津属华北也最艰苦。宁津是鬼子强化治安的模范县。全县境是一个"大土围子"，保甲制，鬼子要三个月剿尽宁津的共产党。过不了三里路就有一个点、炮楼子。白天拉电线，晚上拆。鬼子在电线杆上拴狗。每个电线杆上拴灯笼。敌人见人就杀，把人头示众，挂电线、墙、炮楼上。全县四个出口。过境地方有吊桥。鬼子修大围子是采取"囚笼战术""封锁包围"的方法。

我党精兵简政，隐蔽行动，重点做敌伪工作，主张"有敌人无敌区"，斗争是手段，争取是目的。工作方针是少说多做……强调巩固，继续发展独立自主。"功过簿""等要录""黑红点"都有，并及时公布出去。不打无把握的仗，不打无准备的仗，战必胜。加强政治攻势。

1942年最艰苦。1944年敌人走下坡路。主力部队起重大作用。敌人的岗楼发挥了作用。我们各个击破，敌人又集中使用。1944年，从隐蔽到公开行动。1945年，围困县城。1942年前我们的主力是自卫队。

李金锋（文教组长）：

宁津人民的斗争很艰苦，人民的斗争很坚决。

王清（老党员，1933年入党）曾领导群众自发把鬼子三辆车烧掉。他是我们县最早的党员。

那时真英雄虎胆，敌进我扰。

澄清同志村附近，坊子街据点的伪军经常到郭果敲诈。一次，五区长带通讯员小杨赶到据点，五区长叫小杨进据点对伪军说："你们排队出来，五区长训话。"这是政治攻势。

李书记：

他的创作就像千人糕，他经常深入群众。

李金锋：

1960年，我和澄清去天津学习。业余时间，他写文章给《新港》《天津日报》送去。

1960年春末夏初，生活琐事他是不管的。我说你是不是洗洗衣服。他说洗衣服不如看书。宁津有些同志说他是"空气洗衣法"。星期天，他从不出去玩，他到棋馆去下棋。他不自私。他爱人刘宝莲，是农村妇女。我积极给刘宝莲想办法，才让她当上教师。他自己根本不提。

李书记：

《大刀记》上写的梁永生像很多人，是历史上的新人物。

李金锋：

他这里有三间小房，爱人在附近教书。去年他同来改稿子，我要给他弄烟筒。他说不要照顾。

李书记：

他很自觉，从不多占。

李金锋：

合作化前，县委办了个《支部报》，调郭澄清当主编，他接触了很多业余作者。他的工作有质的飞跃，还办了个刊物《激流》（《宁津文艺》），涌现出很多作者。合作化后又办了《宁津报》。

现在宁津业余作者有300多人，还有部分骨干。长森的作用也很大，他是老郭的大徒弟。

李书记：

1963年开始他跟我讲要写这部书，要我谈家史。我向他谈了许多情况。我说你学学《红旗谱》。

第一部《血染龙潭》，他念给我听了。

李金锋：

县委书记、常委都支持他，很关心他。有人说（公社化前）"郭澄清是一本书主义"，认为写报告"耽误工夫"。事实他真把写书放在业余地位。

李书记：

他的工作是他生命中很重要的一部分。他的创作来自群众，取自群众，集中起来，贯彻下去，出现新人物，改造社会面貌。

李金锋：

老郭是20级。重要的是我们要精神上支持，生活上关怀。杨政委在干部会上讲过，要全县支持，积极提供材料。

李书记：

我问他你写这样的著作，要不要找个助手。他坚决不要。他说我在宁津顾问多，我可以边写边问。他最怕脱离创作源泉。

贫下中农座谈会
（1975年7月15日下午）

调查对象：

李金贞：烈属，79岁，女

郭连俊：老干部，50岁，男（一队）

郭金忠：支书，36岁，男（一队）

郭连义：贫协主任，62岁，男（二队）

郭治明：赤脚医生，31岁，男（三队）

贫下中农座谈会发言：

郭金忠：

澄清创作《大刀记》时，在郭果一直坚持劳动，刻苦学习马列。他对我影响很大。他每天四五点就起床，工作十五六个小时。我担任支书是从1969年开始的，工作遇到很多困难，想撂挑子。他经常鼓励我。三年里，他经常和我谈心，有时谈到深夜。他要我好好团结同志，辅助我，对我学习帮助很大。到现在，他同支委（郭耀庭）团结得很好。现在抓紧抗灾夺丰收。澄清的学习给郭果贫下中农起了表率作用。他的生活非常俭朴。不少干部都在搞"安乐窝"。他盖的房子质量最差。这几年，他一直点煤油灯写作。

群众反映说："澄清官大，不仗势，不称霸，平易近人，不管大人小孩都很热情。"

村里建立了学习制度，十天一次。他帮助我们把关定向。1970年，在他的帮助下，村里由4眼机井增加到12眼，还有10台机器。磨石机、粉碎机等都有了。他经常向我们讲党的基本路线。在他帮助下，村里还建立起大队科研实验队。

他经常向我们讲，重要的问题是教育农民，也教我们党委会的工作方法。工作遇到困难的时候，他叫我学习主席著作。他号召支部党员，动员群众，植树造林。在他的带动下，很多社员都种上树了。这几年在家写《大刀记》，也做了很多工作，对群众做了很多好事。他不受请不受贿，拒腐蚀。他一直带病参加工作。带重病骑车子很困难，我们想带着他，他坚持不让。以前他从没有坐过小车，来回都骑自行车。今年开始才小车接送。为了搞《大刀记》，村里成立了一个贫下中农参谋小组，广泛征求群众意见。

郭连义：

我和澄清、梁宝成和程明义的关系，是穷弟兄关系。澄清住的是两间破小房，点的是煤油灯。澄清说："我还要请你们帮助，我在农村方便。"一次他到我家说："我念这稿给你听听，有不顺茬的地方没有。"

秋收，夜很晚了，他还在灯下写。我说："你不能没黑没白地干。兄弟，天不早了，还不休息。"他说："虽是这么说，只要我活着有一口气，就要完成这一创作的任务。""旧社会，地主逼咱流浪在街头，大哥闯关东，30多年没有音讯。""我写这部书，为咱贫下中农争气，为共产党毛主席争光争气。"我一听俺兄弟行这路子对。我也争取一天三出勤，活一天就尽一天力。

（说着激动地掉下泪来。）

郭连俊：

他在心肌梗死严重病情下，每天坚持十几小时工作。我个数月去他那一次，劝他注意休息。他说："只要我有郭澄清这口气，就要完成写作任务，为贫下中农争气。"

他对阶级弟兄非常关心。郭连滋（复员军人，生活贫困）得了肺结核却没有链霉素。他知道后说："这哪行！我这有，拿去用。"拿去10支，救活了一条人命。"澄清这样的人几乎没有，这是党培养的好干部。"一次俺娘得了痢疾，他给了足足半斤红糖、一块姜。让娘沏了几壶糖姜水，好了。俺家里人有病（肝炎），他给送来一斤多白糖。

二十几年，他生活非常艰苦朴素，骑半新车子。孩子们穿的、吃的赶不上郭果一般人的生活。一把破圈椅子（土改分的），一张八仙桌，两间土房，用了好几年。郭果贫下中农，对他都很关心。澄清的生活、为人，得到群众的好评。他是共产党毛主席培养的优秀党员。《大刀记》出版了，这是贫下中农的一件喜事，贫下中农都渴望见到。别人幸福他就喜欢，这是一般人做不到的事情。

他说："我这个家庭，我爷爷是街上人。我死不了就要坚决干下去，能活一天就干一天，为党为无产阶级写书。"我受他影响很大，学习他这种精神，我虽眼不好，也要好好工作，

担任保管，能爬也要工作。（干保管还积肥）

澄清是党的好干部，党的好儿女，人民的好勤务员。

李金贞（烈属大娘）：

我经常到澄清家去。去年腿坏了，他和宝莲来看我，送拐杖给我。"嫂子，你吃么我给你买么。"他处处照顾我。他经常向我们这些没有用的人讲《大刀记》，每逢过年过节都到烈军属家走访一遍。他时时刻刻牵挂着我。

郭治明：

我们是庄乡关系，住对门。我每天到他家去两次，多至五六次。他家的书架也是他自己用板条钉的。他的书分三类：马列毛主席著作、创作书、工具书。每天学习工作时间安排：早晚听广播、天气预报，及时听中央、毛主席的声音。听天气预报，是为了帮助农民生产。哪个队棒子（玉米）该浇了，他亲自主动找队长或支书。他带病坚持工作，他有点结核，长期失眠，但他每天工作20小时，甚至通宵。郭连滋得结核性肺脓肿，生命很危险。他自己把针停下来（也有结核），交出全部针来。

"抗日战争时期，无数烈士英勇牺牲了，毛主席领导八路军作出了不朽的贡献，不写下去，对得起死去的先烈吗？"一次澄清高烧39—40℃，他继续工作。我劝他停下，他不但不休息，那天还是写了一万字（平时写6000多字）。我当时思想落后，下雨夜晚不愿出差。按身份他比我高得多，按贡献他比我大得多，为什么他能拼上命干？我从此解决了思想问题，积极工作。他每天让我读马列的书。我有生以来第一次看马列的书。他一天吃粮不过二三两。早晨饭有时吃到10点多钟——饭不吃，也要写一段，饿着肚子也要这样干。他有胃无肠，有时倒出来，基本上一天很少进粮食。我经常给他打针，我在那里要等很长时间。"我再写一段。""不行，光等不行，还要给社员看病。"他一听马上停下来打针。人常说骨肉亲，叫我看阶级情义比骨肉亲。有时他咳嗽很厉害，仍不断问我："是不是还有别的法治我的病，节约点药材？"

他每天带病工作十几个小时，这种毅力来自学习马列和毛主席著作。他在外边栽树近千棵，风雨交加天，他仍披破棉袄出来栽树。最使我敬佩的，就是他对疾病非常乐观。他对工作极端热忱。他对贫下中农的热情，高于一切干部的热情。对于一般业余文艺爱好者的热情，高于外地来的干部。贫下中农不管你穿得怎么破脏来找他，他都沏茶点烟。他抽烟每天三盒，没有人时，他抽最孬的烟。他尽量不向国家伸手。

郭金忠：

他在家写《大刀记》就等于省委派了个驻村干部——没给支部增加一分麻烦。

他家十口人，一个79岁的父亲，但他不向国家伸手。

他的风格特别高。他有方便就让给别人。他住土房土屋，穿补丁衣服。他的思想觉悟高。

郭连义：

他没有阔气、官气。

张奎荣：

老郭有贫下中农的骨气，为毛主席争气。他以笔为武器，干革命。1958年参加天津一次会议，他穿的也很破烂，一些大人物看不起他。他对党对贫下中农的感情太深，他写着写着就掉泪。他祖祖辈辈挨饿受气，没有家，在街上。

郭金忠：

整个大队的安定团结，澄清做了不少工作。他说："我帮助支部做工作，就是帮助党做了工作。"

张（李户）：

他对大队业余作者李平加热情关心、尖锐批评。

郭金忠：

他不为名不为利。

郭治明：

一个破罩子用破纸糊糊用了再用。三年苦战，得了心脏病。写小说不像干农活，一摞笔就半途而废。

郭金忠：

他说："我郭澄清不想死，死不了，也不怕死。生命不息，创作不止。"

郭连义：

这次从北京回来，我说书成功了，这回该歇歇了。他说："我只能歇两天。上级、党交给我的任务，写不完这部书我不死。"歇10天后，8日，他又去北京讨论提纲。

郭治明：

他说对病一点也不紧张，很乐观，但他对工作特别紧张，特别讲究。他写120万字的《大刀记》一丝不苟。"我写端正，编辑可以节省时间，可以为人民做更多工作。"

郭金忠：

支部同志去他那，他说："我先念一段。"连义哥向他提供东北的方言土语、生活习惯。烈属大娘儿子当兵的生活常向他说。秦明（80多岁）向他说下关东的苦。整个《大刀记》说出了贫下中农的心里话，贯彻了毛主席的革命路线。他不拘形式，常同群众谈心。

郭连义：

他爷爷被逼上了坊子街，全是穷蔓上结的瓜。他这鼓劲来自祖祖辈辈贫下中农长期被压迫的这股气，要为毛主席共产党争光，为贫下中农争气。谁救了咱？共产党、毛主席。死不了就得干。

宁津县教育局　1975年7月16日下午

苏文成同志：

澄清自己小学毕业，开始是个小孩，刻苦攻读马列，改造世界观。不管工作多忙，每天总要抽时间学习。1970年他身体不好，肝有毛病。他自己从来不讲。大家动员他去治疗。领导说，这就是领导交给你的任务。他还是不去。

后地区开经验交流会，众人趁机到李架子（大柳公社）

说了半天，没有解决问题。地区派车叫他到德州疗养院（20多天）。他在那里认真学习九大文件、毛主席著作。临去前仍坚持同学生一起去劳动。整党建党期间，他早、中午从不睡觉，就住村公社。党委书记把他锁在家里，他从院墙爬出来，参加整党建党学习。业务上，他也虚心向老教师学习。

农业局局长巩云秀介绍郭澄清同志

澄清生在农村、长在农村，工作在农村。长期观察分析每个人的特点。他非常认真，拼上命追根求源。

1961年，我与他在桑园车站谈了一夜。

文学来自人民群众的生活，但它又高于实践、指导实践。他写《大刀记》，我俩在一块，他问那个歌怎么唱，那个时期怎么提，怎么想，互相补充。他的作品就像见到他在那里说话的风度。1945年，他开始给《渤海日报》写稿子。在写作前，他先了解一个人的政治信念、思想。他的声音、笑貌、见解在书上都可以见到。自1945年以来，30年他从来没有误这件事。这个县通讯报道、业余创作一直比较好，这与他的影响分不开。他培养的人很多。几千年封建社会中，统治者把关公、包黑子等宣传得家喻户晓（各种形式）。这里很兴大鼓书。如何把我们的东西变成大鼓书，他也搞了一阵。

他说创造人物形象应是典型人物的形象。我俩从形式到内容、过去和现在的东西谈得比较多。我赞成他。他写的东西我也看，很喜欢。

他非常刻苦，几十年如一日，是一个脱离了低级趣味的人，从不讲名利地位，从不搞特殊，从不谈论吃、穿、戴，对自己要求特别严。这些年，我哭过几次——任弼时死、斯大林死、焦裕禄的报道、前几天看了老郭的病历。我一早没吃饭就跑他家去。他说："怎么？你怕了？人不想死就死不了。你放心好了。这病没有治，可是对我没有威胁。"他一个心眼为党的事业艰苦奋斗，非常刻苦。我看了他就放心了，要他适当注意。他常说怕病不行，怕死也没有用。他的精神是很坚强的。他给某生产大队买了个机器，人家送一点东西，他把人家熊了一顿："我不认得你，我不同你拉这个关系。"十分严肃，"你们把我当成什么人？"他对同志非常诚恳。他干什么都干到底，学习毛著也一定要理解、精通它。1948年，他在完小干团委书记，学生很拥护他。来区开会，大家都叫他谈。人们有的叫他"郭神童"。哪一年集训都要有他的经验介绍。他已出版了几个集子：《小八将》，《社迷》，《社迷传》（中）（1963年），《公社的人们》（1965年），《铁头和骆驼》。

《山东青年》（1950年）曾刊发通讯报道《热情帮助我们读报的郭老师》。

县电影队刘德隆（业余作者） 1975年7月17日上午

他主张破除"创作私有""作品私有"的观念。

他对业余作者很热情。

他的创作注意三条：

1. 用毛泽东思想指导创作，没有窍门可找；

2. 坚持群众路线，破除创作私有观念；

3. 拼命精神。

张奎英：

他已发表六个集子。他创作有三性：战斗性、党性、生活性。

他写了民谣《两个太阳》，饱含热情地歌颂党，歌颂毛主席。《两个太阳》开始在《大公报》发表。

《红旗飘飘》（短篇小说）开始在他主编的刊物《激流》上发表。（《激流》，1957年开始办，县办的刊物，铅印。后改成《宁津文艺》，办了一年多。）

三年自然灾害时，有的干部意志不坚强，要求回家。他抓住生活的本质，歌颂公社里的各类先进人物，如《虎子》《高大虎》等。他一气写了《社迷》《社迷传》《社迷续传》。《社迷》中的刘明月的模特儿，是柴胡店的饲养员。他说：家里有三件宝，天上的月亮、井里的水，还有这把干骨头架子。

毛主席提出接班人问题，他写了《小八将》。

梁永生真正的模特儿是他个人，也有一种硬骨头精神。

刘德隆：

他出身很苦。他热爱党，热爱毛主席。

他说作品不要写得扭扭捏捏。他最反对小桥流水、清柔柔。一写就要把扇子面扇开。

他说作为青年作者搞创作，一定要注意政治观点。1962年保定会议上，他反对写中间人物，大力歌颂工农兵英雄人物。

《大刀记》还没出，有的人说"流产了""出不来了""完蛋了""反面教员"。当时本县、本地区都有这种观点。

张奎荣：

在对待业余作者的态度上，当时斗争很激烈。开始张长森在家写，白天劳动，晚上跑40里进城找老郭，长森这才逐渐发表了几个作品。

全县出的第一个业余作者是张长森。

老郭对待业余作者非常热情。

郭澄清：

一、关于播讲的要求。

播讲的过程是再创造的过程，我准备全部收听。广播电台应大胆地删改。我要仔细地研究，用于今后的创作。要好好修改，现在这东西很粗。我甚感不安。

二、关于播讲中有关创作的问题。

《大刀记》是"千人糕""万人糕"。《大刀记》是广大贫下中农、老党员、老干部集体创作的，各级领导、广大战友给予了很大帮助。

三、这部小说的产生、形成大体是这样：是两个东西或三个东西。

一是家史。通过长期搞"四清"（"四清"中注意搜集了许多贫困家庭的家史，我从其中选了十个家史）搞出的第一部，是现在的甲篇。二是"文化大革命"前，我写过一个《武装委员》，用了三个月写了个草稿，要印的前夕，在1966年5月20日，我说："不出了。"我就回来参加运动，让我带回了两份清样。

到了1972年，我就把第一部写了。他们（出版社）提出可以写两个姊妹篇。第一部《武装委员》，第二部写什么还未定。这次去，在送第一部时，又到中国青年出版社问。"你这里开张无墨，我这里等米下锅。"他们说，不仅姊篇要拿出，妹篇也要拿出。他们研究决定：通过检查可以上马，为了《大刀记》更快上马，可以用于《大刀记》，作者若不用，可以再给我社。中国青年出版社同志又给我一部（我的让红卫兵抄走了），二部在那里，《光满人间》让写解放后，现《大刀记》没写。《千秋业》是在《光满人间》基础上进行。

开始把我弄去搞戏。我也不懂。（弄了三个月）在《奇》剧组搞了8个月。我说还是搞小说。

解放后，《大刀记》搞不好，就此打住。现在的结果：《光满人间》砍了，《血染龙潭》压成开篇。第二部成了90万字。成了现在的《大刀记》。

如果从写《武装委员》算起，时间很长了。从1965年春天，三个月时间，百日完成，定稿28.9万字。"文化大革命"中，我一方面接受红卫兵教育批判，一方面参加报道。正式搞《大刀记》：从1972年10月到1974年10月。1974年10月到1975年8月审稿、修改、出版。写了2年，改发10个月。

四、关于作品的立意、立题问题。

兰澄、燕遇明等同志提了许多意见。

原来的想法，要写三部：

一部写党领导以前，农民自发开展阶级斗争；

二部以武装斗争为主要形式，带民族色彩；

三部写无产阶级专政下，农村阶级斗争与路线斗争。

现在第三部删去了。写的内容是各方面研究定的，我也同意。

抗日战争，对国际，对第二次世界大战是影响重大的事情。我写的东西得到中央和省里领导的支持，旨在通过一个地区的一支游击队来概括抗日战争。一个很小地区的游击队、人民群众的形象，现在完全树起来了。

定的调是：冀鲁平原运河两岸。冀鲁平原东起渤海，西至太行山。运河仅次于长城。

所有的人物都是假的，村名没有虚起来。

在延安时期的领导同志，在冀鲁活动的领导同志跟我谈了五天。我受到很大教育。

我们现在古为今用，写的是抗日战争。备战备荒为人民，要准备打仗，仗是要打的。将来的仗打的还是人民战争。人民战争的成败关键是军民关系。蒋介石也写抗日战争，与我们不同。根本是人民战争，人民战争的核心是军民关系。书中的歌词，按修改后的词（这不叫现代派），突出地写了军民关系，写了八路军和民兵，也写了主力。领导指示：一定要写到（主力），一定不要为主，主要是写大刀队。书中侧重写了军民关系，铜墙铁壁。

五、通过重点章节体现主题。

有些写法自己有些追求，艺术上应走自己的路，政治上走一条路——毛主席指引的路。

一般写长篇有些过渡章节。我是分而成文，合而成章。哪个分开都可称为中篇或短篇。开篇可成为散文或短篇。要有重点章节，没有重点就没有主次。工作如此，创作也是如此。每章都有独立的主题、独立的场景，与各章又有有机联系。我是想一环扣一环。大浪中加小波，不出大的马鞍形。

领导向我提出一个期望：通过《大刀记》总结抗日战争经验，其中就有游击战争的战略战术。

我看了一些资料。列方案之前，我拿出两个月时间学习主席战略战术文章，领导修改时又同我一起学习。这一章这个打法，毛主席在那篇文章怎么说。毛主席怎么说，我们怎样表现。最后一起研究总结人民战争怎么个打法，写了很多资料，放在了北京。地道战、地雷战点到了，写得少，领导批准了。因为这方面已有几个著作，群众熟悉。

六、关于梁永生的创造。

人物问题，有这样一个问题：头里为什么要搞长篇？有人说可压成倒叙，保留全部是我的想法。现在出版社主张保留全部。现在出版就这样了。

写人物，一是要写出阳光雨露。没有党的阳光雨露，就会出大的问题。写第一部时，当时提出的中心问题，是没有党的领导。二是要写好人物成长，既要写好阳光雨露，又要写好它的肥沃土壤。没有肥沃的土壤，就出不了万年松。我们党所以英明伟大，就是有肥沃的土壤。第一部没有写党，写的是阶级。

雨露滋润禾苗壮。梁永生苦大仇深，没有党的领导不能成长。肥沃的土壤就是无产阶级的土壤。我们依靠的主要是广大贫下中农。

对肥沃的土壤深耕细耙，使苗出土。然后毛主席领导的抗日战争使他成长，这就势所必然。在这之前，我读了40部长篇。40部长篇只有四条路子。我们要走别人没有走过的路子。政治上的路子和艺术上的路子是辩证的、统一的。

"开篇"就是要它把根子扎深。种庄稼，把土壤深耕细耙，才能使禾苗茁壮成长。

梁永生的性格，共性不说了，个性有这么几点：

梁永生身为领导，写得比较风趣。身为领导，风趣才能不干巴。梁永生的年龄，抗日时比较大。年龄大，但动作比较年轻、利落。没有武术的功底，不能这样利落。尽量隐蔽写武术，但做了必要的铺垫。

他比较诙谐，他是大队长，突出写了他的政治工作，多用政治实例、打比喻，讲话生动。

梁永生的思想，书中有时会激烈变化，形成强烈对比。他有高度的政治责任感。他穿上军装如猛虎下山，智取敌人又像朴实的农民。

电影景中出人，我吸取了。中国曲艺的长处，我吸取了。杂文（鲁迅的杂文），如对反面人物的冷嘲热讽，我也吸收了。周扬过去强调要客观描写。作者要深进去，又要跳出来，源于生活，高于生活。作品中要站在主要人物一边。主要形式是用小说形式写。

对梁永生的性格掌握：开始是少年，要从不变中掌握各阶段中的变。不变中有变。共性中有个性。

张长森：

赵书记昨天回去，要求常委都考虑要把宁津文教工作搞上去，要考虑个坚强的班子。1978年，宁津要过长江，澄清在拼命，我们也要拼命。

郭果大队革委会副主任、支委郭跃庭介绍 7月18日上午

从党交给我们《大刀记》任务以来，他离开城市回到家。宝莲婶在张扬教小学。他家生活很俭朴。他一手拿干粮，面前一碗汤，点煤油灯，烧稻草。家里没有人安排生活。一次在家病了，王有生大夫给他看。刚送走医生，他又干。我说你不能写。他说："怎么不能写？"我说不能写，坚决不让他写。没有办法，我说我们站在党的立场，从同志之间关系的角度，我要求你把笔停下来。澄清叔说："既然站在党的立场，我的情况你是见到的，《大刀记》是党交给的任务。为完成党的任务，为毛主席争光，鞠躬尽瘁，死而后已。我完不成任务，你和别的业余作者可以完成这个任务。我守着这堆烂稻草，我死了，你还可以给我写传记。孩子你不要干扰我了。"我没办法，代表党支部、贫下中农要求他暂时停停笔。这种情况很多。民兵夜间巡逻，直到夜里2点，他还没停。我叫我父亲去劝他。老哥俩又诉了一顿苦。

"我们是贫下中农的代言人。我们不写谁写，我们不干谁干？"我父亲回来，光抽烟。我在澄清叔的帮助下，入了党，当了干部，先在公社做通讯报道工作。"创作固然重要，给党报、电台写稿也很重要。"

他回家这三年来，对我帮助很大。

种树育苗，他就是种树育人。一天我帮他剪树，是一棵榆树。有"破脑袋"，下面有新芽。他问我怎么剪？我说应把"破脑袋"去掉，留新芽。他说："你说的很对，就像你一样。你就是一棵新芽。你的缺点错误很多，只有把坏的东西去掉，新芽才能长好。"在工作上，他对我帮助很大。

他工作作风硬，耐心教育我。对搞业余创作，他要我摆正"业"和"余"的关系。一次我两手攥空拳出来溜达，他批评了我："群众现在还干着活。"

我是小学毕业生，看他整天写就问他："你经常到北京创作组去。搞创作是不是有窍门？"他批评了我："这种想法是错误的，没有捷径。创作好比骑车子、浮水，实践出真知。一个人不会骑车子，光听你的经验，是不行的。一个不会浮水的人，按你的理论和经验会淹死。"对来自全国各地的业余作者，他的态度都是这样。

我一次就给他寄过14封信。收信人有浙江金华张美义、内蒙古三中刘之美、陕西刘国柱、延安创作组、河南、石家庄、广西人民出版社职工、北京机械厂、5929部队、吉林通辽，也有小的业余作者。

一次他对我说，你不能看他们小、看他们愣，就没有耐心。苗子虽小，参天大树就是从小长起来的。全国将来的栋梁就从他们之中成长起来的。

一次浙江省一个作者，寄来一个稿子，澄清叔给他改，后又寄了一次，最终在余杭一内部刊物发表。他对惠民、临沂、本县的业余作者，对全国各地工农兵的业余作者帮助和支持更大。

俺村郭寿明（80多岁）向他提供了闯关东的情况，及土改和挖参的情形。

郭连俊：

我给他搜集过找红军、找党的故事。

野外，晚上怎么写？老太太看打仗的，你怎么写？我给他写过。

我一直想吃商品粮，叫他帮助在外边找个临时工工作。他注重思想教育工作，趁机对我进行了教育。1972年春天捞草，俺俩一块睡烂稻草。他常说你要了解农民，就要接近农民。

郭澄清谈《大刀记》的创作和体会

（1975年7月）

地点：宁津县时集公社郭果大队

要我谈《大刀记》的写作，我问心有愧，也没有什么好谈的。要说《大刀记》，并不是我郭澄清的创作，它完全是在党的领导和支持下搞出来的，是广大贫下中农和我的战友们的集体创作。我今天只把写作过程当中自己的一些想法和感受谈一下。

1971年我刚接受写《大刀记》任务的时候，思想上不顺茬。主要问题是题材不熟悉，特别是第一部（从义和团斗争后写起），我没有生活经历。第二部写抗日战争，我虽然有些生活经历（我10岁就在八路军所在的地方待过，上小学），但没有什么理性认识。

我感到：是党一手培养了我，党需要我写什么，就应该写什么！不能光根据自己的爱好和专长来决定写什么。最后还是根据党的需要开始写《大刀记》。

群众集体创作，是革命的新生事物。我总想在这方面带头，好好搞这个。我把这个想法向组织上提出，也向我的不少战友（包括宁津县的不少业余作者）说了，要求在小说写成或出版后，不署我个人的名。领导指出：写这本书一定要署你的名，要用你的创作为工农作者长志气，为党争一口气！如果署集体的名字，有些人就会诬蔑我们工农兵作者自己写不出东西来，只好在集体的名义下"凑"作品。你是党一手培养的，是党教会了你识字写作，你长期搞基层工作，熟悉群众生活，又有创作经验，你要利用这些有利条件，好好战斗！我就接受了党的任务，下决心写好这部长篇。

为了搞好创作，我认为还必须依靠群众。因此，我就搞了三个组：一个是"参谋组"，以本村的贫下中农为主，他们最熟悉三大革命斗争，是我最好的老师和参谋。一个是"顾问组"，请了一些当年参加过抗日战争的老八路、老干部。他们熟悉当时的斗争情况，可以向我提供大批材料。我写好初稿后，也是先念给他们听，征求他们的意见。一个是"挑刺组"，由张长森同志负责，有工人、农民和干部，大多是业余作者。在写作前和写作过程中，请他们帮我想办法、出点子，写成后，请他们从各个角度尽量"挑刺"。现在说《大刀记》是我创作的，我问心有愧。《大刀记》是"千人糕""万人糕"。在写作中，我考虑：自己关起门来写，不让身边的群众知道，写好后一下子送到编辑部，请编辑提意见。这个路子不对，总觉得不是那么回事。我认为，真正了解情况的是那些流血者，老八路、老干部最理解毛主席的文艺思想，了解创作业务的、最关心我创作的是广大贫下中农和我的战友们——业余作者。他们当中的一个人可能力量小，加起来就大了。广大工农兵和革命干部"挑刺"比编辑好，他们是作品的真正的鉴定者。

《大刀记》第一遍稿写出后，我没有向人民文学出版社谈。后来编辑部同志知道了，来信问我：是他们上宁津看稿，还是我去北京改稿？我回信说：不想去北京，想再改一下。我就把初稿拿给三个组的同志们看，听取意见（在写的时候，也是写一部分，给老干部、贫下中农、业余作者看一部分）。我把稿子交给长森看，给庄上业余作者骨干郭跃庭（大队革委副主任）看，让他们好好看看，好好改，不行就改，就批判。《大刀记》我总的连改了三稿，小改的、抽掉的、反复改的和毁掉的废品不算。有时认为某一章不好，就干脆全部烧掉，再重写。不烧掉老想在原稿上修修补补，烧掉了可以大改，不受原稿的束缚。改定了三稿，我才上了济南。那时候人民文学出版社的编辑同志已经等了一段时间。我先把稿子交给我所属的组织——文化局党的核心小组，组织上委托了燕遇明、兰澄、任孚先等同志看。我趁这个机会，又到一些农村去参观学习。他们提了许多宝贵意见。兰澄同志还提了一本子书面意见。根据他们的意见，我又改了一次，然后，我背了稿子进京。

　　创作中实行"三结合"，这是个方向。今后必须坚持走"三结合"的道路。但是"三结合"并不是一定一个法，是不是还有别的法？我采取了把"三结合"糅在整个深入生活和创作之中的方法。第一部修改的路子，我认为不好。第一部出了个样本，发给一些同志，听意见，结果嚷得不轻，意见很不一致，统一不起来，没法办。后两部，我采取了"传出去，传回来"的办法。写一章给群众看一章，传三个组，传回来时比原稿多了一倍。因为增加了许多群众的书面意见。我研究了各方面的意见，然后又写了第三遍稿。这样，我就把创作和征求意见糅在了一起。

在创作《大刀记》之前，我作了大量的准备工作，包括下面几个方面：

一个是认真学习毛主席的有关著作。一是毛主席有关文艺创作的文章，以《讲话》为重点。我带着写《大刀记》的一些问题，反复地学，写了大量笔记。另一方面是学习毛主席在延安时期指导抗日战争的文章，从头学，全部读了。有的读了很多遍，下了一番苦功。学习重点是领会、理解毛主席关于游击战争的战略战术思想和人民战争思想。到北京改稿的时候，我和责任编辑又一起重新学。当初一些同志争论《大刀记》初稿时，我也和同志们一起争论，就用毛主席思想去争论、去分析、去说服人。

第二个方面，我了解了抗日战争时期的材料，我搜集和研究了从义和团直到解放战争开始时的资料，翻阅了延安出版的抗日战争时期的报纸，读了全部社论，以及一些重要的新闻报道和通讯。有的战友还从广州、杭州等地寄来信件和资料，提供有关材料，我记了不少笔记，包括韩复榘等反动军阀的有关资料。后来，写《大刀记》的时候，许多人、事、地名都虚写了，但有史实根据。这样，就使我满脑子抗战气氛，使我重回到抗日战争中去，弥补了我生活经历的一些不足。

再谈一点，作社会调查，我费了相当多的时间和精力。特别是"开篇"部分，1910年我还没有出生。但是领导已经确定从1910年写起，要求不要割断历史，而要总结历史斗争经验，古为今用，写出来，为今天服务，推动今人前进。领导提出，这一段还没有人写过，即使搞一点资料也好，留给后人去总结。怎么办？就要做艰苦、深入的社会调查。我找了不少老年人，访问了八九十岁的老人，包括我85岁的老父亲，记了大量材料。在调查中我不断进行分析、研究，得出了一条，如何从不变中求变，从变中求不变的方法。总的就是要做到古为今用。对古的一律不用，是败家子，没出息；全盘接受，是搞破坏。按照毛主席的教导，要对过去的东西分清精华和糟粕，然后去粗取精，去伪存真。我分析了素材，随之又进行调查核实。我重点调查的是我15岁至20岁这段经历。像当时赶会、住店、娶亲、办丧事等，哪些跟辛亥革命时候一样？哪些变了？没变的，我也熟，写起来就可以大胆描绘、发挥，不熟的就仔细问老人，称呼、动作、吆喝声都问清楚。又比如解放初村里的闹元宵，跟1910年闹元宵有何不同？有何相同？我连灯名、说话的特点也都查了。为了弄准社会生活面，了解典型的生活场景，我对一些用具、提法都请教了老一代的贫下中农。我问一个老爷爷："你记得什么时候兴胶轮车的？"他说："共产党坐下后。"也就是说解放后。"过去呢？"他说明这带农村用的叫"花轱辘"（木轮子）。问他什么时候开始的。他说听他的爷爷说，在他爷爷小时候就见过这种车了。我就弄明白了木轱辘车在1910年出现，是肯定对的了。又如现在的

"工资"，过去叫什么？经过调查，我知道了清代后期叫"关饷"，以后慢慢地又叫"薪水"，抗战的时候，八路军来了叫"待遇"，那时部队同志就提到以后到了社会主义要搞"工资制"，将来连工资也可能取消，要"按需分配"。现在小说里，梁永生的语言比较杂，他一会儿在本村，一会儿上关东，一会儿到天津，后来又回本村，又上了延安，我想通过他的复杂斗争经历来展开社会生活面，表现典型的时代特征，同时也避免我写作的时候自己语言上的不足和欠缺。因为我自己的语言也是很杂的，许多地方的话都懂一点，说的时候，也都凑合在一起。

为了写《大刀记》，要做的工作很多，困难也不小。但是，不管遇到多大的困难也要写，这是党的任务，是贫下中农的期望！有的同志说我的身体太弱，怕我撑不住。我说："不怕这个，最多就是死。宁愿死，也不能有别的交待。一个是死在了困难面前，一个是死在了党的面前。决心是下定了。"

写这本书，我虽然对有些生活不熟，但也有不少有利条件。我对贫下中农受苦受难、要斗争、向往党还是有感受，有很深的感情的。我家祖祖辈辈受地主欺压、迫害，家破人亡，一直跟地主斗。我老爷爷过去是被本村大地主家打死的。因为他的父亲跟地主斗，动武的时候被地主打死了。我老爷爷长大后进城告状，为父亲报仇，在半路上又被财主派走狗打得半死。后来一个要饭的把他弄回家。他临死前对我老奶奶说："你们赶快跑，要不然的话，财主会来斩草除根。将来回来报仇。"接着他一头撞在炕沿上碰死了。老奶奶带我爷爷几个儿女就跑于林，白天要饭、锅锅，晚上就偷偷地练武把式，决心报仇。以后有了我父亲，有一年全家回村跟地主拼杀，被地主和官兵围追四十里，全家四散，失败得很惨。有的流落穷林，掌破鞋，有的闯了关东。八路军来了后，定了我家是"贫""正"户（就是最穷的、根子最正的贫农），住在我家，把我家当作依靠对象。这时候我叔才从外乡回来。以后，日本鬼子"大扫荡"，八路军转移出村。地主又勾结日寇把我家围了，又是一场血战，打散了全家，撵出了郭果庄。理由是说我家会武术，不是正经人。我二叔说："咱会武术，他们吃过苦头，不敢再来。"他一个人坚持不走，留在家中。当夜，地主、汉奸、土匪80多人包围了我家，我二叔吹灭了灯，窜上炕，左手操起一把铡刀，又从炕上蹦到外屋锅台上。敌人从门外面伸进一根裹着棉衣的扁担，我叔以为是人，抡起铡刀就砍，只听"咔"一声，知道上了当。敌人冲进来，把他打倒，接着用铡刀铡去了他一条腿……我家的遭遇跟旧社会广大穷人的遭遇一样，我是不会忘记的。因此写《大刀记》，我有感受，有激情。在创作当中，是先去搜集材料、凑数字，还是重点放在站立场、培养无产阶级革命激情上？培养无产阶级革命激情是成功的基础。《大刀记》牵扯的不少材料我不熟悉，但是有了阶级感情，我就能调查了解材料，就能掌握它，写好它，死材料就能在脑袋瓜子里活起来，就会有体会。我一听其他群众的家史和斗争经历，也流泪，也一起发恨。我体会到要写东西必须转变立场，关键是要建立无产阶级感情。材料和人物要活起来，就必须有激情，用激情统率材料。毛主席早就号召我们，要长期地、无条件地到工农兵中去，这是转变立场的根本途径。"长期"很重要，去一天、两天，跑一跑，看一看，不管用，"无条件"就是不找任何借口，吃的、穿的、住的、卫生条件、劳动条件……都毫不含糊。要找借口是容易的，像身体情况、工作环境、生活习惯等等，都有"理由"马上回城市办公室去。

我在村里，也管工作，参加劳动，关心社会上的一切，参加县里的常委会和村里的支部工作，在战斗中搞创作。只写作，不管别的工作，写不好。战斗，是抓实际工作，也就是关心农村工作，需亲自动手。这个村年年种树不见树，每年春天又重新种，却没专人管。因此，我在自己院的天井里和屋外沟边种了树，有一二百棵。我倡导树木一律归集体，不归自己。家里能种树，带了个头，全村就种开了。我种树是为了锻炼身体，使自己在紧张的写作中不忘劳动。劳动习惯不能变。大劳动就上地里，小劳动就种种树、浇浇水。有的同志劝我种花、养鱼，我不干。我常劝一些战友和业余作者，要爱树、种树，种树也当休息。另外，种树也是为了锻炼念书的几个孩子。我就让孩子们帮我提个水，拉个车，种树浇树。

再者，写《大刀记》以前，我长期写短篇，已养成一种突击习惯，我是急性子，急于求成。白天工作，一晚上不睡觉就能突击出一篇小说。我有时骑着自行车到村里办事，在道上就边骑边构思，开完会就基本上搭起了作品的架子。这种急性病，对写长篇不利。种树就是为了改造我的性格，培养耐性和持久力。我问了几个会栽树的老农，庄头上那些大树花几年才这么粗。他们说起码得七八年。我想，咱院里的小树苗，可得个时间长呢。真是"十年树木，百年树人"。种树的好处不少，通过种树，我可以学习务实精神，把务虚和务实结合起来，干好写作和革命工作。

从人无条件地、长期地在乡下，到思想上也真正无条件地、长期地在乡下，还有个过程，还会有斗争。人要深入群众生活，也比较困难。但更困难、更重要的是，思想要深入到群众的心里，深入到贫下中农的脑子中去。我体会到，这后一步是毛主席重点强调的。根本的是在感情上解决问题，立场转过来。到了农村，身子在群众中，不一定了解群众，也不一定热爱劳动。有的人体力花费了，身子好像在农村，但是不一定有劳动习惯，不一定真爱劳动和劳动人民。思想感情问题不解决，光劳动也不行的。在深入生活中，还必须加强学习，武装头脑。写作到一定的阶段，我就集中学习马列著作、毛主席著作，学习中央文件和其他重要的材料。

写《大刀记》当中，一个重要问题是如何做到推陈出新和古为今用。怎么能做到又反映历史本质，又不是为历史而写历史？历史人物要现代化（时代化），又不是现代派，怎么写？如果做不到这些，就达不到预期的效果。因此，必须努力学习毛主席的著作，特别是毛主席的最新的系列指示，学习最新文件、文章。这些弄准了，才能分析、鉴别历史材料，使过去的经验为今天服务。

我写《大刀记》的时候，重点是把英雄人物突出起来，特别是把一号人物突出出来。反面人物弱一点就弱一点，以后再改好它。要写好反面人物，就必须先解决一个问题，就是写出反面人物的阴险狡猾、两面派、心地肮脏、残暴而又虚弱等等，能叫人恨起来，要鞭挞他，而不能起副作用。不能叫人看了书，感到反面人物还真有本事呢！这就是写得不负责任。现在，我还没有做到，一下子也做不到。

写正面人物，要从实到虚，从虚到虚不行。只从实到实，树不起来。平时要努力学英雄，学身边的先进人物，从生活里吸取营养。好好写了，真感动了，才能理解英雄人物，才能源于生活，高于生活。过去我写东西，往往是缺这缺那。1958年，我在一个村子了解到一个爱社模范刘大爷，他是个喂牲口的贫农社员，开头写了一两篇，没写好。原因是自己没有该人物的高贵品质和思想境界，提炼不出来。因此说，没有用毛主席的教导来武装思想，就不能做到高于生活。一个作者的品质本来就低于群众和先进人物，但写出的作品又必须比生活还高，生活中英雄人物本来就很高了，作品上还要高起来。怎么办？这就不能凭想象编造了，就得打开毛主席著作来解决。看看伟大领袖是怎么说的。在学习毛主席著作，学习、理解先进人物的基础上，我根据老社员爱社的先进事迹，开头写了三篇报道。后来又写成小说，从《社迷传》到《社迷续传》，到

《社迷外传》逐步升了四级，英雄人物也一次比一次多了。中央领导同志概括文艺创作要"源于生活，高于生活"，这是很精辟的，对我们创作指导意义很大，必须做到。我的理解是，这两个是互相联系的。"源于生活"，我的体会主要是全心全意地深入到群众中去，在现实生活中滚，使自己和群众、先进人物打成一片，你的心中有社员，群众心中也有你这个作者。"高于生活"，我感到就是要从实到虚，再从虚到实。有人认为，只要多搜集材料，然后把材料整理一下就行了。我问他怎样写得比实际生活中的英雄高，他就回答不上来。我觉得就得刻苦学习马列和毛主席著作，改造思想，把立场转过来，感情转过来，再把英雄人物写得比生活中的还高。党对我一直是很关心、很照顾的，但是我不能要。因为现在党和国家都还在艰苦奋斗，贫下中农生活条件也不能说很好了，我的条件比群众的好多了，不能闹特殊，也不需要特殊。关于以前的稿费处理，我在1958年前后收到了大约2000元稿费，还了修屋借的300元，剩下36.5元给了家属，其余的全部交了党费。后来听说县委把其中的一些支援了灾区。我有一段受"文化工作危险论"的影响，感到写作不容易，又会出问题，想今后不写了。在党的教育和自己学习的基础上，我后来思想又很快转变了，接受了党交给的写长篇的任务。

关于《大刀记》作者郭澄清同志的调查报告

一

郭澄清同志出身于宁津县郭果村一个苦大仇深、富有斗争性的贫农家庭。他祖辈数代同地主土豪进行斗争，数人惨遭杀害，几次家破人亡。他从小脑子里就烙印下了一笔笔的血泪账，积蓄着对地主土豪、反动官府的仇恨。《大刀记》开篇里描写的梁宝成的身世、遭遇，就糅合了他本人家史的材料，凝结着他家庭的血泪。

郭澄清同志在党的培养下，从斗争实践中培养起来。1939年，党领导的一支抗日队伍——东进纵队挺进到冀鲁边区，并在那里生根开花。郭澄清同志的家庭成了党的抗日武装的依靠对象（当时叫作"住八路的户"）。那时，郭澄清同志还不满10岁，就入了儿童团，被送进抗日小学。从此，他就在党和毛主席的阳光雨露下茁壮成长。

年龄稍长，便参加了地方革命工作。新中国成立后，他先后担任过小学校长、中学教务主任、县报主编、县委宣传部副部长、公社副书记、县委办公室主任等。郭澄清同志长期从事农村工作，一直没有脱离三大革命运动实践，在群众中深受教育。如，一位贫农老大娘，大雨淋湿了土屋，她什么东西也顾不上拿，单抱着毛主席的挂像跑出来；一位中年妇女，在雨天里把盖着自家东西的油布扯下来，盖在大队的化肥上；一位支书，冒着塌方的危险，挽救了农业社的第一眼机井；一位民兵曾连夜监视一个不老实的地主……无数事实，经常感动着他，教育着他，使他与贫下中农们贴得更紧。他曾谈到：贫下中农在党的领导下战天斗地的英勇事迹，常激励着他，决心要"老老实实为那些朴实的阶级弟兄们服务一辈子"。

郭澄清同志是在三大革命运动推动下，在群众火热斗争的鼓舞下，搞起业余文学创作的。1952年的农业合作化运动，推动他开始写诗歌、通讯报道；1955年，农业合作化高潮中，他开始创作短篇小说，歌颂在社会主义道路上的新人新事。他先后共写了300多首诗歌民谣、200多篇通讯报道和100多篇小说、报告文学。这些作品，都是他在完成本职工作的情况下，"挤"时间搞出来的。10多年间，在党和群众的教育培养下，凭着朴素的阶级感情，他写出了一些歌颂伟大领袖毛主席、歌颂社会主义的好作品。1972年，他接受了创作《大刀记》的任务。

郭澄清同志接受了创作《大刀记》任务之后，才挂了个山东省文化局创作组副组长的名，而人则还是坚持生活在宁津县农村。他说："在济南挂个名可以，但挂'腔'（指身子往下）不行。""宁津是我的生活基地，对于我搞创作，如同广阔的大海；离开这里的群众，就像离开大海，我就无法创作。""我住在农村，还是个农民，思想不易变。"在宁津县农村创作《大刀记》期间，他仍然同工农革命运动保持着紧密联系。他时刻关心并积极参与郭果大队的生产、工作和斗争，贫下中农风趣地说："澄清就像个省里派来的驻村干部，管事不少。"其他公社的一些干部，也经常到郭果找他谈情况，交换意见。他还经常热情地接待许多来找他的农村业余作者，从政治上和业务上耐心地、诚恳地进行帮助、指导。一位业余作者说："他像个冬天的火炉子，我们都愿意往他那儿凑。"郭澄清同志出身贫农，来自农村三大革命斗争，并坚持不脱离贫下中农，不脱离农村三大运动，他坚定不移地走毛主席指引的道路，是一个新型的党的文学创作者。

二

郭澄清同志长期生活于贫下中农中间，深深感到：只有和群众同甘共苦，共同斗争，才能和群众真正从思想感情上打成一片。所以，他始终保持艰苦朴素的作风，生活上不脱离群众，对贫下中农怀有深厚的感情。

郭澄清同志写了许多作品，"文化大革命"前收到了一些稿费，但大部分都交了党费，支援了灾区，只用了极小一部分修理了一下他那漏雨的土屋。他吃饭穿衣力求简朴，一件布衣穿好多年。一年冬天，他到年老、有病的县委书记李华南同志家里叙谈。李华南同志见他穿着个旧棉袄，冷得厉害，便要他穿上自己的一件皮坎肩，说："你又不是没条件，怎么不弄个这东西？"他回答说："祖辈没穿过，咱不能搞这个。"直到现在，他仍然住的是老土屋，睡的是土坯垒的炕，床上一条被单满是补丁，写字用的是一张土改时分到的脱漆裂纹的"八仙桌"，放书的所谓"书架"，是自己用旧木片钉起来的。《大刀记》就是在这样的条件下写出来的。郭澄清同志坚决不在生活条件方面搞特殊化，不接受任何的哪怕是并非特殊的照顾。他写《大刀记》原来用的是一盏带玻璃罩子的煤油灯。县领导和大队干部要给他从大队电磨坊那里扯过一条电线，装上一盏电灯，他无论如何不答应，说："社员们还都没用电灯，我不能先安上，不能搞特殊。"直到全大队各家都安了电灯，他才不再使用那盏煤油灯。郭澄清同志的房屋原来没有院墙，大队研究认为他每天写作到深更半夜，还是需要修个院墙。因此就把他屋前约10米宽的空地都划给了他。但郭澄清同志却考虑：一来每年秋冬，社员常在这儿放干草，垒了墙对社员不方便；二来自己也没有必要搞这么个大院子。因此，他只要了一半，在5米宽的地方打起了墙，搞了个狭窄的院子。群众说，这个院子是"出了屋门就碰到院墙"。

郭果大队的贫下中农说："澄清关心群众比关心自己还重。"他长期有病，身体很不好，但遇到贫下中农有急难，总是不辞劳苦地去帮助。他自己骑12里路自行车进城，中途还要休息一两次。可是有一次，贫农郭福清的孩子得了急症，他主动用自行车把孩子送到30多里路的长官公社医院去治疗。他从不把自己的生活问题放在心上，可是，他对群众的生活却非常关心。如，对本大队一位烈属李金贞老大娘，他经常问寒问暖，关怀备至，过年过节，总要过去看看，给她送些东西。一次，李金贞大娘不慎跌折了腿骨，他就赶忙送去两根拐棒。李金贞大娘说："澄清处处挂着我，生怕我受委屈。"大队赤脚医生郭治明反映：这两三年，他常去给澄清同志打针、按摩。每次去，郭澄清同志都问大队有什么重病号。前年，复员军人郭连滋得了急性结核肺脓肿，病情尚未好转，药针断绝了。郭澄清同志听说后，坚决自己停针，把自己用的链霉素全让给了阶级兄弟。郭治明流着泪说："当我拿着药针出来的时候，感动得热泪直往下淌。"郭澄清同志身子生活在贫下中农当中，心也是和贫下中农紧紧地贴在一起的。郭澄清同志是抱着为党、为贫下中农争气的决心而创作《大刀记》的。他在几年前就检查出有肺结核、胃溃疡等几种病，但他始终每天坚持写作十五六个小时，每天都写到深夜。同志们劝他注意身体，要适当休息。他总是乐呵呵地回答："人总是要死的。如果只顾自己的身体，贪图休息，即使多活上几年，又有什么意思。如果能为党多作贡献，即使活三十岁、四十岁，也是有价值的。因此，越是有病，就越得拼命地干。"就是在这种革命精神的支持下，郭澄清同志在短短三年的时间里，连续作战，这部100余万字的《大刀记》，先后写了两遍，另外还有一些章节的修改。每一遍稿子都是字迹工整，一笔不苟。

郭澄清同志这种忘我的拼命精神，得到了贫下中农的好评和支持，也教育了一些青年干部和群众。大队支委、革委副主任、第二生产队队长郭耀庭，年轻气性大，工作一不顺心就想摞挑子。前年护秋，每天深夜一两点钟换班时，都看到郭澄清同志的窗子还亮着灯光。一天，他便回家喊起了他父亲、大队贫协主任郭连义，让他去劝澄清休息。郭澄清同志了解他深夜前来的用意，很受感动，两人促膝深谈，一起忆苦思甜，最后把郭连义说服了。郭连义说："澄清，你要为咱贫下中农争口气，路子对头，我们支持你。"回家一说，连郭耀庭都感动得下决心拼命干，搞好生产队的工作。赤脚医生郭治明过去深夜被贫下中农喊去看病，总有点儿不耐烦，可是，他几次半夜出诊，都看到郭澄清同志屋里还亮着灯，想到他为了党的事业带病写作的情景，心里不禁热乎乎的，从此转变了态度——不论深更半夜、刮风下雨，贫下中农随叫随到，不再感到不愉快。

今年，郭澄清同志在北京校订《大刀记》时，经北京阜外医院、301解放军医院检查，确诊为陈旧心肌梗死。医生们认为病情严重，必须立即休息。而郭澄清同志则坚持说："自己没有什么感觉。"最近《大刀记》已经付印，书记了解到这些情况后，提出要他去疗养一个时期。郭澄清同志对党的关怀爱护表示非常感激，却不愿意去疗养，只要回宁津郭果大队休息几天。7月16日，宁津县委全体常委到郭果大队，听了郭澄清同志汇报后，县委书记赵胜武同志说："郭澄清同志为党、为革命带病刻苦写作，是个好党员，我们要好好学习他这种拼命精神。"

三

在进行这次调查访问中，我们发现，宁津县的一些县、社干部和贫下中农，不仅非常熟悉郭澄清同志的生活和思想，而且也非常熟悉《大刀记》的创作情况，了解他创作的意图，三次改稿的大体情况，以及一些章节的内容、特点。经调查，原来郭澄清同志不仅身在群众中，心和群众贴在一起，而且连《大刀记》创作本身都植根于群众之中，在文学创作上闯出一条新的群众路线的路子。

文学创作，特别是长篇小说的创作，至少是从构思到写作，过去是作家个人独自进行的。郭澄清同志认为，集体创作是个新生事物，自己应当带头搞。于是，他毅然改变那种脱离群众、情况很类似小生产者的个体劳动的创作方式，实行"开门"创作，让干部、群众和业余作者参与《大刀记》的创作，把群众的力量集中起来，熔铸进整个创作中。

郭澄清同志是怎样做的呢？

在《大刀记》创作一开始，他就把自己的意图和设想告诉了一些干部和群众，广泛征求意见。这样，一下子就吸引了许多贫下中农，县、社干部，以及一些业余作者的注意和关心。经过这一番酝酿，他就从初步草拟的十来个书名（如《长工恨》《农奴战》）中，最后选定了《大刀记》这个较准确地反映中国人民抗日游击战争的名字，创作思想也更加明确起来，就是把民族斗争和阶级斗争紧紧结合起来，通过反映中国人民抗日战争的胜利，显示出一个真理：被压迫的劳苦大众的自发斗争，即使是闹得非常轰轰烈烈，也不能获得真正的翻身解放，最后往往是落得家破人亡；只有在党的领导下，有毛主席的革命路线引路，建立了人民的武装，才能够取得根本的胜利。

搞集体创作，究竟要什么样的集体？是否凑合几个人，再加上出版社编辑就行了呢？郭澄清同志认为，表现这样一个主题，真正熟悉情况的是那些在抗日游击战争中流过血的"老八路"。真正了解自己写作上的缺点的，是那些同自己一起战斗过多年的业余作者。真正从政治上"把关"的，应当是那些有较高阶级斗争和路线斗争觉悟的贫下中农。于是，他就邀请来他们，搞了三个组：一个是由几个参加过抗日游击战争的老战士组成的"顾问组"，主要任务是向他介绍抗日游击战争的情况；一个是由贫下中农组成的"参谋组"，主要是帮助他琢磨作品和人物的思想感情对不对头，端正方向；一个是由几个曾经长期同他一起共同搞写作的业余作者组成的"挑刺组"，主要是从写作上找毛病。这三个组的成员从不同的角度、方式灵活地来参与《大刀记》的创作。

抗日战争时期，郭澄清同志还只是个10岁上下的孩子。《大刀记》，特别是"开篇"所反映的时代，他不熟悉。要克服这种困难，除了靠翻阅许多历史资料外，就得靠那些参加过抗日游击战争的老同志的回忆、讲述了。郭澄清同志通过专门访问、随时交谈，从他们那里了解到了大量的有血有肉的感性材料，如"冀鲁边区"发生的一些惨案，日寇搞据点、炮楼、封锁的情况，武工队扒路、剪电话线、炸炮楼、拔据点的战斗情景，我方对伪军进行"政治攻势"的威力，一些抗日英雄的可歌可泣的战斗事迹，等等。他们带着强烈的感情讲述当年抗日的斗争生活，使郭澄清同志接受了一次次革命传统教育，使他如身临其境，在创作时充满了战斗激情和战斗气氛。

贫下中农经历过苦难的旧社会，对阶级压迫和阶级斗争感受深切。他们经常和郭澄清同志一起回忆旧社会的苦，讲贫下中农在"三重大山"压迫下的悲惨生活，讲他们自己和父辈们怎样仇恨地主、官府、反动派，怎样同他们作斗争。这对激发郭澄清的阶级感情、写反映人民生活和斗争的篇章起了很大作用。

郭澄清同志每写完一个章节，就读给贫下中农听，拿给"老八路"看，让他们审查写的思想感情是否对头，情节是否真实。他还把稿子放到业余作者中间去传阅，让他们从写作和语言的角度找毛病。经过这样几道手续，他把各种意见综合起来，加以分析，然后再进行下一遍的修改。《大刀记》中有不少章节、不少情节，是有选择、有分析地吸取了这三个组的意见修改而成的。这实际上就是把创作同征求意见、群众审查紧紧地结合在了一起。

这样，群众对《大刀记》的创作就越来越有感情，把它看作自己应当完成的事业。有人主动去找郭澄清谈自己经历过的战斗故事。有人向他讲述东北地区的生活习俗（《大刀记》中写到梁永生曾"下关东"）。有的业余作者或搜集方言语汇，或写出各类人物的肖像，或提供民间故事，让他选择采用。有人还对人物结局的处理提出自己的设想，如田庄公社党委书记王贵智同志在看了头两卷的一些章节，就曾特别告诉他说："千万笔下留情，不要让梁士勇这个革命后代死了。"《大刀记》凝结着群众的智慧和创造，正如郭澄清同志所说："它虽然署的是我个人的名字，但实际上是集体创作。这是个'千人糕''万人糕'。"所有这些都表明郭澄清同志有很高的阶级觉悟和路线觉悟，全心全意地扎根于群众之中，相信群众，依靠群众，做群众忠实的代言人，坚定地沿着《讲话》指引的方向前进。

郭澄清同志是我省文艺战线上忠实执行毛主席革命文艺路线的一个标兵，一个同工农兵相结合的榜样。

（1975年7月中旬）

四

1978—2000

着力进行典型、理想、范畴问题的研究

● 1978年2月28日

撰写《试谈黑格尔所说的"这一个"——学习马克思恩格斯论文学典型问题札记》，共11000余字。

重新阅读了黑格尔的《精神现象学》、《美学》第一卷、《黑格尔论矛盾》、《小逻辑》等有关章节。

学习马克思有关的一些著作。

有收益，增强了专门研究一个问题的信心和勇气。

● 1978年12月11—20日

全国第一次文学典型问题学术研讨会在上海师范大学召开。

● 1978年12月22日

参观毛主席旧居陈列馆。

● 1978年12月24日

第一次马列文艺论著学术研讨会在华中师范大学召开。

会议地点：武昌首义路省二所。

周伟民讲话，传达周扬在广州会议上的报告。

　　"马克思主义文艺思想在中国的发展"重大社会科学规划项目，正式批准立项。（"七五"计划），由中国人民大学蒋培坤牵头，本人参加。

　　马克思主义文艺思想的历史发展概述。

　　重点讲问题，理出几个问题来。

　　（导论）

　　问题：

　　1．人性、人道主义

　　2．现实主义问题（两结合、现实主义深化、真实性）

　　3．总体指导思想：历史唯物主义

　　4．文艺与政治（文艺的功能）：从属论、工具论、上层建筑问题

　　5．现代主义问题（中外）

　　6．遗产问题、学衡问题（古今）

　　7．文艺批评、鉴赏

　　8．典型问题、新人问题

　　9．文学的主体性

　　10．文艺与人民群众

　　11．文艺发生、发展

　　12．文艺的民族化问题、民族形式

指导思想：马克思主义文艺理论与中国文艺实际相结合，有些什么新的特点、发展、经验、教训，总结历史经验

13. 文艺本质特征

14. 文体论、悲剧论、喜剧论、社会主义悲剧

15. 创作自由，"双百"方针（艺术自由、艺术民主）、异化论

16. 关于艺术生产理论

17. 新时期对西方马克思主义的研究

按问题与按时间结合分几个时期，抓重要问题

导论两章，在中国传播的历史文化民族土壤（五四、文学论争、《讲话》）

● 1988年8月21日

马列文艺理论研究会第十届学术研讨会在呼和浩特举行。

会议期间（8月24日晚），在研究会理事扩大会上，吴介民同志宣布，经协商，第二届理事会产生，本人正式增为理事。

● 1988年8月28日

中国作家协会正式通知：1988年6月30日书记处会正式决定吸收李衍柱为全国会员，立即办理手续。

● 1988年9月6—8日

参加莫言作品研讨会，我发言，莫言发言。
地点：高密招待所。

关于莫言作品讨论会的发言提纲：
一、两种文学价值观念的冲撞
《红高粱》小说和电影问世后，引起轰动，议论纷纷：
1. 两种评价。

重大的突破，展现了人性美	卖国主义影片（愚昧、落后、野蛮、大裤裆）
"诗化了的人性"	流氓+强盗
对酒神精神的赞美	"胡闹"
表现了新的生命力和崇高的民族精神，看到了中国人民的民族气概，看到了中国人敢生敢死敢恨敢爱的自由精神和思想本质	"表现了粗鲁的野性，表现了近乎蛮荒状况下人们原始的欲望"

2. 不同的评价艺术的尺度。

A. 传统的道德尺度。

B. 政治的尺度。

歌颂了自发性，歌颂了土匪。

C. 非理性的尺度。

弗洛伊德、尼采的尺度。

D. 人的尺度。

对人的生命力、原欲的颂扬。

E. 马克思主义历史的美学尺度。

全书表现了民族的自觉和人性的美。

季红真有一段话说得很好："莫言几乎不需要知解力的逻辑概括，仅凭直觉，就本能地感受到民族这一时代的矛盾与骚动不安的情绪（这一点他很像肖红），并以山东汉子的血性与军人的勇敢去承受它。或者说，他的整个生命或受着民族这一时代的痛苦纷扰，并把它对象化在故土高密东北乡的人事景物中，宣泄出'极端仇恨'与'极端热爱'的强烈情绪。"

二、把艺术创作引向正路还是引向歧路

有一种观点认为，"《红高粱》在美学道路上不期而然地同西方一些学者走到了一起，把观众引入了一条忽视社会改造而任凭生命莽撞闯荡的歧路。"

文艺的本质在于创造和发现。

"批判的赞美与赞美的批判是我的艺术态度，也是我的人生态度。"（《中国青年》1986年7月18日）

1. 人的本质（追求生的意志）与自然的本质都一致地体现了蓬勃向上的精神。

2. 个人的生命与民族的生命共存亡。

3. 历史与现实。

正确处理批判与赞美的关系。

正确处理了借鉴与创造的关系。

自己的根深深地扎在民族的沃土中，扎在红高粱地中。（这是莫言探索、创造成功的关键所在）

真正领悟到写人的问题（文学是人学），是在写实文学中的重大突破。

提高读者和观众的审美判断力，提高人的自觉意识，让人正确地认识自己，回复到自身，使我们古老的民族从封建的、帝国主义绳索中解放出来，走向自己的道路。

三、在实践中努力寻找自己，要勇于攀登世界艺术高峰

1．进一步扩大自己的生活视野（家乡—全中国—全世界）。

2．从人类学、哲学、社会学、美学的高度思考。

3．民族化问题（语言问题）。

4．走向世界，首先要学习世界。

莫言：

作家的观点、创作是不断变化的。

一、批评我最多的是"农民意识"

这种批评有一定的合理性。说出身农民的作家最无现代意识，我最反感。中国军队主要是农民。中国的历史上的农民起义与中国共产党领导的农民战争有密切关系。北京有多少农民意识、现代意识？上海也没有多少现代意识。农民意识变成小市民意识。不能以小市民意识抨击农民意识。农民主张不完

全是过去的农民意识。知青作家不见得对农民意识的批判更深刻。

二、关于我写"丑"的问题

任何文艺思潮的出现，都与写"丑"有关。

思想解放最起码的，是敢于亵渎任何神灵。对一切价值应重新评价。

社会主义是否也扼杀了资本主义社会发展起来的个性？到了共产主义社会，每个人都可以发挥自己最大的自由。现在要强化个性，发扬个性。过去不能发扬个性，一是社会的压抑，一是自身的因素，有太多的道德价值绳索的束缚。

作家应站在全人类高度去审视我们民族。在中国发展最健全的是农民意识。我继承了好的一面。

中国的农民意识是最有希望的一面。

旧道德、价值被打碎，作家该怎样确定自己的世界观、人生观？

我的看法也在不断变化。

忧国忧民，有痛苦和矛盾。我的痛苦的挣扎过程，这个问题一旦解决，可能好一些。困惑、徘徊，与民族的痛苦一致，我还是有希望的。我无论怎样强化个人意识，也必须同民族意识相一致。拯救自我与拯救民族必须结合起来。

我们民族忍受苦难的能力是超过人类的极限的。"只有享不了的福，没有受不了的罪"，中华民族适应能力、生存能力非常强。中国式的英雄与西方不同。我们不能认为西方的东西尽善尽美，应在民族土地上进行改造。

● 1988年9月14日

收到"中国作家协会会员证"。

● 1989年1月2日

收到复旦大学朱立元先生信。

衍柱先生：

　　函悉。感谢您的鼓励，我当继续努力，争取学业上不断有长进。

　　讲学事我倒无甚问题，唯蒋先生一是忙，二是身体较弱。您可同他联系一下。他同意，我作陪则无妨。天津师大也想请我俩去讲一次，尚无好的机会。估计开春教委要评博士导师前，可顺道去济、津（我可从津直接返沪）。

　　谢谢。

　　　祝

　好

　　　　　　　　　　　　　　　　　　立元

　　　　　　　　　　　　　　　　　　1.2

● 1989年1月20日—22日

完成《马克思主义典型学说史纲》的修订

经过七八个月的劳动，书稿的撰写和整理工作总算有个头绪了。下一步还要过出版编辑关。这次在撰写、修改过程中，重新阅读和从头阅读了大量的原著、西马及现代主义的资料，自我感觉有提高。

1月22日上午，将书稿送出版社，向山东文艺出版社孙克传、侯书良谈了撰写的过程及情况。社里将亏损包在社里，第一季度发稿。

精、平两种版本，争取七月份出书。

● 1989年3月26日

完成国家社会科学重大项目：《马克思主义思想史》本人所承担的任务的写作。（计9万余字）

● 1989年4—5月

完成《诺贝尔文学奖得主代表作全集》（山东美术出版社1989年版）第16—25卷中的13位作家的生平及创作评价。

● **1989年5月21—23日**

在烟台新闻中心召开"商品经济与文学艺术"学术研讨会。大会发言：《试论商品经济与文学的发展》。

● **1989年《青岛师专学报》第1—2期**

刊发《现代主义与典型问题》（上下）。

● **1989年《文史哲》第5期**

发表《卢卡契的典型观与布莱希特的诘难》。

● **1990年2月5日**

《光明日报》发表蒋孔阳先生写的《马克思主义典型学说的深入探索——评〈马克思主义典型学说史纲〉》。

● **1990年5月18—23日**

参加在延安大学举办的全国毛泽东文艺思想研究会成立十周年暨学术研讨会。大会发言：《关于研究毛泽东文艺思想的几个问题》。

一、一个着眼点，三个面向。

二、坚持实践是检验真理的唯一标准，不能唯上、唯书。

三、完整准确地理解毛泽东文艺思想体系。

四、在文艺领域正确处理坚持四项基本原则与改革开放的关系。

马克思主义、毛泽东文艺思想具有顽强的生命力，现在需要的是自主性，需要的是实践，需要的是艰苦卓绝的研究工作。我们应尽快扩大队伍——理论研究工作者、工农兵中文艺爱好者。（我们不能夜郎自大。）

● **1990年7月21—23日**

登山偶得

云山雾海风拂面，

群燕翩翩低飞旋；

雷公逞威天作美，

牵荆拨棘勇登攀。

松柏会意撑罗伞，

路隘泥滑石滚翻；

舜耕山前珠帘挂，

遥看泉城换新颜。

雨　后

青翠欲滴山林醉，
布谷声声开心扉；
芙蓉含笑迎远客，
浓荫深处喜鹊飞。

● **1990年12月31日**

近十年回眸

今天是1990年的最后一天。这十年是祖国改革开放的十年，也是在实践中不断遇到挫折、出现新的焦虑的十年，总的说是在紧张、愉快中度过的，收获是显著的，在人生旅途上跨出了重要的一步。

十年中有几点值得注意：

1．注意生活节奏，切实保证健康；

2．不浪费时间，珍惜每一分钟，工作有计划；

3．目标集中，在一段时间内集中主要精力研究一个问题；

4．不为世事所扰，保持心情愉快；

5．广交友，博采众家之长；

6. 不图虚名，为人民做点有益的事；

7. 多为青年一代的成长着想，为青年人的成长开路；

8. 不感情用事，凡事三思而后行。

今后力争在学术上再进一步，健康第一，团结第一，愉快"洒脱"地度过本世纪最后十年。

● 1992年6月9日

收到钱中文信，同意在山东师范大学召开中外文论大会。（附原件）

衍柱同志：

5月9日来信，6月9日才收到，几乎误了大事。原因是5月12日我参加了"8·5规划"重大项目及中华青年基金项目评审会。17日结束，18日即赴甘肃，又有17天之久。6月3日回京后，一直未去所，到今天才去，拿到大把的信。得知你们同意参加主办"中外文学理论讨论会"，十分高兴。第一次会议，议题可能稍宽一些，目的是荒疏了几年之后，有意回顾一下，也让人有话可说。如顺利，则今后拟进行专题会议，范围小一些，20-30人即可。有时则可大一些，看情况而定。同时拟积极准备成立研究会，这样又得考虑学校的代表性。这次会，想参与发起的杂志社不少，但我们只选了个别有代表性的，否则成立机构，不好安排它们，我们也不做滑头的事。这样，主要发起单位为研究所、理论力量（或有较为突出的个人）强的大学。目前已有15个单位了。当然多些好，有几个大学我还想"动员"它们参加。6月底或7月初，拟发出第二次通知。当然先要开个筹备会，与承办会议事务的单位商量会议程序及问题。

你单位8·5期间成为省重点学科，实属殊荣，并得到巨款资助，更是可喜可贺。现在有了钱才能办些实事。这笔费用可以办成不少事呢！你省拿出这么大的一笔费用资助文艺理论的建设，真是有魄力的了，哪里也没有听说有这样的美事。你说愿请我当咨询委员，我当然乐意，共同要探讨发展文学理论事业的途径，只恐不能胜任呢！

　　即颂

教安

钱中文

6月9日

中国社会科学院文学研究所

衍桂同志：

5月9日来书，6月9日才收到，九乎误了大事。原因是5月12日我参加了"863大纲"重大项目及中青年基金项目评审会，17日结束，18日即赴甘肃，又有17天之久。6月3日回京后，一直未去所，到今天才去，拿到一大把的信。得知你们同意参加主办"中外文学理论研讨论会"，十分高兴。第一次会议，议题可能精密一些，目的是走院3几年路。有意回顾一下，也让人有话可说。如顺利，则今后机进行专题会议，范围小一些，二十~三十人即了。有时则可大一些，看情况而定。同时则积极准备成立研究会，这样又得尊重学校的代表性。这次会，想参加发起的单位就不少，但我们只选了个别有代表性的，否则成立机构，不好来排名的，我们也不做僭越的事。这样，主要

中国社会科学院文学研究所

发起单位为研究所，理论力量（或可较为突出的个人）较强的大学。目前已有15多单位了。当然有些好，有几个大学，我还想"动员"它们参加。　6月底或7月初，拟另出第二次通知。当然先要开个筹备会，与承办事务的学会\[含校\]位商量会议程序及问题。

　　你单位在8.5期间成为省重点学科，实属殊荣，并得到巨款资助，更是可喜可贺。既然有了钱办些实事，这笔费用可以去成不少事呢！你若拿出这么大的一笔费用资助文艺理论改建设，真是有魄力的了，哪里也没有听说有这样的美事。你提出希望我去咨询委员，我当然乐意，共同要探讨发展文学理论事业的途径，与时不怕胜任呢！

即钱

敬安

钱收
6月9日

● 1992年9月4日

收到钱中文信。（附原件）

衍柱同志：

您好！聘书收到。您校真是郑重其事，发那么大的聘书，我自当尽力。

烟台之行，印象极好！果然是一派奔小康的繁荣景象。去了威海，这是个花园城市；刘公岛上，凭吊了抗日将士的英灵，还去了蓬莱、长岛。回京后，稍感疲惫。谁知又来了一部他人翻译的校样要我看，连看了几天，使我十分疲劳，吓得谢绝了诸多活动。

十月开封会议我们又可见面，不知你准备了什么题目？我已请河大中文系在9月发一通知，主办单位负责人最好早到一天，10月4日开筹备会，当然迟至4日下午即可，但到晚上，大家就太劳累了。通知及邀请书都收到了吧？

关于会后去你校讲课一事，目前我很犹豫，主要是怕太累。今年已外出几次，10月去开封，已是第3次了，12月原拟去澳门开会，也不敢去了。所以我想明年去你们那儿可好？有关你系8·5重点学科的建设，我们可否在开封先初步交换一下意见？

　　祝

好

　　　　　　　　　　　　　　　　　　　　中文

　　　　　　　　　　　　　　　　　　　　9月4日

中国社会科学院文学研究所

衍桂同志：

您好！聘书收到。您校真是郑重其事，发那么大的聘书，我们当尽力。

烟台之行，印象极好！果然是一派奔小康的繁荣景象。去了威海，这是个花园城市；刘公岛上，凭吊了抗日将士和英灵。还去了蓬莱、长岛。回京后，精感疲倦，谁知来了一部他人翻译的校样要我看，连看了几天，弄得我十分疲劳，只得谢绝了许多活动。

十月开林会议我们又可见面，不知你准备了什么题目？我已请师大中文系孙明发一通知，告知单位负责人最好早到一天，10月4日开筹备会，当然迟至4日下午来亦可，但到晚上，大家就太辛苦了。通知及邀请书都收到了吧！

中国社会科学院文学研究所

关于今后专你校讲课·事，目前我级犹豫，主要是怕太累。今年来出九次，10月开始，已是第3次了，12月另批去奥比赛，也不敢去。所以我想听令专你们那儿可好？有关你系8.5重奖学科的建设，我们要及早开始协商交换一下意见，

祝
好

中文
9月20

● 1992年10月3—11日

与守森、均平去开封参加中外文艺理论学会年会学术研讨会，撰写《走向21世纪的中国文艺学——论思想解放与文艺学建设》。

● 1993年9月4日

收到社科院钱中文先生的信。

衍柱同志：

你来京时，我正好出国去了，回家才看到你的信。谢谢你们赠送的《明代四大奇书》，童庆炳同志把它转送来了。真是感谢你们。

学会仍未批下，我与吴元迈拟于9月7日后去民政部查问。这次去维也纳，与欧洲华人学会挂上了钩，明年8月，拟与它联合在京开一次中西文化问题讨论会。它的代表7月来京，进行具体磋商。明年会后，拟去济南成立我们的学会，请你们具体筹办，这样可好？具体时间等批下后再详细商量。

学位会评议组会议9月下旬举行，要进行9天，真是个长长的会了。据说申请书堆得桌子高。文艺学博士点我估计有14个院校申请新建，竞争自然极为激烈。你系的申请我自然代为留意。此外还有大量申请硕士点的。此事确实是个综合性的实力比较。

　　寄上一本拙作。不过是旧声（书）新翻而已。

　　　　即颂

　　近好

　　　　　　　　　　　　　　　　　　　　　钱中文
　　　　　　　　　　　　　　　　　　　　　9月4日

● 1993年12月28日

　　收到朱立元来信。（附原件）

衍柱先生：

　　信悉。在沪见面时间虽短，但十分愉快。

　　开会时如蒙贵系大力支持，是有希望开成的，只是目前还得多联系几个学校，否则经费仍困难。且让我们共同努力筹办，力争早日开成。您联系比我们广，还望多找点门路。如联系有进展，盼互相及时通气。

　　您们盛情聘我，我怎敢不从命？只是无论从资历与学力上都还不够，怕让您们失望的。如有机会到山东和贵校，当好好请教诸位学长。

　　蒋先生最近去京开农工民主党会议，回来没几天，今冬身体比较注意，至今哮喘未发，感觉尚好。我们做学生的深感安慰。先生的新作，亦是他一生美学思想的总结性著作《美学新论》刚由人民文学出版社出版，他订了不少，书还未运抵。上海美学会拟组织会员研讨这部新书。先生一定会寄您们。

　　盼多联系。余再谈。电话还不知何年何月能装上，唉！

　　　祝

　　新年快乐

　　　　　　　　　　　　　　　　　　　立元

　　　　　　　　　　　　　　　　　　　12.26

● 1994年1月23日

收到深圳大学胡经之先生来信。

衍柱同志：您好！

年前收到您的来信，十分感谢。因匆忙有事，去了香港一周，没给您及时去信。春节将临，特向您及全家祝春节好。

去年五月，去了一次敦煌、新疆。没有去过的地方，补一补课。博士导师事，主要是暨大感兴趣，我帮了些忙，也算是我来华南十年的些微贡献，我自己在深圳已不想张罗这类事了。今明两年，找机会再回内地走一走，我也想告退了，可以更自由些。

不知您女儿还在不在深圳？她是能干之人，必能成大事业。

祝好！

经之

1.23

收到钱中文信。（附原件）

衍柱兄：

学会一事，我与许明去民政部已9次，可说历尽曲折，不久就可批下，他们已嘱我们可以活动起来。

得你信，有可能争取到1-2万，十分高兴。我想这样学会成立和国际学术讨论会就在山东举行。春节前后，在京同事拟进一步商量，提出学会理事等人选以及成立会的学术讨论会专题，然后等正式批件一下，即可寄发各地，征求意见，分头准备。

四、五月如能前去你校（承你一再邀请），最好，但请让我在3月中旬酌定，可好？

我们的学会是无补贴的，活动费用要靠大家筹集，但我想是可以设法克服的。事在人为，大家到时出主意。开封会议准备会上的大家的愿望，我想是可以得到实现的。

　　祝

新春大吉

中文敬上

94.2.5

中国社会科学院文学研究所

衍桂兄：

学会一事，我已请许明去民政部过问，可说多经曲折，不久就可批下。他们已嘱我们可以活动起来。

得你信，有可能争取到1-2万，好高兴。我想这样学会成立和国际学术讨论会就在山东举行。春节前后，在京同事拟进一步商量，提出学会理事人选以及成立会的学术讨论会专题，然后等国家正式批件下，即可发文各地，征求意见，分头准备。

3、4月如能前去你校（或你们一[illegible]），也好。但请让我在3月中旬前确定，可好？

我们的学金是无补贴的，活动费用要靠
大家筹集。但我想是够可以设个专职的人员，方案到时出主意。到时会没准备会上的大家的期望，我想是可以得到实现的。

祝

新春大吉

邓绍基
94.2.5.

● 1994年4月2日（农历二月二十二日）

迎春曲

迈步喜见草叶青，

迎面山阴桃花红。

百鸟竞唱迎春曲，

千佛披纱颂新经。

黄河起舞奔大海，

浦东吹送世纪风。

长江后浪推前浪，

拨云去雾朝阳红。

● 1994年5月13日

收到钱中文先生信。（附原件）

衍柱同志：

我于昨晨回到家。一切都好，勿念。

这次到山师，承你和系室领导、校领导盛情接待、多方照顾，十分感谢，请代向陈、张校长，韩之友、周均平、杨守森、周波、刘念兹、徐克勤、侯明君诸先生致谢，并向朱恩彬、朱德发两先生致意，谢谢大家的友好周到的照顾。

此次在你们那里，了解了不少情况，文艺学、现当代文学确是中文系的两个强项。以后如有积极的建设，我自当留意。去了你们那里，对明年的会我增加了信心。在京的有关事项，我和元迈会努力去做。一有消息，就告诉你。今年的会也有待近日与在京诸人商量，有了消息，一并函告。

谢谢小赵，领我们游了邹县峄山，我还欠他一篇散文呢，当努力完成，说不定也可为会议增加一些收入。

元迈9日回京，极为不巧，未购到卧铺，一直坐到北京。不过他身体还算好的。

再次谢谢你的关照，使我的健康极快获得恢复。

　　即颂

教祺

　　　　　　　　　　　　　　　　　　中文

　　　　　　　　　　　　　　　　　94.5.13

中国社会科学院文学研究所

行村兄：

我于昨晨回到家，一切都好，勿念。

这次到山师，承你和贵校领导、校领导等盛情接待，多方照顾，特感谢。请代向陈师校长、韩□周□海诸、周均平、格宇寿、闫俊利会荣、强克勤、侯明君诸先生致谢，并向朱思彬、朱桂等两先生致意，谢大家的友好周到的照顾。

此次在你们那里，了解了不少情况，文艺学、诸书我文学□确是山大手头两个强项。如有□知报的建设，我们尽量意。去了你们那里，对明年的会我增加了信心。在京的有关事项，我和无边会努力去做。一有消息，就告诉你。今年的会也有可能迟日与北京诸人商量，有了消息，一并通志。

谢谢小赵，领我们游了部县峄山，我还欠他一篇散文呢，当努力完成，说不定也可为会议增加一些收入。

元返9回京，报为不适，未购到卧铺，一直坐到北京。不过他身体还算好的。

再次谢谢你的关照，代我向郭维兼拔快获得情意。

即颂

康祺

中文
94.5.13.

母亲弥留之际

1994年12月12日，我乘汽车到沂南看望病中老母。下午7时30分到达。约8时在病房见到老母，正在滴液。我大声叫喊：娘！娘！她似乎还能听到，眼球转动转动，嘴角微微呈现笑容。我用手轻轻摸摸她的额、手，已经凉，脉搏还轻微缓慢地跳动，心脏跳动由三十几下逐渐下滑，二十几下，十几下。夜间2点我又到病房守护，似乎平静些。因尿道尿不出来，只能帮助用管子引尿。

经大夫会诊认为是脑血栓、心脏衰竭、肾功能衰竭。一个人老了，一切器官似乎都已完成了自己的使命。12月12日晚11时20分左右，电话铃响了，要我快到病房。我到时是12日晚11时26—27分，我妹妹、弟弟、大夫正在忙着给母亲穿衣服。实际在11时24—25分之间已经咽下最后一口气。我再次摸摸老母亲的额头，已冰凉。她的双眼已安详地合上了。我又将她的头正了正。穿好衣服后，一位当地妇女（母亲生前熟悉的）又将两块红绸分别放在她手中，每只手中还攥上几个硬币。据说是路上打发小鬼用。

因住在病房，我们没有大声哭泣，12点其他病人都走后，我、衍栋、衍欣三人又哭了一场。我说，母亲一生为我们付出了一切，贡献出了一切，没有对不住我们的地方，我们一定要团结一致、相互支持，继承和发扬母亲的优良品德，并使之日益生辉。

12月13日下午3：30，灵车至沂南县殡仪馆，将遗体安放在中堂玻璃棺内，周围由亲属、朋友送了18个花圈。4时许，由沂南县人民医院工会主席主持，我们举行了向遗体告别仪式。整个仪式庄严、肃穆，我们怀着悲痛的心情在哀乐中向遗体告别。下午5时左右，遗体进入火化炉前。我默默地站在炉前遗体旁边，虔诚地思念着母亲的功德，寄托个人无限的哀思。随着火舌的增大，工人拉动铁绳，滑车慢慢升起，将遗体送入火光之中。老人的一生随着青烟升入茫茫宇宙，进入永恒。我思念着母亲的一切。她的一生是辛勤劳动的一生，平凡而又高尚。她具有中国劳动妇女的传统美德——刚强、不向困难低头、能吃苦、为子女兄弟奉献出了自己的一切。在默哀中我想了一副挽联：

母爱永存

颗	滴
颗	滴
汗	乳
珠	汁
支	哺
持	育
兄	子
弟	女
创	成
业	才

（1902—1994）

12月13日晚，我、衍欣、衍栋、跃进商定，当面分工，将母亲的骨灰盒和遗像暂放沂南殡仪馆，1996年春再将母亲骨灰盒移回崂山家乡，与父亲合墓，并树一块碑。此事由跃进和衍桂姐筹划办理，经费大家分担。

● **1995年2月19日**

电视播完84集《三国演义》，撰写《迎接新世纪的黎明——电视剧〈三国演义〉的启示与文艺发展的趋向》。

● 1995年7月31日—8月4日

走向21世纪，中国中外文艺理论学会在山东师范大学成立，本人被选为理事，提交论文《"幽灵"与"天火"——世纪之交的马克思主义文艺学》，并在大会上发言。

● 1995年9月7日

收到北京大学李醒尘信。（附原件）

李衍柱同志：

您好！

前些天闫国忠同志回来，谈到您召开的文艺理论和美学国际研讨会十分成功，并说到您表示欢迎我陪德国专家亨克曼去贵校讲学。对于您的支持和帮助，我深表感谢。本来我很想参加您们的这次国际会议的，因为要等亨克曼寄讲稿和信来，没敢离开北京。今天终于等到亨克曼先生的信了，他已肯定能来，已预订了机票，准备9月28日上午9：30到达北京，我拟陪他于9月28日当天或次日到达济南，先去山东大学周来祥处，刚才我已和周来祥同志通了电话，他说山大外事处只答应接待最多6天，他们可付食、宿、交通费（北京到济南在内），这样10月5日—8日可去贵校讲学，8日亨克曼先生拟来北京参加乐黛云召集的一个文化对话研讨会，因此，我请求您务必帮忙解决10月5日—8日期间亨克曼夫妇两人的食、宿、交通（由济南去北京）等费用，我也需有个床位，经济上您可酌情处理，只要能顺利讲学即可。您可根据这种情况予先安排。可请宗坤帮忙跑跑。为便于您向外事处办理有关顺访手续，我把亨克曼夫妇的基本情况报告如下：

沃·亨克曼（Wolfhart Henckmann），男，58岁，德国慕尼黑大学哲学系领导成员之一，教授，博士，现任德国现象学会副会长，是德国著名美学家。此次报告题目主要是《德国美学的现状》。

吉·亨克曼（Gisela Henckmann），女，德国慕尼黑大学德国文学系教授，博士，专攻歌德文学及妇女文学，主要报告是《歌德的爱情诗歌》。

他们拟10月5—8日在贵校访问。他们懂英语，可以用英语报告和交谈。

前不久我给宗坤一信，请他打听一下由济南去孔府和泰山访问是否方便，此事能办则办，办不了也可不办，到时候还可和亨克曼先生商量。

我一直希望在中德美学界之间能架起一座桥梁，限于条件，只能尽绵薄之力。对于您的帮助必当感谢！

希望您安排落实后给我一信，以免悬念，以便安排。有关信息，我当及时告知。

顺颂

教祈！

李醒尘

1995.9.7

北京大学

李衍桂同志：

　　您好！

　　前些天同陶忠同志，同来，谈到您召开的文艺理论和美学国际研讨会十分成功，并说到您表示欢迎我陪程俊同辈章先生来贵校讲学。对于您的支持和帮助，我深表感谢。本来我很想参加您们的这次国际会议的，因为要为章先生章排科的後来，没敢离开北京。今天终于去到章先生章先生的後了，他已肯定能来，已预订了机票，准备9月28日上午9:30到达北京，我拟陪他于9月28日当天或次日到达济南，先去山东大学国来详处，刚才我已和国来详同志通了电话，他说，山大外事处只答应接待最多6天他们支付食、宿，交通费（北京到济南在内），这样10月5日~8日可去贵校讲学，8日章先生要先拟来北京参加来堂去召集的一个文化对话研讨会，因此，我请求您务必帮忙解决10月5日~8日期间章先生曼美妇两人的食、宿、交通（由济南去北京）生费用，我也需有个床位，经济上您多加的情处理，只要能顺利讲学即可。您如根据这种情况节先安排。可情望你帮忙越多。为便于您向外事处办理有关顺读手续，我把章先生曼美妇

北京大学

的基本情况报告如下：

沃·亨克曼（Wolfhart Henckmann），男，58岁，德国慕尼黑大学哲学系领导成员之一，教授，博士，现任德国现象学会副会长，是德国著名美学家。此次报告题目主要是《德国美学的现状》。

吉·亨克曼（Gisela Henckmann），女，德国慕尼黑大学德国文学系教授，博士，专攻歌德文学及妇女文学，主要报告是《歌德的爱情诗歌》。

他们拟10月5—8日在贵校访问。他们懂英语，可以用英语报告和交换。

前不久我给素坤一信，请他打听一下由济南去孔府和泰山访问是否方便，此事能办则办，办不了也无不办，到时候还是和亨夫妇先生商量。

我一直希望在中德美学界之间能架起一座桥梁，限于条件，只能尽绵薄之力。对于您的帮助，很是感谢！

希望您安排落实后给我一信，以免悬念，以便安排。有关信息，我当及时告知。

顺颂

教祈！

李醒尘 1995.9.7日

● 1995年9月18日

　　收到海南大学鲁枢元的信。

衍柱先生：

　　您好！

　　这次有幸到贵校参加盛会，得以结识全国各地学人，收获颇丰，还要感谢您做（作）为东道主付出的大量艰辛的劳动。只是由于您忙于会议的组织，未能找您长谈一聆教诲，留下了遗憾。但愿日后海南能够办会请您光临。

　　拙著《超越语言》新近重印，随信寄上一册，请多多指正。

　　秋安！

鲁枢元

95.9.18

● 1995年9月20日

　　收到北京大学刘烜教授信。

衍柱同志：

　　你好！

　　山东会议，你辛苦了！谢谢照应。有便时代候贵校的诸位领导。

照片寄上，请留作纪念。

有便来京时，请来舍下坐坐。

乔征胜同志问候你。他对山东仍很向往，可是这次没有走成。

即候

文祺！

刘烜

1995.9.20

● **1995年10月4—8日**

邀请德国现象学美学家亨克曼来山东师范大学讲学，北大李醒尘教授陪同。游泰山、蒲松龄故居。

● **1996年10月17—20日**

全国古代文论现代转换学术研讨会在陕西师范大学举行。

● **1997年1月19日**

全国文艺学博士点建设研讨会在暨南大学举行。

收到北京师范大学童庆炳先生信。（附原件）

老李：

　　你好！

　　10月21日信悉。因我的在教委工作的那位学生到深圳出差，至今未回，所以还未进一步联系和落实办新世纪教育书店济南分店事。等他一回来，我就会立即跟他联系落实的。因此事他已答应办，并曾打电话给小杨，可能是小杨电话坏了，才没联系上。

　　明天是星期一，我将再给他打电话，看他回来没有？你们就等我的消息好了。

　　教委预定在11月份开高教工作会议，估计政策还要再开放、下放一些。到时有消息再向你们通报。

　　这次到济南，又一起去开封，承蒙你和小杨招待，甚为感激，问候你夫人，问候小杨！

　　匆匆，即颂

秋祺

弟 庆炳

11月1日

北京師範大學

Beijing Normal University
BEIJING CHINA

老李：

你好！

10月21日信悉。因我的老教授、以及好几位先生到深圳出差，至今未回。所以正未进一步联系你所提出的对世纪教育发展评价的事。待他一回来，我就会立即去找他联系、落实，因此事他已居在此，当即打电话给小杨，可能跟小杨电话好了，才能联系上。

明天已是星期一，我将再再给他打电话，希他回来没有？待你知道我心情就好了。

教授都定在11月份开了教工作会议，估计改革正是再开放。下改一些。到时有消息再向你们通报。

这次到深圳，又一起去开封，再蒙你和小杨接待，甚为感谢，问候你夫人，问候小杨！

匆复，即致

敬礼

某某某
11月1日

收到上海文艺出版社高国平同志信，告知编著的《宇宙与人生》校样已出。

衍柱兄：

《宇宙与人生》的校样已出，现寄上请审读后即寄我。校样有五百多页，太长了，请压缩至450页左右，或400页左右，有些内容重复的可删去。这套书的第六辑四种已出书，现随校样一同寄上，请查收。匆匆，祝好！

高国平

1998.8.17

接张岱年先生信。

衍柱同志：

您好！来信收到，

拙集《宇宙与人生》承费神编选，又承删节定稿，非常感谢！谢谢！

承邀写一条幅，自当遵命，惟笔墨比较困难，信写好时当寄上。

　　匆匆，祝

　时安

张岱年
98.10.7

● 1998年10月20日

收到胡经之信。（附原件）

衍柱兄：您好！

　　此次四川重聚，见您风采依旧，为您高兴。

　　寄上照片，留念。如有机会，当再相聚畅谈。保重。

　　致

　礼

胡经之
10.20

深圳大学　中国文化与传播系

电话:（0755）660166转2124（办公）2155（函授）
图传:（0755）660462、669474　邮编:518060

祈桢兄、您好！

此次回川重聚，见您风
采依旧，为您高兴。

匆匆此中，再会。另祈
机会，当再相聚畅谈。偌

至　　　好

祝

胡经之
10.20

● 1998年11月8日

收到王元化的信，谈《重读黑格尔〈美学〉》一文。

衍柱先生：

十一月一日寄来的大札及大作《重读黑格尔》均已收到。谢谢您的惠赐，由于刚刚收到，而我又正在住院体检，只是粗阅一过，尚未细读。您用了不少精力，参阅不少著作，写出这样一篇内容扎实的长论文，令人钦佩。现在肯下功夫做这种吃力工作的人，已经不多了。希望您再接再厉，写出更多的好论文。您征求我的意见，我只能提一点初步感想。即关于"要康德不要黑格尔"提法自然不对。不过康德确有些优点是黑所不具备的。比如他不像黑那样过于追求规律化，不知先生以为然否。不日即将出行，先写此简陈意。祝好！

王元化

十一月八日

收到复旦大学蒋孔阳先生和濮之珍先生的新年贺卡、濮之珍先生的信。（附原件）

李老师：

孔阳七月下旬跌跤骨折，又引起并发症，住院至今，一度严重。孩子们都回来了。由于领导关心、医院重视、精心治疗，现已好转，争取能回家过年。四个多月来，我每天去医院看他，也很累。

贺卡收到，谢谢。

专此，祝

合（阖）府新年快乐！

濮之珍

12.16

復旦大學

李老师：

孔阳8月上旬跌交骨折，又引起并发症，住院至今，一度严重，孩子们都回来了。由于领导关心，医院重视，精心治疗，现已好转。争取能回家过年。四个多月来，我每天去医院看他，也很累。

贺卡收到，谢谢。

专此，敬

合府新年快乐！

濂珍
12.16

● **1998年12月29日**

收到张岱年先生的贺卡。（附原件）

敬祝
新年快乐
万事如意
张岱年

Best Wishes for
A Happy New Year
新年快樂

● **1999年1月**

选编的张岱年著《宇宙与人生》（上海文艺出版社1999年版）正式出版。

● **1999年3月17—20日**

阅读《爱因斯坦文集》（1—3卷）。

● **1999年5月**

《文学评论》第3期，刊发《重读黑格尔——黑格尔〈美学〉与中国文艺学建设》。

● **1999年5月16—21日**

与守森一起去南京大学参加学术会议。会后去扬州和安徽滁州醉翁亭游览。会议期间，与叶子铭、丁帆、赵宪章相聚。

● **2000年5月**

收到张岱年先生的墨宝。（附原件）

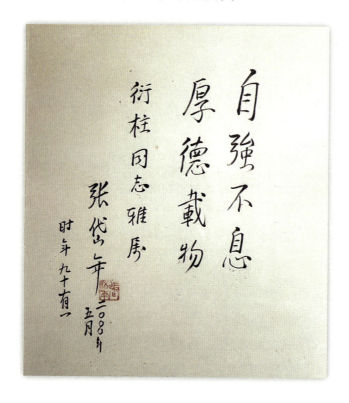

● **2000年7月28日**

与刘蓓一起去北京语言大学参加国际学术研讨会，请北京专家参加山东师范大学文艺学申报博士点论证会。

● **2000年9月28日**

学科评议组已通过在山东师范大学设文艺学博士点的方案。至此，完成了一件学科建设的历史任务。

五

2001—2024

立足中国，放眼世界，
致力于研究生的培养和
时代提出的文学理论问题研究，
阅读和评述莫言的小说创作、
《大秦帝国》的艺术成就
及王阳明的历史贡献

● 2001年

山东师范大学文艺学开始正式招收博士生1名。 刘蓓入选，并由山师外办转入文艺学博士点。

钱中文、童庆炳谈博士点建设与博士生培养问题。

● 2001年5月20日

收到浙江大学王元骧来信。（附原件）

衍柱兄：

您好！我从聊城回杭，即收到您寄来的底片，非常高兴，也非常感谢！

我的为人总的来说还是比较拘谨的，不会随便要人照相，更不会随便给人增添麻烦。而我与您之间之所以这样无拘无束，实在是因为我们的情谊已经很深了。这在我目前交往的朋友中也是不多的。

照片确是拍得很好！真是百里挑一！此次扬州会议即使在学术上一无所获（我耳聋，听到的东西确实不多），但能拍到这样一张照片，也可以说是不虚此行了！

您对我个人的问题一直很关心，我很感激！但由于多年单身生活已形成一种习惯，我只怕改变习惯会打乱整个生活，弄得什么事都做不成了，所以我不敢越雷池一步！

杭州大学中文系

柳桂光：

您好！我从聊城回杭，即收到您寄来的贺卡，非常高兴，也非常感谢！

我对为人求索的来说一直是较为慎而，不太像陌生人照相，更不太愿像陌生人增保麻烦。而我与您之间之所以这样无拘无束，家已是因多年的情谊已经很深了。在我日常交往的朋友中也是不多的。

照电话告知那么很好！真是万里挑一！只是扬州家区即使去寻求上无收获（我母亲，呼到去而亦亲不在），但既拍到这样一张照电，也可以说是不虚此行了！

您对我本人的问寄一直很关心，我很感激！但由于多年单身生活已形成一种习惯，平日的收发费也打乱整个生活，每日来去了都做不成了，故以我不敢轻易迈出一步！

每到字不尽意，祝
身康笔健！

于元骐 敬礼
5. 20.

校址：杭州市天目山路34号 电话：871224—2320 2631 2356 电挂：9600

匆匆言不尽意。祝

身康笔健！

元骧敬礼

5.20

● 2004年12月21日

参加中央实施马克思主义理论研究和建设工程文学组第一次全国学术研讨会。

童庆炳发言：

中央今年（2004年）4月决定成立马克思主义理论与建设工程课题组。编写教材，除设公共政治课外，设历史、文学小组，无疑具有远见卓识。原因：

1. 这些年马克思主义理论研究有所削弱，或严重的削弱。对马克思主义文学理论讲得不深入、不细致。教学必须以马克思主义为指导，为灵魂。

2. 社会发展出现新的意识、新的问题，需要各个学科做出新的回答，必须用发展的眼光加以回答。这一工程是灵魂工程、生命工程。

教材建设，必须坚持马克思主义的指导。

1. 要反对全盘西化。西方理论有西方的传统，不能以西方的是非为是非。

2. 旗帜鲜明地反对僵化，不能照搬本本，要有使命感、责任感，与时俱进地进行理论创新。

专家队伍现不断扩大，要吸收有成就的中青年学者，要不断地团结吸收同行专家的意见，并进行对话，集中全国同行的智慧。

以下四个问题应讨论解决：

1. 如何既坚定不移地以马克思主义和发展的马克思主义为指导，又以深厚的学理为支撑。

2. 如何立足现实的文艺实际，又能充分利用和继承中国古代文论遗产，把古与今结合起来。

3. 如何立足中华民族的实际，又不舍弃外国先进的文学理论，应处理好中国与外国的对话、比较、衔接问题。

4. 既要建立科学的教材体系，又要充分适应教师和学生的实际。新教材必须有合理的逻辑起点，比较科学的体系框架。

陈太胜：《关于新时期以来高校文学理论教材编写的调查报告》。

朱立元：《关于90年代以来中国文艺理论与批评发展概况调查报告》。

赖大仁：《关于新时期以来马克思主义文论研究现状的报告》。

王先霈：《关于新时期以来文学创作的调查报告》。

小组讨论中，赵宪章、杨义、吴元迈、黄鸣奋、王纪人、李建中、李春青、陶水平、蒋述卓、曹卫东、冯毓云、欧阳友权等人发言。

● **2006年1月12日**

撰写《在建设文学理论中国学派的大道上——童庆炳先生的人格魅力与学术贡献》。

● **2006年3月18日**

收到香港世界华文文学家协会会刊《世华文学家》第10期（2006年2月），上面刊发了本人写的《飞跃太平洋》组诗。

● **2006年3月22日**

眼睛是心灵的窗口

"眼睛是心灵的窗口。"一个人的精神、情感、健康都是从这里显示，阳光与真理也是从这里融入人的肉体。灵与肉在这里相会，生长出思想和智慧。知识靠它去汲取，善恶美丑靠它去捕捉，人的五官感觉靠它去联结和打通，光明与黑暗在这里分界。

● 2006年3月26—27日

参加在复旦大学召开的国家统编的《文学概论教材大纲》讨论会。

朱立元、童庆炳主持。赵宪章、王元骧、王纪人、杨文虎、刘士林、方志强、朱志荣、陶水平、王汶成 、郑元者、孙书文等参加。

大家坦诚发言，提了很多专业的、中肯的意见。

● 2006年4月4日

王蓓的博士论文：《道成肉身：信仰与审美的相遇》完稿。

对这样一个既是基督教的核心问题，又是美学的问题，谈清楚实在不易。王蓓梳理得很清晰，且有新见，难得。这是她四五年学习、体悟的结果。

● 2006年4月10日

接北京师范大学童庆炳先生电话通知：已正式批准李衍柱为中央实施马克思主义理论研究和建设工程文学专家组成员。

同时批准给予李衍柱一个国家社科基金重大项目的子项目——"**重读马克思主义文艺理论经典文本研究**"，资助2万元科研经费。

● 2006年4月17—22日

同刘延福博士一起**去山西安泽参加全国荀子文艺思想学术研讨会**，提交论文：《世界轴心时代的诗学双峰——荀子的〈乐论〉与亚里士多德的〈诗学〉比较研究》。

大会上作了专题发言：谈研究荀子思想的世界意义，简要介绍《世界轴心时代的诗学双峰》论文的内容，重点谈了荀子古文籍考评的内容。与会代表听后，给予好评。安泽县委领导给予很高评价。我们的考证进一步比较科学地论证了荀子的故籍在安泽一带。

● 2006年4月18日

参观晋祠、乔家大院、平遥古城。

● 2006年4月19日

参观安泽荀子文化园、黄花岭、红叶岭景区。

● 2006年4月21日

参观尧庙、洪洞大槐树、苏三监狱、壶口大瀑布。

● 2006年5月7—9日

去北京参加文学理论教材大纲讨论会议。

讨论"大纲"、撰写同志的分工。最后出现了争论。

● 2006年6月6日

收到张凤珠寄来的北京大学出版社出版的**袁行霈先生主编的《中华文明史》**（1—4卷）。

● 2006年8月1—4日

去哈佛杜维明先生家访谈。

杜先生记忆力很好，谈起他参加鲁台洽谈会他很高兴，说这是我介绍他去的，又说到山东师范大学齐鲁文化研究中心也是我联系的。言谈中表现出一种真挚的谢意。我谈到我们四次见面，建立了友情。（第一次是1997年，吴文津荣退那次学术会；第二次是上海中国学学术会；第三次是鲁台洽谈会；第四次是我这次到哈佛访问。）他对过去的事情记得很清楚，频频笑着点头。

我转达了学校赵校长、王副校长对他的感谢和邀请，将赵、王的信给了他，将王给的小礼物送给他。接着，我谈了自己思考的几个问题，同时表达了学校的意见——希望与哈佛燕京学社建立联系，合作办会，搞个项目等。他反应很快，主动提出了联合召开一个思孟国际会议的问题。他认为，在当代儒学研究界，应对儒学研究现状和思孟学派问题引起重视。接着，我表示了肯定性的意见，认为杜先生的设想，学校会同意的。我们进而具体讨论了会议的议题、承办单位、规模、邀请哪些人、时间、地点、准备事宜，并明确表示今年年底或明年四五月份邀请三个人来美，最后商定开会的问题，争取会在2007年9—10月开，规模30—40人，不要太大，要高质量、高水平的，最后出个论文集。他亲自签名将《对话与创新》赠送给我。交谈有80多分钟。

● 2006年8月8日

参加杜维明先生主持的一次学术研讨会。

地点：杜维明家客厅。

议题："政治哲学与儒家哲学的现代性"。

杜维明的家在燕京学社附近，走10分钟即可到。住房古朴、宽敞，三层楼的别墅，二层大厅（中厅）有50多平方米。参会的有北大陈来教授，来自浙大、复旦、台湾政治大学、中国人民大学法学院、山大历史文化学院等高等院校的16位研究儒学的访问学者。讨论集中在儒学的政治哲学的现代性问题上。发言自由、热烈，时有回应。杜与黄主持，最后黄万盛简要小结。

原定9：30结束，结果一直到晚10：20才结束。

● **2006年8月18日**

撰写《马克思主义典型学说的艺术价值》纪念蔡仪先生诞辰100周年。

蔡仪先生是中国美学、文艺学的奠基人和开拓者之一，重新学习和研究他的美学、文艺理论，给予公正和实事求是地评价，有着现实的学术价值。

一、马克思主义典型学说照亮了蔡仪的美学道路

1. 典型是马克思恩格斯文学观的基本范畴。马克思恩格斯论文学典型和社会典型。马克思恩格斯典型观的理论前提和文学实践提供的经验教训。

2. 蔡仪的文学实践与美学、文艺学理论探索的世界视野。20世纪30年代初，正在日本留学的蔡仪着手对世界各种美学思潮进行研究时，他看到了首次发表的马克思恩格斯关于文艺的

书信和著作，特别是其中关于现实主义和典型的理论原则，使他在"迷离摸索中看到了一线光明"，正是这一线光明，指引着蔡仪"长期奔向前进的道路"。

二、典型的规律是文艺美创造的基本规律

1. 艺术美的创造是否有规律可寻？莱辛明确提出了美的规律问题，歌德具体论述了艺术美创造的规律。

2. 典型化：艺术美创造的基本规律。别林斯基的有关论述和巴尔扎克的经验。

3. 蔡仪从研究艺术美入手，探索和建构了他的唯物主义美学体系。从艺术美，主要是叙事文学美的创造来说，美的规律是典型的规律，具有真理性和实践性。

4. 美的规律包括艺术美创造的规律，但不等于典型的规律。

5. 美的规律的丰富性、多样性、绝对性与相对性。蔡仪的美学理论，尚须进一步探索和定位。

三、蔡仪美学理论和文学理论的现代价值

1. 蔡仪沿着马克思指引的道路，突破了自康德以来的以人类中心主义为出发点的美学研究，强调从天、地、人合一，即从自然、社会、艺术的现实出发，全面地研究艺术与美，具有方法论意义。

2. 美的规律和典型的规律的认识和掌握，有利于提高美学、文艺学研究的自觉性，促进文学艺术的繁荣。

3. 各个领域自觉按照美的规律创造，有利于和谐社会的建设。

● **2006年9月8日**

与杜维明先生的助手黄万盛先生在燕京学社具体商谈山东师范大学与哈佛大学燕京学社联合召开"思孟学派国际学术会议"的日程和邀请人事宜。

一、回国后可先成立一个关于会议的工作小组，人不宜多。

二、最主要的事情是先制订一个关于会议的学术内容——要讨论哪几个方面的问题并提出一个明确具体的方案。确定会议讨论的基本方向。关于思孟学派学界有争议，这个问题应首先考虑好。

三、会议邀请哪些专家？大陆有哪些人？他们一定是对思孟学派研究有成就的代表人物。国外邀请哪些人？这个由燕京学社方面提供。初拟的名单可多些，五六十人，真正能参加会议的有多少算多少。

四、参加的承办单位不宜多。黄提到山东儒学研究所有个学者是全国政协委员。承办单位主要是山东方面的。

五、经费问题。可大体做一个预算，缺多少，燕京学社也可给予一定的支持。

六、时间：先于2006年11月10日以前将考虑的方案，特别是第二、三项内容，用电子邮件传给黄、杜，他们研究后，提出国外参会名单。杜先生出国11月10日才回来。

七、关于会议的具体开法和日程。黄先生认为，可以以济南为中心，去邹城、曲阜参观两天，或在济南开一段，在邹城开一段。

八、2006年11月底争取向国内外代表发出预备通知。

九、2007年4月，山东师范大学来哈佛一起商定，最好主要领导能来。燕京学社发邀请函没有什么问题。可3—4人，具体提到王、李、一个翻译等。来哪些人的名单，也发过来。

燕京学社可帮助安排住宿。

来往路费、食宿经费由山东师范大学解决，要这面（指燕京学社）解决，会比较麻烦。

● 2006年9月11—15日

阅读《胡适文集》。

研究中国现代学术史、文学史、哲学史，胡适是一个不可不研究的人物。他的思想、研究方法和学术观点影响了一代人。对杜威也需重新评价。胡适对禅学研究的贡献尤应注意。

● 2006年9月16日

参观耶鲁大学。这里同哈佛大学不同。哈佛显得自由、舒缓，任何来客都可自由出入各个角落。耶鲁则不同，给人以神圣、典雅、宁静的感觉。要入耶鲁校园，需先去服务中心，由导游带着游览（自己付费）。有些学院要进去，需导游用门卡开门才能进，任何人想自由进出是不可能的。一进门，就可看到两座哥特式塔楼，但这又不是教堂。园内看到的第一个雕像，是美国的第一个间谍的雕像，他为反英殖民主义的斗争作出贡献。他的一句名言是：十分遗憾，我只有一次生命奉献给了我的国家。迎面草坪中还有一个独立战争期间耶鲁校长的坐式雕像（铜像）。他的一只脚的鞋已被游人摸得金黄发亮。据说，当年耶鲁参加足球赛，屡屡输掉。后这位校长亲自到球队去踢足球，鼓励队员踢好，结果耶鲁赢了。后传，这位校长的脚可给人带来福气。因此，游人到此，必要摸一下校长穿的皮鞋。我和女儿也上前，去摸了摸这位校长的皮鞋。再向前20米左右，是耶鲁的第一任校长的站立塑像。

导游是一位巴勒斯坦在耶鲁读书的大学生，二十五六岁，英语非常熟练。他是四年级学生，今年要毕业。做导游是一种勤工俭学性的服务。他向游客介绍，耶鲁位于康州纽黑文市。纽黑文是美国第一个有城市规划的城市，是皮塔饼、橄榄球的发源地。

耶鲁的建筑是学习英国剑桥、牛津等大学而建，每个学院都有自己的特点，都有相对的独立性和建筑特色。耶鲁的图书馆也是美国有名的，有世界各国好的图书1100多万册，仅次于哈佛。中文图书有44万册。还有一个专门用大理石建筑的封闭式的珍本图书馆。

耶鲁的前身是创建于1701年的一所教会学校，1716年迁至康州纽黑文。1718年为感谢英国东印度公司官员伊利胡·耶鲁的捐赠，更名为耶鲁大学。现拥有来自美国和世界110多个国家和地区的11000多名学生。其中，本科生5350名，研究生6000名，教职员2300人。在全世界大学排名中居第七位。

该校以重视本科生的教学闻名全世界，许多基础课程都是由名教授任课。耶鲁学院（以招本科生为主的学院）是学校的核心，共有65个学科，每年开设2000多门本科课程。其中，人文学科的建筑、艺术、神学、戏剧、法学、管理、音乐等专业都是很有名的。耶鲁又是美国许多新的思想流派的发源地，如新批评的布鲁姆。

耶鲁有着丰富的文化底蕴，艺术氛围很浓。文学、音乐、戏剧、体育，在美国均列前茅。学校艺术画廊中，有毕加索、凡·高的原作展览。橄榄球之父沃尔特·坎普就出自耶鲁。学校有35支不同类型的大学运动队，他们每年都要参加常春藤联盟运动会和美国东部大学运动会。

耶鲁是科学家、政治家的摇篮。有15位诺贝尔奖得主，有物理学家、生物学家、医学家、经济学家、文学家等。20世纪美国著名作家辛克莱·刘易斯就出自耶鲁。人类基因计划研究主任弗朗西斯·S.柯林斯也在耶鲁。

耶鲁培育出有名的政治家、美国总统有五位，即威康·霍华德·塔夫脱、杰拉尔德·福特、乔治·H.W.布什、比尔·克林顿、乔治·W.布什，现任的美国副总统切尼也是耶鲁出身。耶鲁是当代美国最富有生气，又充满人文精神的最美学府。

耶鲁和中国有着密切的关系和传统的友好合作关系。中国第一个留美学生荣闳就是耶鲁大学毕业的。中国著名的铁路总工程师詹天佑也是耶鲁大学培养出来的。曾任北京大学校长的马寅初，复旦大学校长李登辉也是耶鲁毕业的。现在耶鲁同中国16个大城市45个院校、研究所和政府机构开展了60多个研究项目的合作。

2006年4月21日，中国国家主席胡锦涛专门访问了耶鲁，并在耶鲁斯普拉格礼堂发表演讲，他强调文明的多样性是人类社会的客观现实，也是人类进步的重要动力。我们应该积极维护世界的多样性，推动不同文明的对话与交融，使人类更加和睦、幸福，让世界更加丰富多彩。

耶鲁是一所私立大学，拥有雄厚的经济来源，得到捐赠的资金有152亿美元。

● **2006年10月13日**

和谐美

和谐是种理念，是种理想。和谐美是以矛盾论、实践论和发展论为理论基础。构建和谐社会是一个过程，是一个不断克服各种矛盾，正确处理人之为人的情与理、灵与肉的过程，是一个正确处理人与人之间，即社会关系中各种矛盾的过程。

"和谐"的"和"是"和而不同"的"和"。和谐社会是一个多样性统一的社会。"同而不和"是专制社会的特点。和谐是多种声音共同演奏出的欢乐、悲壮、优美的"中和"美的乐章。一种声音，算不上什么和谐。和谐是物质生活与精神生活高度发展的结果，是民主、法制健全成熟的标志。理想的和谐社会是人类不断探索、不断企求的真善美的理想境界，它以真（科学、真理）为基础，以善为内核，以美为外在显现的形象。

● 2006年10月20日

上午9时，在中国社会科学院图书馆大楼会议室，**举行蔡仪先生学术思想研讨会。**

会议名称：**马克思主义美学与当代中国和谐社会建设学术研讨会——纪念蔡仪先生诞辰100周年。**

地点：**北京香山饭店。**

杨义、武寅、王正、周来祥、胡经之、杜书瀛等参加。

杨　义：构建和谐社会在人类文明史上将产生重大影响。美学在和谐社会建设中的价值和功能。

武　寅（社科院研究生院院长）：选题新颖及时。十月是香山最美的时候。和谐社会就是美的社会。建设和谐社会，需要美学。

周来祥：美的问题说到底是一个和谐问题。这个会是马克思主义美学的新的转折、新的起点。

　　"协和万邦"（《史记》）；河姆渡出土文物已有阴阳太极图萌芽，太极图就是和谐；《尚书》"八音和谐"；周易；董仲舒提出"和"的绝对性与普遍性。

　　这次会将在中国美学史上写下辉煌灿烂的一章。

　　胡经之：马克思主义美学要有世界视野，解决中国问题。追求和谐是中华文化的优秀传统。按照美的规律建设、提高人民的审美能力和创造美的能力。

　　和谐是个动态平衡的发展过程。

　　杜书瀛：追求和谐、公平、自由、正义，追求普天之下，人同民心，心同此理。

　　曾繁仁：我们为什么打出生态美学观？什么是生态审美观？为了适应当代社会转型的需要。从忽视生态维度到重视生态维度。生态智慧是国际对话的重要平台。

　　生态审美观转化生态存在审美观。

　　狭义，人与自然的和谐。

　　广义，人与自然、人与社会、人自身的和谐生态存在观。生态审美观并不是新的美学分支，是美学在当代的新发展。

　　哲学基础：由认识论到存在论；由人类中心到生态中心。

　　人与自然的统一是必由之路。美学本身从忽视生态维度到重视生态维度不仅仅是人化自然维度。从自然的完全去魅到部分的复魅。

自然有潜在的审美。

消解生态的审美现象学。达到人类的平等、共生。

生态审美观的基本内容：

哲学文论立场的转变；

生态存在论；

有机世界观、有机整体论；

共生的理论，人与自然相对平等，共生共荣；

生态环链理论，与人与自然对立不同；

该亚（地母）理论，如健康黄河；

复魅。

西方生态美学范畴：诗意的栖居、家园意识。场所意识。环境关系。

中国古代生态范畴：天人合一。风体诗（人与自然美论）。比兴法。生态批判维度。

金元浦： 西马文化批判理论。

何西来： 任何时代，知识分子都应找到自己的位置。

● 2006年12月15日

参加在华东师大召开的"大众传媒时代的文学生产"学术研讨会。

提交论文：《大众传媒时代与文学生产链建构》

学会理事换届，本人被选为顾问，守森增选为常务理事。

这次大会是一个承上启下、开创未来的大会。

徐中玉：

今天这个会在历史上是空前的，国内知名学者大都来了，有些知名学者因有事未来。

学会已建立近30年。《文艺理论研究》刊物已办了28年。坚持出新，不炒作，多一点专家、专题、专案研究。坚持艰苦朴素，向来不要稿费或稿费很低。我们做了很多事情，只占学校一个编制。（陈佳鸣）

● **2006年12月28日**

《路与灯》获第四届教育部人文社会科学优秀成果三等奖。

《光明日报》（2006年12月28日）第11版公布教育部关于第四届人文社会科学优秀成果的决定。本人的《路与灯——文艺学建设问题研究》（北京大学出版社2003年版）获三等奖。

● **2006年12月31日**

2006 年祥和地离去

这是一个丰收年、愉快年，也是生命旅程的一个转折年。

年内正式出版了《西方美学经典文本导读》（北京大学出版社2006年版），484千字，在美学研究领域争得一席之地，发出一点自己的声音。《路与灯——文艺学建设问题研究》获第四届全国人文科学优秀成果三等奖。这是学界对本人学术研究的肯定和鼓励。

年内同时还发表了《多元共生　和而不同》《生态美学何以成为一种美学？》《世界轴心时代的诗学双峰——与亚里士多德〈诗学〉并峙的荀子〈乐论〉》等学术论文。

6—10月去美国住了近四个月，真正享受到"天伦之乐"，古稀之年再次在自己学术生命中充了电。我在哈佛燕京学社阅读文献2个月，对进一步认识中国古老文化的魅力有所加深，并与杜维明先生达成初步协议：由山东师范大学与哈佛燕京学社联合召开一个"思孟学派国际学术研究会"。校方对此表示欢迎，由齐鲁文化中心主持办理有关事宜。这件事开辟了自己学术的新方向，建立了教学与研究的国际性学术关系。

在美期间，看到三个女儿各自获得自己的幸福，我与夫人对此感到宽慰。

● 2007年4月25日

同山东师范大学副校长王志民、外办孙全志一起到美国哈佛大学燕京学社与杜维明、黄万盛商谈哈佛大学燕京学社与山东师大齐鲁文化研究中心联合召开有关"思孟学派国际学术研讨会"事宜。

● **2007年8月8—10日**

"思孟学派国际学术研讨会"在山东师大举行。

● **2008年4月19日**

与李辉去开封参加"改革开放30年与中国文艺学研究"学术研讨会。与在河南大学（原开封学院）任教的老同学张豫林相聚。参观少林寺、龙门石窟。

开幕式上，杨义致辞，陈伯海等发言。

开幕式后，参会人员分组讨论。

● **2008年6月2日**

在潍坊参加新时期比较文学30年国际学术暨山东省比较文学学会年会。

第一轮大会发言，由曾繁仁、陈惇、本人主持。汤一介、乐黛云、陈炎、杨岳思、刘献彪发言。

下午与付春明，一起游潍坊，参观风筝展馆。

● 2008年6月12日

收到北京大学出版社乔征胜寄赠：袁行霈主编的《国学研究》第21期三本。本期刊发本人撰写的《思孟学派与中国美学》（34000余字），共计稿费2137元。

刊物整体用繁体字，印刷规范，很好。

● 2008年6月12日

收到上海文艺出版社寄赠的蒋孔阳著《且说说我自己》，书中收有蒋先生给本人的书信29封。

● 2008年《济南大学学报》第4期

刊发《马克思主义文艺理论经典文本元典——重读马克思〈政治经济学批判〉序言、导言》。

● 2008年7月23—28日

去哈尔滨参加中国文艺学国际学术研讨会，与邹强同行。参观索菲亚大教堂、漠河北极村、双青山、萧红纪念馆。

● 2008年9月6日

《文艺报》理论版头条刊发本人撰写的《以人为本：文学发展和繁荣的灵魂》。

● 2008年《文艺理论研究》第5期

刊发本人与陈博合写的《"为学不作媚时语，独寻真知启后人"——王元化先生与新时期文艺理论研究》。

● 2008年10月25—28日

与守森一起去杭州参加全国文艺理论学术研讨会，参观西泠印社、浙江博物馆。与李寿福、边平恕、李咏吟相聚。大会发言：《解放思想与中国文论的创新》。

● 2008年11月15—16日

参加华中师大主持召开的马列文论第25届年会和成立30周年大会。大会发言：《马克思主义文艺理论经典文本的元典》。《马克思主义典型学说史纲》获优秀著作奖。

● 2008年11月17日

湖北襄樊学院李宗清教授陪同**参观隆中（诸葛亮住处）**，隆中树立**诸葛亮著名诗句的碑文：淡泊以明志，宁静以致远**。

● 2008年12月12日

文学院通知：**刘蓓的博士论文获山东省社科一等奖**，奖金1万元。

● 2008年12月31日

年终小结

2008年在紧张、愉快、充实的生活中度过。

在这一年中，最大的收获是在北京大学《国学研究》第2卷上，发表中国美学研究的长篇论文《思孟学派与中国美学》（34000余字）。这是本人正式发表的第一篇研究中国古代美学的论文。该文从准备到定稿前后半年之久，从2006年秋去哈佛燕京学社读书算起，到2007年准备参加齐鲁文化研究中心与燕京学社牵头召开的思孟学派国际学术研讨会，正式写出初稿，并不断修改校正。这中间博士生刘延福协助校正文字，北京大学出版社乔征胜同志下了不少功夫。

在这一年中，因准备和撰写"马工程"的项目，对马克思主义关于发展的世界观与方法论有关文献重新认真学习研究一番，对当代的理论创新问题有所思考和收益。

一年中参加了哈尔滨会议、杭州会议、武汉会议、潍坊比较文学会议，会议过程中，会友、观光，心情舒畅、愉快。

改革开放30年，是真正步入学术研究的30年，教书育人的30年，有拼搏、有曲折，虽中间小有不适，基本上还是健康地行进在中国教育和学术的大道上，并在走过的路面留下了清晰可见的足迹。

● **2009年1月1日**

元　旦

2009 年，
伴着响彻云霄的钟声，
踏着激越的鼓点，
来到神州大地；
举起如椽的大笔，
在时空的载体上，
书写着新的华章，
放射出生命的火光！

● **2009年1月13日**

省社联通知：2009年1月16日上午，在山东新闻大厦，山东文艺评论协会成立，并聘本人为顾问。

● **2009年1月19日**

《文艺报》第3版刊发本人撰写的《解放思想　改革创新：文艺发展不竭的动力和源泉》。

● **2009年3月9日**

中国作家协会吴秉杰电话通知：中国作协邀请本人参加《马克思主义文艺理论丛书》编委会，任编委。

● **2009年3月16日**

中国作协葛笑政同志电话通知：3月18日上午在北京作协会议室召开丛书编委会第一次会议。

● 2009年3月18日

中国作协新任党组书记李冰同志主持并宣布：马克思主义文艺理论丛书编委会正式成立。当下的主要任务是编选一本马克思主义经典作家论文学艺术。

编委会主任：葛笑政

编委：张炯、董学文、王一川、郑伯农、李衍柱

中午，作协书记处书记陈建功宴请与会专家。

● 2009年4月3日

收到中国社科院文学所王善忠寄来的《美学的传承与鼎新——纪念蔡仪诞辰百年》（中国社会科学出版社2009年版），书中收有本人撰写的《论典型的规律与美的规律——蔡仪先生的美学思想再认识》。

● 2009年5月6日

与书文一起去西安参加"两岸三地首届中国美学学术研讨会"。提交论文：《思孟学派与中国美学》。

● **2009年5月7日**

参观陕西省博物馆、蓝田玉矿、华清池、兵马俑、大雁塔。

● **2009年6月29日**

《诗与美：生命的圣火》由山东友谊出版社出版，责编冯现冬送来10本样书。

● **2009年7月**

知识出版社出版的《理论创新时代：中国当代文论与审美文化的转型》，收有本人撰写的《以人为本：文学发展和繁荣的灵魂》。

● **2009年10月1—2日**

我与祖国
——写于国庆六十周年之际

（一）
迎着金色的曙光，

冲破黑暗的牢笼，
投入新生祖国的怀抱，
吸吮着母亲的乳汁，
聆听着时代发展的旋律，
踏着历史行进的鼓点，
跨进了如火的青春门槛。

（二）

翻身，解放。
学习，工作。
风雨变幻，
探索实践。
真理占有了我，
我为真理奉献。

（三）

转瞬间，
青丝变白发。
一个虔诚的"圣徒"，
历经火与血的炼狱，
挣脱精神的锁链，
迈出自己的双脚，
奔向学术的圣殿。

（四）

60 年生命旅途，

目睹时代变迁，

亲历神州巨变，

汗水如注洒向脚下沃土，

银珠滚跳融入波涛汹涌的大海。

仰望星空无限，

迎接真善美和的未来！

● **2009年11月10日**

一双穿了 15 年的棉鞋

我有一双只有我们家乡和胶东一带才会手工制作的棉鞋，形状颇似农村包的大菜包，穿起来特别自由、暖和、舒服。在家里书桌上工作时，我尤喜欢穿它。

现在这双棉鞋我已穿了15年，去年因一只两帮裂开，一只后帮裂开，且内里穿破露出棉花，已无法再穿。但我还是希望能穿它。我曾拿着找街上修鞋的，他们说无法修补，不能修。

还是老伴关心我。春英说，别人都修补不了，还是我来补吧。去年秋冬以来春英身体不适，家中的杂事繁多，她也一直没有修补。

今年，我因心脏病复发住院做了支架介入手术，基本恢复后，春英精神上减少了压力，身体也好了些。十月底，春英开始着手修补这双棉鞋。她几次笑着对我说："只要老头穿着舒服，喜欢穿，再麻烦，我也要补。""为了老头，我会把它补好。"

这几乎是重做一双新棉靴，两只鞋的双帮，找最结实的布和新棉花重新做好，鞋垫也是完全重新做的。针锥子早已不用。找了一个锈的旧锥把，针头已断。春英细心地把原把上的锈擦掉，加上一个新的长长的针头，这样可以用了。用的线是放风筝的线，最结实。这些都备好以后，春英戴上老花镜，一针针缝纳。用了十多天，终于在昨天修补好了。一双结结实实、里面全新的棉鞋做好了，春英送到我眼前，让我穿穿看。我确实从内心里感动万分，随口说："真使我感动！还是老伴好！"

一双新棉鞋，寄托着春英的深情，寄托着我俩对棉鞋的原做者——春英的三姐林淑香的纪念。这位老姐中年丧夫，自己没有孩子，一心抚养照料丈夫前妻的孩子，对春英特别关爱。六十、七十年代，我们生活困难，她有点好吃的、织花边挣的钱，自己不吃、不花，也设法捎给我们。70多岁还帮我们带小女儿李梅。她给我们一家五口，每人都做过棉鞋，给春英做了两双，陆续做了7双。我现在这双是她在20世纪90年代初，戴着老花镜，一针一线精心做的。这一双双棉鞋，凝结着她对我们的爱，寄托着她对我们的希望——希望我们生活得更好些，她疼爱的小妹生活得更幸福，希望我们的下一代更健康、更有出息！我和春英也深深地懂得老姐的心，孩子也永远铭记着"三姨"（春英姊妹兄弟十人，这位老姐在女姊妹中排行第三，故我们称她"三姐"，孩子称她"三姨"）的关爱和希望。

● **2009年11月10日**

"柏林墙"推倒20周年

11月9日是柏林墙推倒的20周年纪念日。

这是一个对世界历史有重大影响的事件，标志着冷战时代的结束和两大阵营已不复存在。这看似是西方价值观的胜利，福山因此而写了《历史的终结》一书，认为是资本主义的胜利。随之，苏联解体、东欧剧变。

在全世界范围内社会主义运动陷入低迷之际，中国有特色的社会主义的成功，给世界带来新的希望。历史的经验教训应如何看？这需要经济学家、哲学家重新书写。

在柏林墙倒塌20周年之际，英国广播公司进行的调查显示，在全球27个国家29000个受访者中，只有11%的人认为资本主义自由市场行之有效；有51%的人认为资本主义制度存在问题，但可能通过规范和改革来解决；另外，还有23%的人认为，自由市场存在致命弱点，世界需要新的经济制度。（参见

《联合早报》2009年10月10日《全球民调：多数人也不满资本主义制度》。）

● 2009年12月5日

　　山东省社会科学院发布山东省第二十三届社会科学优秀成果奖及山东省社会科学突出贡献奖。**本人与刘蔚华、赵明义、卢培琪、徐振贵五人获山东社会科学突出贡献奖。**

● 2010年1月1日

元旦贺辞

元旦，新的一年的第一天；

元旦，生命的轨迹跨入了新的一年——2010 年。

自由的生活，

健康的生活，

愉快的生活，

有节奏的生活，

有追求的生活。

向着人生的理想，

理想的人生迈进！

● 2010年4月5日（清明）

春色满园

上午与春英、李梅照了几张相。

海棠含苞欲放，丁香呈现出紫色或白色，百合已大开，杨柳依依随风荡漾，春色宜人春满园。

● 2010年4月6日（农历二月二十二日）

春华秋实，人生无悔

时间飞速行进。一个赤条条的小子，哇的一声来到地球的家园，历经风云变幻，转瞬77年矣！

人世间有黑暗也有光明，有冰霜也有春雨。亲情、友情、爱情，总是给你温馨，给你力量。不管路途多么曲折、艰险，你总是顽强、坚毅地去探寻真理，去追求光明！

春华秋实，人生无悔，酸甜苦辣与真善美共生并存！

● 2010年4月11日

收到中国作家协会葛笑政主任寄来的《马克思恩格斯列宁

斯大林论文艺》（作家出版社2010年3月版），本人任编委。

● 2010年4月23—26日

经南京去扬州参加中国中外文艺理论学会第七届年会。24日开幕，25日游瘦西湖，26日游镇江金山寺。26日晚回济。

● 2010年6月18日

教育部高教司文科处电话通知：请李衍柱教授给"全国高校文艺理论骨干教师培训班"（200余人），作新编《文学理论》教材第一章的辅导报告。

时间：2010年7月16日上午。

地点：国家教育行政学院。

讲课内容：当前学科研究动态与马克思主义文学理论的基本观点。

● 2010年6月21日

《阅江学刊》渠红岩同志告知：《审美视野的〈大秦帝国〉》拟在该刊2010年第4期刊发。

● **2010年6月24日**

同本人带的最后一届博士、硕士生合影。博士刘延福，硕士李辉、陈燕、赵敏、李娟、苏琳琳。

● **2010年7月26日**

与河南文艺出版社许华伟商定：《大秦帝国论稿》在河南文艺出版社出版。

● **2010年8月27日**

读莫言《蛙》感言

阅完《蛙》，认为这部长篇小说可谓是莫言的代表作，有时代性、民族性、审美性，吸收成功的艺术经验达到娴熟的程度，形象地展示了中国计划生育政策的真实历史，突出了作者的人道主义精神。

贺青岛师范学校八十华诞

崂山脚下，
李村河畔，
青师母校，
八十华诞。

教书育人，
群星璀璨，
艰苦奋斗，
世代相传。

校友观察，
笑谈流年，
转型改制，
再攀峰巅。

● 2010年10月21日

《文学报》刊发《嬴政："中国的凯撒"》。

2010年胜利度过

2010年胜利地度过了。

上半年健康基本恢复，开始《大秦帝国》研究，陆续写出几篇论文，先后在《东方论坛》《阅江学刊》《山东师大报》发出。下半年集中完成《大秦帝国》书稿的写作修改，与作者、编辑互动对话，说了些自己想说的话。继续在《文艺报》《小说评论》发出《嬴政："中国的凯撒"》《〈大秦帝国〉的"亮点"与"盲点"》，应当说正式参加了全国的学术论证，发出了一点自己的声音。到12月31日，又接到孙皓晖的邮件。我又把它列入书稿之中，然后将全部书稿又给河南文艺出版社许华伟发去。

郝云帮助我将最后增订的书稿整理打印出来，又从网上下载复印了《陈寅恪史学论文选集》。

2010年，是有所得的一年，健康基本恢复，但仍需谨慎从事。

我对未来充满信心，准备认真回顾一下走过来的路，整理已有的成果，有新的想法就再写点文章。

我将健康地昂首挺胸大步迈入2011年。

新的十年，新的期待

清晨健步登上文昌阁，

洪亮的钟声，

雄浑的鼓点，

划破黎明的长空，

惊醒沉睡的大地。

新世纪第二个十年，

踏着时代的旋律，

迎着爬上山头的朝阳坚定走来。

蜡梅用她含羞的纤指，

拉开了这个充满期待的新的十年的帷幕。

新的十年，

要科学地安排生活，

全面地回顾走过来的路，

整理已有的学术成果，

在保证健康的前提下，

扩大研究的领域，

争取在某些问题上，

有新的发现、新的收获。

情感上要全面总结半个世纪金婚的历程，

让生活过得更愉快、更幸福、更自由。

健康第一，跨入人生的自由境界。

● **2011年1月5日**

收到《小说评论》寄来的《〈大秦帝国〉的"亮点"和"盲点"》样稿。

● **2011年1月29日**

读马克思"真理占有我，而不是我占有真理"有感

"真理占有我，而不是我占有真理"，马克思的这句话确实意义深刻，对当前学界种种权威、大人物可以看作试金石。一切伪君子、假道学、江湖骗子等戴着种种光环的专家、学者，他们的座右铭就是"我占有真理"，我即是真理的化身。

在社会科学领域这类人物随处可见。

美学界蒋孔阳先生则把"真理占有我"视为座右铭，因此他能海纳百川，有容乃大，成为受学界尊重的忠厚长者。

● **2011年2月2日**

修订《第十个文艺女神的再生——关于文艺批评的主体性的思考》，拟以此文作为《大秦帝国论稿》的代序。

● **2011年2月19日 下午6时**

在翰林大酒店会议室举行金婚庆典，与会人员都很高兴，聚会上，均平、守森、刘蓓代表发言，女儿们发言，表达美好祝福。丁建元发言。会上，我读了写好的《爱：生命的永恒》。

爱：生命的永恒
——金婚感悟

爱是幸福的火种，
它能使你的青春燃烧起来。
爱是培育生命的基因，
它能使你从过去、现在走向未来。
爱是心中的诗，
它是真挚纯洁的激情与理想信念诚信的象征。
爱是美满婚姻的基石，

没有爱的婚姻是人生最大的悲剧。

爱是不竭的动力，

它驱使你去战胜无数难以想象的艰难险阻，

跨越沟壑，攀登一个又一个的巅峰。

爱是无私的奉献，

大爱无声，大美无言。你就是我，我就是你。

为了你，我无怨无悔，甘愿挥汗洒血，

贡献出自己的青春和生命。

爱是情与理交融的结晶，

它与理解是一对孪生姊妹。

没有理解的爱是短暂的，

没有爱的理解是虚伪的。

爱是一束耀眼的光，

它将你的人生旅途照亮，

在你的面前呈现出一个五彩缤纷的愿景。

爱是人类走向真善美理想王国最好的向导，

只要人与人之间、人与自然之间充满了爱，

一切罪恶渊薮都将化为泡影。

爱是苍天赐给人类的最好礼物，

爱是你、我、他生命的永恒！

● 2011年3月4日

收到《文艺理论研究》2011年第1期，本月刊登出第十届文艺理论学会理事会名单。本人为顾问，守森为常务理事。

● 2011年3月16日

《山东师范大学学报》第1期刊发《重塑"中国的凯撒"嬴政的艺术形象》（24000余字）。

● 2011年3月26日（农历二月二十二日）

撰写《文艺批评断想》

时间似乎过得飞快，转眼又增加了1岁。

自2009年6月以来，到今年3月21日，我的主要精力花在阅读、研究、评论《大秦帝国》长篇历史小说上面。

3月21日下午，将校正的清样特快寄给河南文艺出版社许华伟责编，同时将修订的电子版发给他。随着认识的深化，书稿几经修改，最后以《大秦帝国论稿》书名交出版社。

一年多来，可算是真正着手文艺批评。实践中，深感自己理论准备的不足和艺术鉴赏分析的欠缺。理论上讲，对春秋战国时代诸子百家的了解研究尚属表面；对当代的世界文艺理论的变化缺乏深入理解，特别是后现代理论出现的必然性和现实性；对创作特点、规律的了解仍很肤浅，对结构学、叙事学、语言学、文体学、风格学等问题，都仅是一知半解。在鉴赏分析方面，平日缺乏对作品进行分析的锻炼，对批评界的现状、问题也是表面上理解。通过这段实践，深感中国当代理论界、批评界、创作界问题的严重，"终结论""死亡论"的出现绝非偶然。传媒的市场化将创作与批评吹得天花乱坠，实际多是肥皂泡。批评界的主要问题，是不敢面对现实生活的问题，借助文艺说假话、胡话、大话、空话，主要形态是捧、打、杀，都无关痛痒。

理论一旦脱离生活、脱离实际，就会死亡。理论的生命力在于与生活同步，在于与实践结合。文学理论的活力在于与文学实践、生活实践的结合。文学批评在理论与社会生活与文学实践（创作、作品）之间起着中介作用。别林斯基称"批评是运动着的美学"，很对。文学批评就是要追踪文学实践的发展，探索其不断提出的新问题、出现的新特点，揭示其带有规律性的东西，进而又去检验过去理论，丰富和发展它，赋予它以新的生命。

《大秦帝国论稿》的写作，为今后批评之路、理论研究之路，找到一个新的生长点，一个新的突破口。我要沿着踏出的这条新的路径继续走下去。

老年人过生日，总要想想走过来的路，想想未来还能干什么，应该干什么，还有哪些人还想着你，哪些人是真正可以信赖的。整天心中考虑如何使我生活得更好、更健康的，是夫人，是孩子，是学生。

夫人自从昨日就在盘算今天如何过，吃些什么，如何过得愉快、有意义。

上午与春英一起去植物园。在风和日丽、万物生长、万花萌动、开放的季节，我们照了几张相以资纪念。下午衍栋夫妇来电话，李梅来问候，守森来电话。

晚餐很丰富，我们相互祝福。

● 2011年4月9—10日

去泰安参加山东省"文艺评论奖"评委会评奖。

参加文艺研究组。王兆山、郑春任组长，李传瑞、孟广田、王延辉、李少群、高永升（处长）参加。

● 2011年4月21日

收到钱中文先生给本人的信，信中有对《大秦帝国论稿》的短评。钱中文先生的短评，写得中肯、实在。他带病阅读书稿，迅速写出300多字的短评，令人感动，可以称是真正的"知音"。

　　《大秦帝国论稿》是李衍柱教授近年的力作。作为一位文学理论家，他反复阅读这部小说，钻研过多种历史书籍，以其特有的时代责任感，宏阔的历史视野和大文化观，纵横捭阖，深刻细致地论述了《大秦帝国》所展现的光耀千秋的华夏文明的原生态，揭示了小说对秦始皇艺术形象塑造中的颠覆性突破，在史传继承中所表现出来的文史哲交融的大文学观，方法上的历史现实主义，显示了作者深厚的文学理论修养。可以说《论稿》是文学理论与创作实践相结合的一个范例。在当今文学批评普遍贬值的时代，李衍柱教授以其到位的评价与厚实的学养而与小说作者、出版编辑建立了友谊与信任，他们之间的通信，显示了学术对话的平等，各抒己见的自由，而在相互启迪中获得滋养，揭示了文学创作与理论之间的应有之义。

● 2011年5月14日

　　在浙江省开化县参加"生态文明的美学思考学术研讨会暨中华美学学会第2011年年会"。

　　大会发言：《生态美学家族中的新成员》。

　　与山东大学程相占同行。

● 2011年5月18日

　　收到杜桂萍主编的《视界与方法——中国文艺研究十年》

（黑龙江人民出版社2011年版），书中收有本人写的《网络文学：通向自由理想境界的艺术形式》（该文初发在《求是学刊》2005年第1期）。

● 2011年6月9日

给中国作家协会重点扶植项目办公室寄去个案研究成果：《走向新世纪文艺复兴之路——〈大秦帝国论稿〉》。

● 2011年8月27日

参加山东省文化厅高级职称评审会议。

● 2011年9月15日

《东方论坛》2011年第3期刊发《偶然中的必然：〈大秦帝国〉的悲剧品格》。

● 2011年9月25日上午

在高密参加莫言的《蛙》研讨会，作了题为《生命的文学与文学的生命》的发言，得到莫言与参会学者的首肯。

● **2011年9月28日**

《山东师大报》刊发《师生同书道德文章——李衍柱教授谈师德建设》。

● **2011年10月22日**

参加北师大承办的"文学理论新问题与教学改革研讨会",提交论文《重读经典文本,追踪文艺学美学前沿》,200余人参加。

● **2011年10月23日上午**

中国现代文学馆常务副馆长吴义勤与莫言约好我们三人在北京天水怡阁就餐,叙谈。与莫言一起来的,还有高密文学馆馆长、莫言文学研究会秘书长毛维杰。

● **2011年10月24日上午9时**

在中国现代文学馆B楼举办《〈大秦帝国〉论稿——走向新世纪文艺复兴的绿色信号》北京研讨会,河南文艺出版社总编陈杰主持,张炯、钱中文、何向阳、吴义勤、吴秉杰、杜书瀛、陈晓明、金元浦、赵勇、李建盛、苗作斌、周忠厚、王少华等参会发言。

山东作家协会发来贺信。

上海交大人文学院哲学系主任、教授、博导，浙江大学人文学院教授、博导李咏吟专门寄来评论文章，大会上由王蓓博士宣读。

《中华读书报》、《文艺报》、河北卫视等媒体都派人参会。

山东师大副校长王少华致辞。

《山东师大报》主编王晓华摄影，河北卫视刘正其二人录像。

● 2011年10月30日

莫言寄赠15部他的作品（长篇小说10部，中篇小说3部，短篇小说2部）。

● 2011年11月4日

收到**商成勇**寄赠的诗集《五星红旗》《月光慈航》。

● **2011年11月6日**

钱中文先生 80 华诞偶感

学苑书林一青松，
根深叶茂枝干挺。
笑迎风霜雷雹袭，
海纳百川育精英。

● **2011年11月28日**

给莫言发邮件，祝贺他被增选为中国作家协会副主席。同时希望他摆脱一切烦琐事务，集中精力搞创作，继续拿出精品力作。

● **2011年12月2日**

写好袁愈宗的博士论文序：《以小见大，王夫之诗学思想新开拓》。

● 2011年12月5日

王岳川发来书评：《同情之批评——李衍柱〈大秦帝国论稿〉之浅见》。

● 2011年《山东文学》第12期开辟专栏，热点话题

主持人：孙书文以呼唤真正的文学批评为题——《大秦帝国论稿》创作现象分析为总题，选发钱中文、张炯、闫国忠、何向阳、陈晓明、赵奎英、王化学、周均平、孙书文九位学者对《大秦帝国论稿》的短评和发言摘要。

● 2011年《济南大学学报》第6期

刊发《中华民族新世纪文艺复兴的绿色信号——我读孙皓晖的〈大秦帝国〉》。

● 2011年《山东师范大学学报》第6期

刊发《〈蛙〉：生命的文学奇葩》。

二〇一一年，微笑着走进了历史的天空

2011年，找回了青春的幸福，愉快地度过了金婚50年。

2011年，用自己的眼光、自己的头脑，写出了一部令学人瞩目的批评新著《〈大秦帝国〉论稿——走向新世纪文艺复兴的绿色信号》（河南文艺出版社2011年7月版）。2011年10月24日在中国现代文学馆，由河南文艺出版社与山东师范大学文学院举办了《〈大秦帝国〉论稿》的研讨会。钱中文、吴义勤、闫国忠、张炯、杜书瀛、陈晓明、何向阳、金元浦等近40名专家学者参会。这次会议标志着我在学术上跨上了一个新的台阶，在文学批评领域发出了自己的声音。《中华读书报》《中国新闻出版报》《大众日报》《山东文学》《山东师范大学学报》《山东教育报》先后发了报道和评介文章。大众网、人民网、光明网、百度、谷歌、师轩网、山东师范大学文艺学网都发了会议消息、报道与纪实。

2011年，心情是愉快的，健康状况也有所恢复。

2011年，与莫言相识，开始关注莫言的创作，写了《〈蛙〉：生命的文学奇葩》一文（《山东师范大学学报》2011年第6期）。

回眸十年的历程，感到宽慰，对未来产生了新的动力、新的追求。

● 2012年1月1日

一元复始，万象更新

清晨，满怀愉快幸福的心情，登上文昌阁，一二三四五六七八九，撞击晨钟，唤醒沉睡的大地。喜鹊枝头欢叫，蜡梅含苞迎客，一种信心、一种力量，激励着一位古稀老人继续前行。

2012年要完成向北京大学出版社承诺的《思孟学派美学思想研究》；开始莫言长篇小说研究；整理好初步设计的六卷文集，争取出版（2013年出书）；可先出一本新世纪以来的自选集。

一切量力而行，实事求是，有节奏地、愉快地生活。

一切以保证健康为前提。

● 2012年8月8—9日

"21世纪的文艺理论：国际视域与中国问题"国际学术研讨会在山东师范大学举行。

提交论文《科学的发展与文艺学现代性研究》，并在大会上发言。

收到王一桃先生寄赠的政治抒情诗集《预言与创举》。

● 2012年8月24日

中国作协岳雯寄来中共中央宣传部、中华人民共和国教育部颁发的马克思主义理论研究和建设工程荣誉证书。

证书时间：2012年6月。

● 2012年11月1日

在高密天和思瑞园大酒店参加莫言的小说《檀香刑》学术研讨会，守森、书文同去。

● 2012年11月9—10日

与守森同去北京密云参加由北师大文艺学研究中心主办的"文学理论百年反思"学术研讨会。

10日上午大会发言：《百年中华崛起与文艺学范式转换》。

10日中午在隆福寺娃哈哈大酒店相聚，参加人员有于青、张小琴（清华新闻传媒学副教授）、林敏（人民社历史编辑室）、李建盛、孔德海、杨守森、李衍柱。

● 2012年11月21日

收到于青寄赠人民出版社出版的《世界通史》（1—6卷）、《中国哲学史》（上下）。

● 2012年11月30日

收到王一桃先生寄来的《香港文艺家》第41期，刊发有本人撰写的《爱：生命的永恒》。

● 2012年12月31日

12月31日，今天是2012年最后一天。晨起，首先想到的是应给莫言发邮件，表示祝贺和祝福，发去后他很快回复，并致谢问候。

李衍柱致莫言

在送别2012年迎接2013年到来之际，衷心祝福您阖家健康幸福，吉祥如意！

2012年是属于您的。您为中国和世界文学史留下了璀璨的一页。一百年来中华儿女的一个文学梦，由您将它变为现实。

2012年12月10日您穿着燕尾服昂首挺胸走上诺贝尔文学奖得主领奖台的时刻，既是您已走过的文学之路的终结，又是您攀登新的文学高峰的开端。

您正值文学创作的黄金年华，您看透了世界和中国，领略了世态的炎凉，品尝了人生百味的甜酸苦辣，将自己的艺术之根深深地扎在丰厚的人民生活的沃土中，您获取的源头活水直通浩瀚的太平洋和银河的苍穹。因此，我深信您会将过去的一切一切，伴随着2012年的远逝，统统将它送进历史的宝库。一切从零出发，开始自己的新的文学征程，攀登新的文学高峰。陀思妥耶夫斯基58岁开始创作《卡拉马佐夫兄弟》，托尔斯泰70多岁还写出了《复活》，您的父老乡亲们和世界各族人民期待着您的辉煌巨著问世！

李衍柱 贺

2012.12.31

莫言致李衍柱

亲爱的李老师：

谢谢您的信。

您对我的夸奖让我深感惶恐，您对我的希望让我激昂。

我会尽快地从眼下的纷扰中解脱出来，回到书桌旁，干我最应该干的事情。

祝您新年好！

莫言

读《丰乳肥臀》

12月19日，读完《丰乳肥臀》，感受沉重。书中集中塑造了上官鲁氏的"生生是为德"的大地母亲的形象，可称之为一部生动的中国革命悲剧，贯穿20世纪近100年。

● **2013年《探索与争鸣》第1期**

刊发《弘扬中华原生文明的悲壮史诗——评孙皓晖的〈大秦帝国〉》。

● **2013年3月24日**

收到莫言的微信回复，他同意将他的一段话放在《林涛海韵丛话》第1卷封底（莫言3月23日回复）。

李老师：

上封邮件确实没有收到。

我同意您在书的封底使用我那段话。

感谢您花宝贵时间读我的小说。

祝

教安

莫言

2013年3月23日 22时

● 2013年4月20日

查到1979年12月5日在南京师范大学参加全国高校文艺理论研究会学术会议期间，周扬与会议领导小组成员见面时，周扬谈到胡风问题与写真实问题的有关记录。周扬的谈话内容收入了南京师大编印的《文教资料》的回忆记录《真实与写真实问题》。

● 2013年5月21日

收到钱中文先生寄赠的三本书：

《文学理论：求索与反思》（中国社科院学部委员专题文集）

《当代文艺学的变革与走向——钱中文先生诞辰80周年纪念文集》

《桐荫梦痕——体验与感悟》（京师学术随笔）

● 2013年11月10日

华东师大朱志荣教授邮件告知：《综合创新：美学的中国道路——谈蒋孔阳先生对中国美学建设的贡献》将在《文艺理论研究》2014年第1期刊出。

● 2014年2月28日下午

在翰林大酒店举办"李衍柱教授《林涛海韵丛话》新书发布暨学术研讨会"，《人民日报》《光明日报》《文艺报》《中华读书报》派记者参会。

第一阶段为发布会，由人民出版社公共事业部主任王萍、山师大文学院院长张文国主持。山东师范大学党委书记商志晓、省作协主席杨学锋、人民出版社于青副总编致辞。曾繁仁作为学者代表发言，并宣读了钱中文贺信。本人向山东师范大学图书馆赠书，精装、平装各一套。

第二阶段为学术研讨会学者发言，杨守森、钱谷融（96岁）、张炯、朱立元、杜书瀛、闫国忠、苗作斌、许明、赵宪章、胡亚敏、赵勇、姚文放、刘俐俐、朱志荣、李广元、王志民、滕咸惠、朱德发、夏之放、李建盛、李惠、谭好哲先后发言。本人最后发言。

本人谈了三点：感谢、感动与感悟。

1.学术生命化，生命学术化。

2.人心中要有光、理想、信念，希望就是人心中的光。光是生命的象征、前进的动力和源泉。

3."认识你自己。"正确认识：人是什么？要回答：你是谁？崇奉马克思说的"真理占有我，而不是我占有真理！"

4.爱：生命的永恒。爱是上天赐给人类的最好的礼物，爱是你、我、他生命的永恒。

整个会议在愉快、兴奋的情绪中结束。

● 2014年6月3日

《人民日报》第24版刊发钱中文先生的书评：《守正创新，理论正道——李衍柱的〈林涛海韵丛话〉》。

这是钱先生赠送的6月3日（5年前的这一天在齐鲁医院做介入手术，整整5年矣）最好的礼物。晚上钱先生来电话，相互交谈。

● 2014年9月24—26日

与守森、王焕斌、贾海宁去青岛。9月25日上午，在青岛市图书馆会议室举行"李衍柱向青岛市赠《林涛海韵丛话》仪式"。青岛市文广新局副局长李文革主持，王焕斌副校长致辞。向市图书馆赠书2套，市委宣传部3套，崂山区1套，青岛师范学校1套，青岛市文联1套，文新局1套，青岛社科联1套。王伟副书记、媒体记者参加这次活动。晚与赵夫青、刘成杰相聚。

26日晚回济。

● 2014年9月30日上午

孔凡娟从北大到济，带来王岳川写的墨宝：

天行健，君子以自强不息；
地势坤，君子以厚德载物。

● 2014年10月10日

收到《山东作家》2014年春季刊，同期刊出赵勇著《守正创新六十载，独守真知启后人——专家眼中的李衍柱先生》。同期还刊有"李衍柱教授《林涛海韵丛话》新书发布暨学术研讨会"报道。

● 2014年11月24日

《〈大秦帝国〉论稿——走向新世纪文艺复兴的绿色信

号》获山东省第3届泰山文艺奖（文艺创作）。本人参加颁奖，领获奖证书。

● 2014年12月26日

收到北京大学傅茂贞教授贺卡。

衍柱、春英：
　　祝

　　　　　　新春快乐
　　　　　　身体健康

傅茂贞贺

2014.12.26

● 2014年12月31日

《南京艺术学院学报》转发本人2000年撰写的《逻辑思辨、实证分析与文艺学研究综论》，该文收入《林涛海韵丛话》四《时代变革与范式转换》（人民出版社2013年版）。

● 2015年1月1日

收到《求是》杂志苗作斌贺卡及对《林涛海韵丛话》的评介（发言）。

衍柱春英：

> 新春快乐
> 身体健康
> 阖家幸福

苗作斌贺

二〇一五元旦

> 山北山南共来去
> 身闲身健是生涯

集宋词

衍柱：

发言稿我在七月又作了一点修改，后因八九月份染病放在一边没寄给你。

现一并寄去留念。

又及。

鱼游水中与曾经沧海
——在《林涛海韵丛话》研讨会上的发言

人民出版社为山东师大文艺理论学教授、博士生导师李衍柱出版了《林涛海韵丛话》五卷集，并于2014年2月与山东师大、山东省作协文学理论批评委员会联合举行《丛话》首发式和学术研讨，我应邀与会并作了如下发言：

李衍柱同志过去每出一本书都寄给我，由于专业不同，有的比较专业的著作我没有看，因此从专业角度，我知之甚少，没有资格说什么，但是他的文集中，有不少是他对学科的认识和为学的体验，这是他学术成就的一个重要方面。我想从这个角度谈一下自己的想法和认识。

我和衍柱同志相识相交于20世纪50年代前期，至今已超过60年。他给我的突出印象是，在我们俩都认识的人中，是最勤奋、最爱读书、最锲而不舍的人，他是一个优秀的教育工作者，同时又是一个学术研究的辛勤耕耘者，今日取得的学术成就是顺理成章的自然结果。

从我个人自身实践感受和对教育及学术领域的观察来看，我认为凡在学术取得卓越成绩者，都具有两种不可或缺的素质，即鱼游水中冷暖自知的体验和曾经沧海难为水的识见。二者缺一皆不能成为佼佼者。这两种素质在衍柱身上都有鲜明的表现。

首先，无论教学还是学术研究，都必须深入其中，通过自己认真钻研了解它，熟悉它，知道它的发展脉络，才能真正掌握它，运用它。这就叫鱼游水中冷暖自知。衍柱把这比喻为掘井。当他认准自己的攻读课题，便抓住不放，心无旁骛地，伏下身子，一锨一锨地掘，一筐一筐的土往外运，直到挖到清泉，汲出灌溉苗圃。这中间的甘苦、经验教训，只有亲力亲为的人才有切实感受，知道这门学问的难点、重点、真谛在哪里，必须用力攻克，使之成为自己的真学问。王国维为学三境界说，广为人们欣赏和引用。这首先是基于他自己为学的切身体会，在这个基础上，触类旁通，选了三首宋词中的句子来表达："古今之成大事业、大学问者，不可不历三种之阶级：'昨夜西风凋碧树。独上高楼，望尽天涯路'（晏同叔《蝶恋花》），此第一阶级也；'衣带渐宽终不悔，为伊消得人憔悴'（欧阳永叔《蝶恋花》），此第二阶级也；'众里寻他千百度，回头蓦见，那人正在，灯火阑珊处'（辛幼安《青玉案》），此第三阶级也，未有未阅第一第二阶级，而能遽跻第三阶级者，文学亦然。"（《文学小言》之五，此后他又发表了《人间词话》一文，重申了前述观点，只是把"阶级（即阶段）"改称为"境界"）如果没有自己亲身感受，没有众多为学之士的共同体认，是不可能无中生有地把三首毫不相干的词中语句，凑在一起下个判断的。

这里强调的是为学必须亲力亲为，偷不得半点懒，取不得半点巧，只有下苦功，专心致志，为学术发展打下扎实深厚的基础；同时还要走遍各个必经境界，既低头用功，独身探索，又登高望远，开阔眼界，只有这样才能使学问真正为自己掌握，并有所发展。如果只闷头做学问，一心掘井，跳不出这个坑，突不破这个圈，那就有可能成为井底之蛙。庄子在《秋水篇》中说，井蛙不可语与海，夏虫不可语与冰。夜郎因闭塞而无知，所以才发出"汉孰与我大"的笑话来。因此挖了井，还要跳出来，不仅跳出来，还要更上一层楼，望尽天涯路，对自己接触以外的古今中外的同类学问有个了解，使自己眼界开阔、见多识广、大体知道天有多高、地有多厚，这样才能有比较，有比较才能有鉴别，有鉴别才能清醒地认识自己学识所达到的水平，自己的短板和长项，明确自己的努力方向，从而向更高的目标奋进。

衍柱原是崂山脚下一个农民的儿子，一条小鱼，考入山东师范大学，这条小鱼游进了济南大明湖；1961年到北京参加人民大学文艺理论研究班学习，给他们讲课的都是当时国内的一流专家学者，每一位都是一座山峰，一片海洋，他从他们身上领略了学问的山峰海洋的风采。正如他自己讲的："这些大家的讲课，把我引进了知识的海洋，走到了学术的前沿。他们的学术风范、治学方法和治学态度，他们卓尔不群的创作个性和学术见解，大大开阔了我的眼界，打开了我长期被封闭的思想闸门，使我逐渐领悟应当学习什么、怎样学习，应当走一条什么样的学术探索和研究之路。"正是在这条路的引导下，他取得了丰硕成果，从摆在我们面前的五本丛话，可以具体领略衍柱的学术视野、学术厚度和高度。

"曾经沧海难为水"，本是唐朝诗人元稹《离思》五首中的一句，脱胎于《孟子·尽心篇上》"观于海者难为水，游于圣人之门者难为言"。难为水是因为见多识广，优劣高下，历历在目，眼光高了要以高标准评定、选择事物。没看过大洋大海，要努力去看，去领略其风采之奥妙。如果一旦遇到大海发威，在汹涌澎湃风急浪高的浩瀚大海面前，被吓倒，顶礼膜拜，毫无作为，把"难于言"视为不能言、不敢言，那就不是难为水，而是为水所难为。孟子在讲那两句话前面还有几句："孔子登东山而小鲁，登泰山而小天下，故观于海……"这提示我们，面对波峰浪谷，必须有一个正确的科学态度，以高屋建瓴、直挂云帆、乘长风破万里浪的大无畏气概，奋勇向前。对于学术海洋中的大师学者，"不管是哪一位历史巨人，一旦进入我们的学术视野，他们生平、著作和思想、学说，就成了我们审视和研究的对象，而不是我们崇拜的固定不变而又必须遵守的教义。我们不是跪在历史巨人面前求生存，也不是躺在他们留下来的经典文本上面讨生活，而是与他们平等地进行对话，全方位地加以审视和研究。我们应该继承和弘扬的是他们理论、学说中那些被人类社会实践已经证明了的具有真理性的内容。只有在这个基础上，我们才有可能在新的实践中，站在巨人肩膀上推进理论的创新，谱写世界文明史上的新华章。"说得多好呵！这正是曾经沧海难为水的生动体现。作者几十年来亲历思想学术理论领域风风雨雨、曲曲折折、反反复复之后的大彻大悟，又正确地总结了为学的经验教训，所以说出那样极富启示、深刻之言，值得牢记和深长思之。他在书的总序中引述蒋孔阳关于马克思有关真理的话，其用意也在此。马克思说："真理是普遍的，它不属于我一个人，而为大家所有。真理占有我，而不是我占有真理。"正是曾经沧海，让我们对马克思关于对真理认识的话有了更为深入、更为具体的理解，时刻记住马克思的提醒，去追求真理、坚持真理、传播真理，对当下为学和为文，尤其显得可贵和重要。

苗作斌

2014年2月28日

收到复旦大学濮之珍先生贺卡和信。（附原件）

衍柱先生

新年好，春节好，
健康长寿，愉快，
万事吉祥如意，
合家美满幸福。

濮之珍
2015.1.12

Holidays are for having fun,
so make this season a happy one!

衍柱先生：

拙著两本，挂号寄上，请多指教。

信找到三封。两封寄孔阳，1995年的有贺卡有信，96年的只有贺卡。另一封是写给我的。最近寄给我的信、照片，我想请同学帮我复印一下，再寄给你。因为明天有老的研究生来看我，替我去邮局寄书，这几封信就先寄上。我再找找看，如有再寄。

多年来，你对孔阳好，后来也记挂我，这份深厚情意，我是十分谢谢的。

　　敬祝

新年快乐，春节快乐

健康长寿，合家幸福

濮之珍

2015.1.12

● **2015年4月1日**

《中华读书报》刊发本人评夏秀的论著书评《原型理论何以在中国文化沃土中生根》。

● **2015年4月10日（农历二月二十二日）**

道法自然，永做自然之子

清晨登上文昌阁，撞钟击鼓，为新的一年健康祝福，为未来的晚年生活祈祷。春花灿烂，风和日丽，我以愉快的心情漫步山野，攀登台阶。自然万物在阳光照射下微笑着迎接清晨祈福的人群。道法自然，永做自然之子。

● **2015年4月15日**

张海燕从西南师大寄来《文化符号诗学引论——洛特曼文艺理论研究》（人民出版社2014年版）。

这是由她的博士论文修改扩展而成的一部有学术质量的学术专著。我认为关于洛特曼文化符号诗学理论在国内研究得还是比较薄弱的。

● 2015年5月3日

东南大学艺术学院龙迪勇寄赠《空间叙事研究》（生活·读书·新知三联书店2014年版）。该书入选"国家哲学社会科学成果文库"。

龙迪勇在中国叙事学研究领域有所开拓和创新，显示了其学术潜力和深厚功底。

● 2015年5月8日

收到北师大季广茂教授、博导寄赠的四部译著：

齐泽克：《意识形态的崇高客体》（中央编译出版社2014年版）

齐泽克：《斜目而视：透过通俗文化看拉康》（浙江大学出版社2011年版）

齐泽克：《视差之见》（浙江大学出版社2014年版）

弗朗索瓦·多斯：《结构主义史》（金城出版社2012年版）

● 2015年8月15日

北京大学哲学系美学美育中心召开"美学的西方溯源与中国问题"学术研讨会，在北大燕南园举行。提交论文：《沿着朱光潜宗白华的中国美学道路攀援前行——读闫国忠先生的〈美是上帝的名字〉有感》。

钱中文、叶朗、杨辛、聂振斌、王旭晓、李醒尘、陈建澜、高建平、曾繁仁等参会，共60余人。各媒体记者参会。

● **2015年10月12日**

《中国社会科学报》刊出张杰著《李衍柱：把学术和生命融为一体》。

● **2015年10月23日**

上海人民出版社寄来《蒋孔阳全集》（1—6）（2014年12月版），其中收有蒋先生写给李衍柱的27封信和《马克思主义典型学说概述》序、《文学理想论》序。

● **2015年《中国矿业大学学报》第5期**

刊发《在建设中国特色文艺学的大道上——谈童庆炳先生的人格魅力和学术贡献》。

● **2016年1月1日**

二〇一六年第一天

元旦。

清晨登文昌阁，击鼓九下，撞钟九下，晨钟、皮鼓以清亮宏壮的和声，传递出"健康、平安"的音符。我对新的一年充满自信，充满期待。

今年新年贺词已完全网络化，微信成了主要方式，"微文学"在祝福的微信中萌发。李惠（人民出版社编审）发来2016年第一个带音乐的贺词，情深意切，不仅可打动年青的学者，对进入老年的人来说，也会引起共鸣。

> 2016 年第一天，
> 爱我的人谢谢你，
> 我爱的人祝福你，
> 陪我的人感谢你，
> 懂我的人谢谢你。

● **2016年5月25日**

《山东师大报》刊发《铸魂系统工程的里程碑——学习习

近平在哲学社会科学工作座谈会上的重要讲话精神有感》。

● 2016年5月27日

《中国社会科学报》刊发《感国运之变化　发时代之先声》。

● 2016年7月9日下午2: 30—4: 30

新浪记者张晓盼带三个录像师来家里采访录像，由校宣传部崔勇陪同。

● 2016年7月9日

复旦大学出版社快递寄来十本《文学理论：思辨与对话——李衍柱文艺学自选集》。

● 2016年8月17日

华东师大朱志荣教授寄来《中国美学研究》第20期，刊发有祁志祥教授撰写的《林涛海韵，声声入耳——李衍柱先生的文艺美学贡献》。

此文事先本人一点也不知道，在赠送《文学理论：思辨与对话》过程中，与祁志祥联系要他的地址，他才告知此事，并让朱寄赠刊物。评介文章写得到位，把握得比较准确，可谓是理论界的"知音"，感到宽慰。

● 2016年9月21日

《山东师大报》刊发《信息时代与中国文艺学建设——〈文学理论：思辨与对话〉自序（选）》。

前面加了编者按：李衍柱教授所著《文学理论：思辨与对话》，2016年6月由复旦大学出版社出版。此书为朱立元、曾繁仁主编的"当代中国文艺学研究文库"的一种。文库收录了全国文艺学研究领域具有重要地位的12位专家的自选集，是半个世纪以来中国文艺学研究水平的集中展示。本报以《信息时代与中国文艺学建设》为题，节选了作者的《自序》。

● 2016年《东方论坛》第5期

刊发《青春在诗的王国中绽放——徐晓诗歌评析》。

"横渠四句"校释

翻阅《张载集》，查对"横渠四句"："为天地立心……"两处文字有出入。在《近思录拾遗》中说：**"为天地立心，为生民立道，为去圣继绝世，为万世开太平。"** 在《张载集·张子语录》中写为："为天地立志，为生民立道，为去圣继绝学，为万世开太平。"张立文在《光明日报》2016年12月19日《为天地立心》一文中，对"立道""立命"有解释，对"去圣"二字无解释。

现社会通用四句是：**"为天地立心，为生民立命，为往圣继绝学，为万世开太平。"** "百度"引于右任题词也是这样写的。（横渠书院碑文，于右任书。）

击鼓撞钟，迎着春曦前行

元　旦

伴着雄鸡报春的舞步，

欢笑着挥起精致红锤。

一二三四五六七八九，

鼓声划破寂静沉睡的天空。

洪大雄伟的鼓点，

声声震动着神州大地。

激励着筑梦圆梦的人民，

奋勇攀登，健步前行。

驱动摇摆的木杵，

对准古老的千斤铜钟。

钟声悠扬，响彻云霄，

在五洲四海发出回声。

连续几年，元旦清晨我都去千佛山文昌阁，击鼓撞钟，为自己和家人祝福。2017年元旦，仍然健步登上文昌阁，连续击鼓九下，拨开满山的晨雾，迎接灿烂的晨光。

● 2017年1月1日

收到香港文艺家协会王一桃先生贺信。

李衍柱教授：

首先，让我向您致以爱国主义的崇高敬礼！代表香港文艺家等七百万港胞。

今年是香港回归祖国二十周年，也是香港文艺家协会成立二十周年，《香港文艺家》创刊二十周年。二十周年，在祖国光辉灿烂阳光的照耀下，"一国两制"前程万里，香港特别行政区阔步前进。香港文艺一路鲜花、一路锦绣……我相信：您一定会和我们同感共鸣，欣然为我会、我刊题赠金言玉语。

衷心感谢您！

王一桃

香港回归祖国二十周年前夕

● **2017年1月16日**

《山东教育报》刊发刘涛著《对话求真　开拓创新——读〈文学理论：思辨与对话〉》。

● **2017年3月19日（农历二月二十二日）**

春色满园迎面来

一夜春风梨花开，
满园春色迎面来。
海棠含苞传真情，
喜鹊飞舞乐开怀。

● **2017年6月14日**

送徐晓郑板桥《竹石》。

竹　石

咬定青山不放松，
立根原在破岩中。
千磨万击还坚劲，
任尔东西南北风。

● **2017年9月21日**

《中国社会科学报》刊发《引领文艺从高原迈向高峰——谈习近平文艺思想》。

● **2017年《山东师范大学学报》第6期**

刊发《王阳明：开启中国文艺复兴大门的思想家》。

历史进入数字化网络的新时代

历史进入数字化网络的新时代，中国的改革开放经过40年又跨上了一个新台阶，个人生命的旅途开始了一个新征程。健康第一，心胸豁达，家庭和睦、融洽，共度晚年，使晚霞放出灿烂的光彩。

早7时去千佛山，登上文昌阁，撞钟9次，击鼓9次，参拜寿星、福星，拍了几张有代表性的照片，并未感到累，心情很好。

踏青曲

爆竹声息除旧岁，
蓝天白云喜相看。
笑迎女儿跨洋归，
静曦吉祥众口赞。
春天脚步耳边响，
喜鹊欢唱在林间。

迈开双脚踏春去，

健身壮体续新篇。

今年开始，政府为了减少环境污染，禁止市民放爆竹烟花，因此除夕夜特别安静。李琰从美国回来，陪父母过春节，全家祥和愉快，喜迎新的春天的到来。

● 2018年《美与时代》第一期

刊发马衍明著《信息时代中国文艺学建设的理论自觉——李衍柱〈文艺理论：思辨与对话〉评介》，初读感觉把握得较准确、到位。

● 2018年4月7日（农历二月二十二日）

大地回春，以一颗稚子的童心迎接85岁的到来。从昨晚开始到晨醒，偶成《春归》。

春 归

清明时节雪花飞，

桃红柳绿李白醉。

紫金挥手丁香笑，

樱林伴松迎春归。

　　我喜欢枝干繁茂、不怕风雪严霜始终以生命的绿色呈现在宇宙空间的雪松。2014年，北大王一川教授，曾为本人专写了一篇《千佛山下不老松》，祝贺《林涛海韵丛话》出版，其寓意生动深刻，切合实际，令人宽慰。进入85岁，仍愿永葆一颗童心，活到老学到老，真正保持一种松树的精神。

　　晚6：30在翰林大酒店奎文阁参加七七级同学入学40周年聚会，崔曰臣、赵润田、商志晓参加，教师朱德发、夏之放、谭德姿、陈元锋、高明功、蒋心焕、薛祥生等参加。赵衡从美国旧金山专门赶来参加同学聚会。

● 2018年12月19日

　　太阳每天都是新的。

　　《山东师大报》刊发《神州大地　春色满园——喜迎改革开放四十年》。

　　山东省社会科学院、省社联公布山东省社会科学名家名单，文学领域35人，山东师范大学文艺学有4人：李衍柱、夏之放、杨守森、周均平。

● 2018年12月31日

健康愉快地走向未来

2018年，健康愉快地走过。一年间，比较集中地阅读了有关王阳明的诗文和研究论著，整理出"王阳明文艺活动大事年表"（计173113字）。在此基础上，考虑进一步写一篇关于王阳明的文艺理论与创作实践。

2018年又是中国改革开放40年，翻阅有关资料，我写出了《中国诗学的春天》一文，发给《中国矿业大学学报》，文章的开头部分以"神州大地春色满园"为题，最终文章于2018年12月19日在《山东师大报》发表。

《大众日报》公布，经山东社科院、社联、省委宣传部和各高校推荐，研究通过改革开放以来山东社会科学名家名作展在社联举办。山东师范大学21人，文艺学4人，包括本人。

收到山东文艺出版社的邀请函，本人作品选入中国当代文艺学大家文选——全国选了10位学者，**每人编选一本《文艺学文选》，2019年3月交稿。**

下午与复旦濮之珍教授通话祝福。

与钱中文、栾学珠通话，祝福新的一年的到来。

● **2019年1月17日**

　　山东师范大学文学院办公室送来省里发的山东社会科学名家荣誉证书和水晶座镜，及省社联文件。

● **2019年1月20日**

　　收到束景南先生的回复。束先生对发去的"王阳明文艺活动年表"做了认真校订，改正了多处错漏、不当之处，并有所补充说明。

　　看后十分感动，这些天束先生全力在校正"大事年表"。咏吟从中做了很多工作，给予大力支持，多次代为向束先生表示感谢。

● **2019年3月10日**

　　中共山东省委组织部、山东人力资源和社会保障厅颁发"山东惠才卡"，本人选为享受国务院政府特殊津贴专家，证书编号为2019010131。

● **2019年8月12日**

写出《走向有中国特色的文艺学——〈中国现代文艺学大家文库〉序言》（15000余字），发给山东文艺出版社董国艳、田雪莹。

● **2019年《东方论坛》第5期**

刊发《论美丑并存、互动与转化——兼评徐晓的长篇小说创作》。

● **2019年11月29日**

人民出版社文史部主任贺畅电话告知：

出版合同已写好，《文艺复兴时代的王阳明》将在人民出版社出版。

● **2021年1月1日**

晨　曲

新的一年开始了。

东方发出红色的晨曦，

迎着露脸的太阳，

迈出新的脚步，

谱写新的篇章。

健康、如意。

上午与濮之珍先生、朱立元先生、钱中文先生通电话，互致问候。**胡经之先生来电话**，祝贺新年，谈及学界诸多情况。濮先生已99岁高龄，声音洪亮，我的耳朵在电话中仍能听清对方说话。

传媒大学博士段超写较长微信，谈及读《大秦帝国论稿》的看法。

陈博从矿大来电话谈及近况。

李可可下午4: 30—8: 30来家帮助校对书稿。

● 2021年

《山东社会科学》第1期刊出《走向中国特色的文艺学——中国文艺学百年回眸》（中国人民大学资料中心复印）。

● 2021年1月14日

《齐鲁文学典藏文库·当代文艺理论评论卷（上下）》，

选入《生命的文学与文学的生命——评莫言的〈蛙〉》。

● 2021年3月3日

《山东师大报》刊发《回归经典文本　踏着巨人的肩膀前行——〈中国现代文艺学大家文库〉序言（节选）》。

● 2021年4月

《中国诗学的春天——李衍柱文艺学文选》（山东文艺出版社2021年版）正式出版。

● 2021年10月16日

参加在山东师大召开的中华当代诗词创作研究中心成立揭牌仪式暨蒿峰诗词创作研讨会。

● 2021年10月28日

《文艺复兴时代的王阳明》由人民出版社正式出版，本人购100本。

● **2021年11月8日**

《诗意的追寻》在人民出版社已通过立项。后改由东方出版社出版。

● **2021年11月24日**

《山东师大报》刊发段新莉博士写的《王阳明：文艺复兴时代的东方巨人——读李衍柱先生的新著〈文艺复兴时代的王阳明〉》。

● **2022年1月1日**

健康　如意　前行

新的一年，新的开端，
健康、如意、前行，
迈入生命旅途的佳境。

上午，人民出版社贺畅主任来电话，祝贺新年，并谈了2022年的希望和打算。2022年是王阳明诞生550年，值得庆祝，她认为在王阳明诞生（12月31日）前后开个研讨会最好。

王一川发来微信问候。

● 2022年1月16日

浙大王杰教授寄赠《现代美学的相遇与重建》（上海人民出版社 2019年版）、《审美人类学》、《文学之外》、《马克思主义美学研究》第24卷第1辑。

● 2022年3月24日（农历二月二十二日）

《山东教育报》刊发：

仟年禧日集一瞬

2022·2·22

六字真言牢记心

福寿康

中和美

上午，三个女儿写文、打电话祝福。孙艳琳在北京学习，发来微信祝贺，从文中得知，她是阳历2月22日生日。

下午栾爱庭、衍欣来电话祝贺。

春英的贺信

古历2月22是我家先生最高兴的一天。每年的这一天，家人都要为他庆贺！阖家欢乐！今年（2022年）也是三个2，6个2碰到一起（2022.2.22），没有一个异数，实在太巧合了。有人说，这么巧合的事，从生日上看，300年才出现一个，很少见。而我们先生在89岁就遇上了，这必须是**有大德大福的人**才能逢到。

巧又神，（百姓历来都是这么看的）：

一、祝先生的命运大吉大利！

二、祝先生的财富年年有余！

三、祝先生的一生幸福安康！

四、祝先生生活在"百花争艳"的美好季节，精神格外愉快！

五、祝先生即将降生的第一个曾孙给太爷你带来由衷高兴！

六、祝先生事业大成、业绩多多、硕果累累、桃李满天下！

最后，愿同先生的一家老少和所有关心你的人，衷心地祝愿您福寿无疆！

林春英

2022.2.22

祝爸爸 89 岁生日快乐

天增岁月人延春秋

精神抖擞业绩卓著

才思敏捷专心致志

笔耕不辍硕果累累

疫情阻隔心灵相通

喜添曾孙天使道贺

所有过往皆为序章

所有将来皆可期盼

感恩父母恩重如山

父母健康福乐连绵

20220222　大吉日

遥祝爸爸生日快乐

大女儿

● **2022年3月30日**

《文艺报》刊发赵勇著《构建中国特色文学理论的先声——〈中国现代文学艺术大家〉阅后》。

● 2022年《山东社会科学》第4期

刊发段新莉著《"阳明学"研究的新视角、新开拓——〈文艺复兴时代的王阳明〉评介》。

● 2022年6月5日

《中国社会科学报》12版刊发张杰著《李衍柱：在时代大潮中追踪文艺学研究的前沿》（同时在全国各大网站、学术网站发出）。

● 2022年7月13日

《中华读书报》刊发李慧著《王阳明再发现：思想家，亦是文学家》。

● 2022年9月24日

《解放日报》刊发周宁著《追寻王阳明的文艺之路》。

● 2022年10月6日

上午9：30，新任的校党委书记冯继康同党办主任王敬正、文学院党委书记肖光军和宣传部贾丙波（科长）到家访谈，专门慰问，向三人赠《文艺复兴时代的王阳明》《中国诗学的春天》。

● 2022年10月14日

人民出版社寄来5本《文艺复兴时代的王阳明》二次印刷样书。与贺畅主任通话。

● 2022年10月26日

《山东师大报》刊发胡安源著《幸遇良师，春风化雨——我与李衍柱教授二三事》。

● 2022年11月10日

在齐鲁文化研究院给研究生和研究人员讲《文艺复兴时代的王阳明》，重点讲了研究的缘起，王阳明的时代，研究的视角与方法、贡献和影响。

● **2022年11月17日**

南京大学赵宪章寄赠《文学图像论》（商务印书馆2022年版）。

北京大学出版社张凤珠寄来《〈红楼梦〉十五讲》（2007年8月版）、《戏剧艺术十五讲》（2008年版）。

● **2023年1月14日**

收到贺畅主任寄来的新出版的《诗意的追寻》（2022年11月版）样书三本和《平天下》《世界哲学日历》两本台历。

● **2023年3月2日**

《山东师大报》刊发段超著《登峰论诗天地宽——读〈诗意的追寻〉兼贺李衍柱先生荣开十秩》。

● **2023年3月3日**

《中国文艺评论》韩宵宵与山东大学周逸群来家访谈、录像。随同来的还有《济南时报》记者任晓斐。

谈了两个半小时多，主要是本人谈学术研究之路的有关问题。

学院派人录了像。

● 2023年3月13日（农历二月二十二日）

师生亲友在翰林大酒店同庆九十华诞

光阴似箭，日月如梭，转瞬90年矣。

上午11：00，众人在新航大厦华航厅聚会，共同庆祝本人90岁华诞，有周均平、周波、董挈、徐明珍、郭艳玲、王蓓、时宏宇、李辉、孙书文、燕军、王景强、尹相雯、文捷、李琰、林春英、李衍柱、段新莉、王志勇。

李辉主持，参会人员纷纷发言，并合影、聚餐，其乐融融，吉祥喜庆。会中，刘蓓从加拿大打来电话祝贺。志勇来回车接车送。到下午1时半许，先行回家休息，同学好友继续叙谈了一段时间。

下午5：30左右，王乐从上海专程来济，与李敏、新莉一起到家祝福、叙谈。

赠到会人员和李敏、王乐新书。

九十健步前行，奔向人生旅途的佳境。

林春英

衍柱 90 岁生日有感

敬师敬法，德高福大。

爱生如子，桃李满天下。

师生相见，先生开怀大笑，

笑声充满了这个家。

子孙孝顺，实时牵挂，

电话微信，天天不断，

问寒问暖，千叮咛万嘱咐！

还有老伴陪身旁。

吃得好，睡得香，

健康长寿不是梦，

人人见了都夸奖。

衷心祝福您生日快乐，福寿无疆！

林春英

2023年3月13日

董挈

贺李老师 90 华诞

意气风发似少年，九十阳春岂等闲！

快意人生勤登攀，几多辛苦化甘甜！

福寿双全身康健，乐庆生日尽开颜！

待到十年百岁日，满堂重聚把酒欢！

董挈

王蓓

桃李成林，不忘二月春风化育之恩。

松龄鹤寿，常爱如父贤师浩然之气。

祝李老师、林老师

身体健康，寿比南山。

王蓓

● **2023年4月9日**

　　复旦大学朱立元先生寄赠新著《黑格尔美学新探——以"艺术终结论"为中心》《重读马克思〈巴黎手稿〉札记》（上海人民出版社2022年9月版）。

● **2023年4月19日**

中国社会科学院刘方喜教授寄赠《文学理论与美学新境界——庆祝钱中文先生九十诞辰文集》。

● **2023年4月26日**

《山东师大报》刊发人民出版社责编周颖著《追寻诗意的学术人生——李衍柱教授的〈诗意的追寻〉编后》。

● **2023年6月1日**

《中国文艺批评》2023年第5期刊发周逸群著《在理论和现实间游弋——访文艺理论家李衍柱》。

● **2023年6月6日**

《中国矿业大学学报》刊登李咏吟、姚亚峰著《诗书雅训与心学阐释——评李衍柱〈文艺复兴时代的王阳明〉的诗学意义》。

● **2023年7月20日**

《光明日报》刊发《大诗人李白在这里留下了童年的足迹——踏访吉尔吉斯碎叶城遗址》。

● **2023年7月23日**

在翰林大酒店参加"中华当代诗词研究"首发式暨学术研讨会。

润田和校党委书记冯继康、省作协书记姬德君、山东人民出版社社长胡长青、光明日报社山东记者站记者参加。

● **2023年8月1日**

山东作协副主席陈文东发来邀请函。

邀请本人8月18—24日去北戴河创作之家休假。因家庭事务，暂不能脱身。

● **2023年8月4日**

收到刘涛、周宁寄来的在《解放日报》《社会科学报》发表的书评原件。

● 2023年8月11日

高教出版社武黎寄赠《中国哲学通史》《中国思想史》《中国美学史》《文学理论教程》（5版）。复函致谢。

● 2023年8月30日

查阅《马克思恩格斯全集》第一卷第一篇文章《评普鲁东最近的书报检查令》第一句话："真理占有我，而不是我占有真理"（该文写于1842年2月3—10日）。这句话成为蒋孔阳先生学术生命中遵循的座右铭。

● 2023年9月13日

写完《世界美学视阈的中国学派——纪念蒋孔阳先生一百年华诞》，快递寄给朱立元。

● 2023年9月28日

在金三杯，与张继升、崔曰臣、贺可存、于永旭聚谈，庆国庆和中秋节。

● **2023年9月30日**

菏泽学院田智祥与夫人肖淑云来访，谈学校建设情况和今后的打算。

● **2023年10月10日**

刘涛告知已通过博士论文答辩，获复旦大学博士学位。
下午与东南大学龙迪勇通话。

● **2023年10月13日**

李建盛寄赠《文学诠释学》（北京大学出版社2022年版）及译著《现代性的终结》。

● **2023年10月15日**

下午，东南大学艺术学院院长龙迪勇教授来访。

● **2023年10月20日**

刘涛寄来博士论文《蒋孔阳美学思想研究》，同时转交装饰好的我与春英的合影及我俩与李梅的合影。

● 2023年10月28日

收到人民出版社周颖帮助购买的12本《诗意的追寻》和李建盛的译著《文化规划：一种城市复兴》〔（英）格雷姆·埃文斯著，北京师范大学出版社2021年版〕。

建盛这些年还是在认认真真地做学问，在研究和翻译等方面成果颇丰。

● 2023年11月3日

在米香居与李建盛、杨旭、杨守森、孙书文、王红娟相聚。

● 2023年11月10日

闫玉刚（现在首都影视大学任教，已晋升为教授）同夫人彭风妮、儿子一起来济相聚，相互问候。

● 2023年11月16日

收到复旦大学寄来的《蒋孔阳全集》补编。

● 2023年11月29日

刘延福来济参加"齐鲁精英"评委会，与他相聚、叙谈近年来的工作情况，谈及他在河南理工大学任教及科研情况。（已晋升为教授。）

● 2023年12月7日

马衍明现在上海应用技术大学人文学院任教，微信告知：他撰写的《走进王阳明的艺术世界——读〈文艺复兴时代的王阳明〉》已在《名作欣赏》2023年第36期刊出。

● 2023年12月27日

收到复旦大学纪念蒋孔阳先生百年华诞论文集《当代美学的新拓展》。

该论文集中收有本人两篇论文：一是《世界美学视阈的中国学派》，一是《比较美学的理论与实践》。

同时收到周宁的博士论文《欧洲近代早期中国风艺术研究》。

世界美学视阈的中国学派
——纪念蒋孔阳先生一百年华诞

1923年1月23日（农历1922年十二月初七），蒋孔阳先生出生于四川万县（今万州区）三正乡苦葛坝，到今年2023年整整一个世纪。在纪念这位将自己的一生贡献给美学建设和致力于"美的塑造者"的中国美学家百年华诞之际，我们应牢记他的谆谆教诲，认真学习、研究他的丰厚的美学理论和多层次多侧面的审美实践活动的经验和路径，全方位地审视和突显蒋孔阳先生在中国美学史和世界美学史上的地位、贡献和影响。

"真理占有我，而不是我占有真理"
蒋孔阳先生学术人生的"座右铭"

1986年8月25日，蒋孔阳先生在编完《蒋孔阳美学艺术论集》写下的《后记》中说：当我编完了这个集子，却忍不住有几句话要说。

这不是经验，而是自己的一点感慨。首先，我感到我一生的当中，给我影响最深的，是马克思的一句话："真理占有我，而不是我占有真理。"因为我并不认为自己占有真理，所以我总是感到自己的不足。我总是张开两臂，去听取和接受旁人的意见。我不仅没有想到要去建立一个体系，一个学派，而且对各家的学说，也从来不是扬此抑彼，而是采取兼收并蓄、各取所长的态度。

1989年《收获》杂志开辟了一个"且说说我自己"的栏目，向蒋先生约稿。蒋先生对此很感兴趣。认为"人生一世难免有一些曲折和心酸，一些由于这样或那样的原因，特别是自己性格上的缺点，所造成的失误。因此，能够有机会说说自己，诉诉衷曲，或者忏悔一番，至少可以减轻一些心理上的负担"。对蒋先生一生影响最深的马克思说的这句话，是马克思于1842年2月初至2月10日写的《评蒲鲁东最近的书报检查令》一文中说的。

原文如下：

真理是普遍的，它不属于我一个人，而为大家所有；真理占有我，而不是我占有真理。我只构成我的精神个体性的形式。

蒋先生读了马克思的这段话，结合自己一生走过的路感慨地说：

我是一个书生百无一用。我唯一的用处是读书。读书的目的，是要增长知识，明辨是非，活跃思想，探寻真理，提高人的价值。但人的价值，不在于战胜他人，夺取个人的桂冠，建立自己的体系，而在于把自己提高到宇宙社会中来看，让人认识到天地之大，人生之广阔，真理不是一个人独占或包办得了的。我们应当像庭前的阳光和绿草一样，多做奉献，把生命和美奉献给人间。正因为这样，所以我在江西人民出版社为我出版的《论集·后记》中，曾说我服膺马克思的话："真理占有我，而不是我占有真理。"我希望这句话能够成为我的座右铭，也成为这篇《且说说我自己》的结束语。

蒋孔阳先生在"把生命和美奉献给人间"的历史过程中，始终将马克思所说的"真理占有我，而不是我占有真理"奉为思想和行动的座右铭，并将自己的这一生命体验的金句，赠送给他的门生和广大读者。蒋先生认为，马克思之所以伟大，之所以具有历久不衰的生命力，就在于他敢于承认，他并不是占有真理，而只是不断地发现真理，让真理去占有他。这一"座右铭"，已融入蒋先生的人生观和价值观之中，成为蒋先生从事美学探索研究的强大的内驱力。正因为如此，蒋先生在自己研究美学的过程中，始终都能以追求真理、捍卫真理、发现真理为目标，从不计较个人的荣辱得失和名誉地位，更不想以真理作为自己的桂冠和战利品。不管在何种艰难曲折复杂的情况下，他都能百折不挠、孜孜不倦地在浩瀚的美学海洋中探索真理，发现真理，为真理而献出自己的智慧和才华。即使在"文化大革命"那种反文化的环境中，在蒋先生被关进"牛棚""隔离审查"的岁月，他还是争分夺秒、坚持学习研究、查阅资料，写出《阴阳五行与春秋时的音乐美学思想》，完成《先秦音乐美学思想论稿》。蒋先生的这种顽强遵循自己的"座右铭"、深入学习研究美学的精神，是蒋先生留给我们的宝贵遗产，值得我们继续发扬光大。

"有意栽花花不发，无心插柳柳成荫"
蒋孔阳美学思想体系的形成与建构

在世界美学视阈中，中国当代美学处于何种地位，是否"缺席"，是否已经形成和客观存在着一个"中国学派"？蒋孔阳先生在自己的美学研究和美学思想中，已经明确做出了回答。在国外广为传播的那种认为中国当代美学在世界美学研究领域"缺席"的观点，实际上是一些不了解中国美学发展情况的西方学人的一种盲识和偏见。蒋先生在1998年10月20日的"访美日记"中写道：

在中国，美学的机构到处都有，全国高等学校，差不多独有专业的美学老师，都开有专门的美学课。全国的各省市，都设有社会科学院，都设有美学研究室。此外，还有专门的美学杂志，专门的美学书刊。

这种从体制和队伍上确保审美教育和美学研究的盛况，在美国和欧洲诸国是很少见的。蒋先生在这篇"访美日记"中接着还写道：

> 如果我们说，世界上美学研究中心，十九世纪是德国，二十世纪是美国，那么，我们是不是可以说，世界上美学活动最频繁的地方，是在中国？

从20世纪70年代末，中国实行改革开放以来，中国美学研究有了长足的进步，走上一个中国美学融入世界美学并与世界美学家对话交流的新的发展阶段。其主要的标志性美学研究成果是蒋孔阳先生的《美学新论》的问世（人民文学出版社1993年版）和以蒋孔阳为代表的美学研究领域的中国学派的形成与发展。

蒋先生认为，我们应自觉地从世界水平的高度，把中国美学同世界美学比较，从而建立一种既适应中华民族化的传统又符合世界现代化潮流的美学新体系。"中外的历史都证明了一条真理：一个民族的文化，包括美学与艺术在内，如果要得到发展，必须通过与外来文化的接触而相互交流，通过矛盾而相互渗透，然后再相互学习、相互融合，从而产生出一种以本民族的特色为基础的新的文化体系。"蒋先生在写《美学新论》之前，他用了40多年的时间，系统地研究了中国和世界的美学史、文学艺术史。公开出版的专著有：《文学的基本知识》（1957年）、《论文学艺术的特征》（1957年）、

《德国古典美学》（1980年）、《形象与典型》（1980年）、《美和美的创造》（1981年）、《美学与文艺评论集》（1986年）、《先秦音乐美学思想论稿》（1986年）、《蒋孔阳美学艺术论集》（1988年），同时还协助伍蠡甫先生翻译、主编了85万字的《西方文论选》（上、下），亲自翻译出版了李斯托威尔的《近代美学史评述》，主编了《十九世纪西方美学名著选》（英法美卷）、《十九世纪西方美学名著选》（德国卷）和蒋孔阳主编、朱立元副主编的《二十世纪西方美学名著选》（上、下）。他的学生曹俊峰还根据德文原版翻译出版了《康德美学文集》。

综合性、科学性与独创性的统一，是蒋先生的《美学新论》的鲜明的特点。在20世纪50年代的中国美学大讨论中，有人曾问蒋孔阳：你是哪一派？朱光潜派？李泽厚派？或者其他派？蒋先生答曰："我觉得我从每一派那里，都学到了很多东西。但它们究竟是属于哪一派的，我却说不清楚。正好像呼吸空气，我很少注意哪些是氧气，哪些是二氧化碳。我只是呼吸罢了。它们营养了我的身体，我就感到满足了。对于今人如此，对于古人，亦复如此。"对于中外美学史上出现的不同学派的各种美学观点和中国当代美学研究中出现的分歧与论争，蒋孔阳都一一加以审视和探讨，批判地吸取，在综合已有成果的基础上，注意用丰富的审美活动实践来验证自己所得出的结论。

《美学新论》中，蒋先生以马克思主义实践论为基础，以

"多层累的突创"论为核心，以审美关系为逻辑起点，全面、深刻地论证了美是人的本质力量对象化，美感是这一本质力量得到对象化之后而在人们内心引起的一种满足感、愉快感、幸福感、和谐感和自由感，崇高、丑、悲剧性、喜剧性则是构成《美学新论》的美学之网上的重要"纽结"和范畴。在美论中，蒋先生用了15节的内容，对世界美学史上出现的各种美的观念的源流进行了梳理，并结合审美活动实践和中外文艺的实际，加以批判地审视和评述。在全面吸取前人优秀成果的基础上，富有说服力地提出了自己关于"美在创造中""人是世界的美""美是人的本质力量对象化""美是自由的形象"的美论系统观。全书融汇了蒋先生所能看到的前人和同代人的一切有价值的美学观点，并且真正化为自己的血肉。《美学新论》在美学研究的海洋中独树一帜，书中新的体验，新的例证，新的阐释，迭出不穷。据粗略统计，仅美论一编中，蒋先生就引证、评析了177位中外美学家、文学家、艺术家的作品。蒋先生虽然一再申明自己无意去建立什么美学体系，事实上他在海纳百川、吸取中外美学各家之长，综合创新，形成了自立于世界美学之林的美学新体系。

"我既归杨，也归墨；既归柏拉图，也归亚里士多德。"
中国美学学派的形成和发展

在中外学术史上，不论是哲学，还是美学，凡是称之为学派的，至少应是有两人以上构成的学术群体。他们文脉相承，有相同或相近的学术理念、价值趋向、研究对象、研究方法，提出和论说一些带有共同性范畴概念等。他们虽有其学术的共同性的一面，同时每个成员又各自具有自己不同的学术个性。同一学派之中又具有各自的差别性，相互之间是和而不同。在某个学术领域发展过程中，不同学派的出现和论争，这是学术发展、繁荣的一个重要标志。

蒋孔阳先生在学习、探索、研究美学的生命旅程中，努力将自己培养成一位"美的塑造"者，与此同时，他在美学的教学和研究过程中，从理论和实践、翻译和研究、实证研究与哲学思考、微观分析与宏观研究结合上，多方面多层次地引导和培养自己的门生和广大读者，努力"在各自生活的道路上，都能成为'美的塑造者'"。蒋先生在《美学新论》的题辞《美的塑造》一诗中写道：

在人生的旅途上，
每个人都在塑造自己的形象。
形象美不美？全看他生活得怎么样。
艺术家为了创造美，
经常在自己焚烧。
他用女娲造人的土，
投进生活的熔炉。
掌握必然的规律，

升向自由的领域。

点燃生命的火，

热血绘彩图。

都说作者痴，哪知作者苦？

葡萄不是美酒，

但美酒却由葡萄酿造。

美不等于生活，

但美却在生活中创造。

不是每个人都充满了对于美的渴望。

我们每天都在开拓新的生活。

我们每天都在塑造美的形象。

但愿与美同在：

健康、幸福而高尚。

　　"与美同在"，努力在自己的学术生命旅途中，"每个人都充满了对于美的渴望。我们每天都在开拓新的生活。我们每天都在塑造美的形象。"从而使自己真正成为一个"美的塑造者"。这是蒋孔阳先生和他的门生及其追随者奋力探索践行的路径和希冀达到的理想境界，这也是以蒋孔阳为代表的中国美学学派的鲜明特色。

　　蒋先生十分重视方法的研究和运用。他认为，历史上每一次科学研究的突破和创新，总是伴随着方法上的突破和创新。蒋先生研究美学、文艺学的方法总的特点是：古今中外，综合比较，兼收并蓄，博采众长。他认为："从古到今，具体的方法可说无穷无尽。今天，我们应当站在时代的高峰，把古今中外各种各样的方法，综合起来，进行比较，选择和淘汰，然后留下我们用得上的，去掉我们用不上的。时代在前进，方法在前进，工具和手段也必然在前进。到了原子时代，如果还泥古不化，上阵时还要使用长枪和短枪，那是没有不失败的。"具体采取什么方法，这要根据研究对象和个人的主观条件而定。蒋先生在给他的学生出版的美学研究的专著写的《序》中，总是关注他们采取的美学研究方法和理论上的创新点，给予肯定和鼓励。蒋先生在给郑元者《艺术之根：艺术起源学引论》写的序中，就肯定作者采取的"考据与理论、历史与学问的有机结合"的研究方法。他说："在当前美学研究中，大力提倡科学的实证态度和考据的求实精神，就显得非常重要。可以说，每一个学术上的新时代的诞生，总是和重视考据的朴实学风联系在一起的，西方的文艺复兴和我国'五四'时期的学术繁荣，王国维等学术大师……也无不与他们注重考据的求实学风息息相关。今天，我们要开创美学研究的新纪元，考据的求实精神更是不可或缺的。"

1986年，蒋孔阳先生在给他的爱徒朱立元的专著《黑格尔美学思想论稿》序中写道："青出于蓝"、"后来居上"，的确是至理名言。我从立元以及其他一些年轻同志的身上，看到了我国美学研究工作后继有人，真是无限高兴。我渴望我国年轻一代的美学工作者，能够大大地超过他们的前辈，取得比前辈更加辉煌的成就！从20世纪80年代以来，在近半个世纪中，朱立元在蒋孔阳先生提出和开拓的美学研究领域，先后出版了《黑格尔戏剧美学初探》《黑格尔美学思想论稿》《黑格尔美学思想引论》《美学与实践》《接受美学导论》《历史与美学之谜的求解——论马克思〈1844年经济学哲学手稿〉》《真的感悟》（与王文英合著）《善的感悟》《美的感悟》《思考与探索——关于当代马克思主义文艺学体系的建树》《实践存在论美学——朱立元美学文选》《重读马克思巴黎手稿札记》《黑格尔美学思想新探》等著作21部，译著3部，主编《西方美学通史》（七卷本，双主编之一）、《后现代主义文艺理论思潮论稿》（上下）等著作和《当代西方文艺理论》《美学》《西方美学史》等教材，发表论文400余篇，获省部级以上奖23项。在中国美学研究方面，蒋先生的博士朱志荣也相继出版了《中国艺术哲学》《中国审美理论》《夏商周美学思想研究》《中国文学导论》《中国现代通俗文学艺术论》《中国古代文论和文学经典阐释》等。朱立元、朱志荣的美学研究承继和扩大了世界美学的中国学派研究的领域，特别是在对马克思《1844年经济学哲学手稿》研究、黑格尔美学思想研究领域、中国艺术哲学研究、夏商周美学思想研究等方面，处于当代世界美学研究的前沿，使美学作为一个独立学科在一个拥有14亿人口的大国中，得到进一步的普及。

对于西方当代美学文艺学的研究，蒋孔阳的博士陆扬撰写的《德里达——解构之维》，对德里达的美学思想，做了比较深入的研究，是中国第一部研究德里达的学术专著，在学界产生良好的学术影响。理论联系实际，美学研究与文学艺术的创作实践相结合，是蒋孔阳先生和他的门人、学子学术研究的一大特点。蒋先生在给郜元宝的小说评论集《拯救大地》写的序中说："郜元宝写的博士论文是《海德格尔美学思想研究》。但是，他一直认为，研究美学，不能不精研一门艺术。文学也是一门艺术，而且是有史以来最重要的一门艺术。所以，在研究美学的同时，他对当代文学也具有浓厚的兴趣。他写的文学批评的文章，大大超过他写的美学研究的文章。"蒋先生对郜元宝的《拯救大地》这一小说评论集的出版，特在序中表示点赞和祝贺："小郜把美学理论运用到小说中，并在小说中分析出美学思想，不仅扩大了美学的天地，而且提高了小说的境界，这就不能不令我感到高兴。古人说：'后生可畏'、'青出于蓝。'在小郜身上，我看到了年轻人的成长。我祝福他们：更快地成长为参天大树，巍峨的栋梁！"

● 2023年12月30日

周颖寄来新年台历和人民出版社专用的笔记本2本。

● **2024年1月1日**

一年之计在于春

一元复始，

万象更新。

健康，自由，

阔步前行，

行有余力，

则以学问。

● **2024年1月6日**

收到北京大学出版社**张凤珠**寄来的《**十九世纪欧洲文学思潮研究**》6卷，包括浪漫主义、现实主义、自然主义、唯美主义、象征主义、颓废主义等。

● **2024年2月6日**

在南郊宾馆蓝色大厅阿波罗厅，与**润田、书文、守森、周波、李伟、张芳聚谈**，互赠节日祝福。

● **2024年3月13日**

春英去济南中心医院内分泌科就医。

● **2024年6月14日**

段超访谈与整理的《建设中国特色马克思主义文论课程》一文，载于《华中学术》第49辑。

建设中国特色马克思主义文论课程
——山东师范大学李衍柱教授访谈

山东师范大学是中华人民共和国成立后较早成立的本科师范院校，也是较早开设马克思主义文论课程的高校，经过多年发展，形成了自己的特色。本期访谈邀请到91岁高龄的文艺理论家、山东师范大学文学院教授、博导李衍柱先生，就相关问题通过面谈与微信相结合的方式做了深入交流。

段超：李老师，您好！首先感谢您抽时间接受访谈！作为新中国培养的第一批马克思主义文艺理论家之一，您为马列文论（或马克思主义文论）课程建设作出了重要贡献。您可否简单回忆一下您参与马列文艺论著研究会和马列文论课程建设的情况？

　　李衍柱：全国马列文艺论著研究会组织开展的"中国高校马列文论课程开设和建设情况"访谈这项工作选题很有学术价值。对于我们国家的马列文论课程的开设，华中师范大学文学院起到了重要的组织和推动作用，可以说功不可没。改革开放之初，1978年12月24日在华中师大召开了第一次马列文艺论著学术研讨会，并在这次会上成立了全国马列文艺论著研究会。在学会成立的前一年，华中师大的王先霈、周伟民、周乐群三位教授走遍大半个中国调研马列文论教学和研究情况。他们事先编了一个马列文论研究文章的索引和问卷，其中也选了我的文章。他们来山东师大调研期间，我的论文《试谈黑格尔所说的"这一个"——学习马克思恩格斯论文学典型问题札记》正准备在学报发表，经他们推荐，后来发表在华中师大主办的《外国文学研究》创刊号上，这是我在改革开放之后发表的第一篇论文。他们的这次调研为成立全国马列文艺论著研究会创造了必要条件。在成立大会上，周伟民同志就调研情况以及华中师大马列文论教学与研究的做法作了报告，给我留下很深的印象。会后，研究会委托南京大学等多所高校编写了一本《马列文论百题》，为马列文论教学提供了很好的参考书。现任学会副会长胡亚敏教授，在1979年9月至1980年6月来山东师大随我做访问学者。我作为研究会理事、山东师大作为会员单位，积极参加研究会工作，前十几次会我几乎年年参加。去年9月，山东师大还与全国马列文艺论著研究会联合主办了理事会议暨"'两个结合'与新时代中国马克思主义文论研究"学术论坛，办得很成功。

段超：那么，您是怎样走上马克思主义文论研究之路的呢？

李衍柱：我真正走上马克思主义文论研究之路，还要从就读人大文研班说起。1959年，为了培养马克思主义文艺理论批评的骨干、建立马克思主义文艺理论批评队伍，周扬提出并亲自指导创办了文学理论研究班（简称文研班），由中国人民大学和中国科学院文学研究所合办，学制三年。我是1961年7月，经学校推荐参加考试，被录取为第三届"文研班"的研究生，1964年7月毕业。第一学年由何其芳给我们讲毛泽东《在延安文艺座谈会上的讲话》，第二学年由马奇给我们讲马克思《1844年经济学哲学手稿》，这两门课对于马列文论进课堂是具有开创性的。第三学年，在蔡仪先生指导下，我完成了毕业论文《学习马克思恩格斯论文学中的典型问题》。在蔡先生的影响下，我一直抓住典型问题不放，为自己掘了一口井。我体会到，以锲而不舍的精神，抓住一点，触类旁通，联系实际，深入系统地进行研究，不失为一种行之有效的科学研究方法。典型研究是我从事马克思主义文论研究的起点。

段超：您在毕业论文基础上写成的《马克思主义典型学说概述》是该领域我国研究典型问题的第一部学术专著，该书修订版被国家学位委员会研究生教育工作办公室推荐为"研究生教学用书"，为马列文论课程教学提供了扎实的参考书。请问您对于马列文论课程建设有怎样的认识，或者说马列文论这门课在您的认识当中具有什么样的地位？

李衍柱：如何认识马列文论课程建设，这个问题非常重要。人文学科课程体系建设是培根铸魂工程，与培养什么样的人有特别密切的关系。作为社会主义国家的师范大学中文系的一个学科，文艺学的一个最基本的任务就是培养学生马克思主义文艺观。同时，还要教会学生如何运用马克思主义的立场、观点和方法去研究中外文学和艺术问题，基于这样一个认识，我们把马列文论这门课看作在中文课程体系中具有统摄地位的一个课程。不仅学生要学习，而且中文系各个学科的老师都应该研读马克思主义经典作家的文艺论著。马列文论不是一般的课程，它对中文系各种课程具有统摄性和渗透性，这是我们对于这门课程的一个基本认识。

段超：山东师大的马列文论课程开设和发展是一个怎样的过程，都使用了哪些教材？

李衍柱：新中国的马列文论课程的建设经历了一个由点到面的过程，这里面离不开马列文论研究会的组织和推动，也离不开全国各个高校的实践与探索。山东师大开设马列文论课程在全国应该说是比较早的，发展至今，大致经历了四个阶段。

第一个阶段是初创期，从1971年"文化大革命"期间工农兵学员入校到1978年改革开放之前。这个阶段主要是讲毛泽东《在延安文艺座谈会上的讲话》，这篇讲话是我们马列文论课程的核心教材。正如周扬对《讲话》评价的那样："毛泽东同志的《在延安文艺座谈会上的讲话》给革命文艺指示了新方向，这个讲话是中国革命文学史、思想史上的一个划时代的文献，是马克思主义文艺科学与文艺政策的最通俗化、具体化的一个概括，因此又是马克思主义文艺科学与方针政策结合得最好的课本。"（《〈马克思主义与文艺〉序言》，《周扬文集》第1卷，第453页，人民文学出版社1984年版）除了讲话，我们的辅助教材还有四卷本的《马克思恩格斯论文艺》（人民文学出版社，1960—1964年）和《马克思恩格斯论文学》（中国人民大学出版社1962年版）等。

第二个阶段是改革期，从1978年改革开放以后到1984年我们开始招收文艺学硕士研究生。作为本科的必修课，每周讲三到四个课时，一直坚持到1984年开始招收文艺学硕士研究生。这个阶段的新变化主要是通过解放思想和破除个人崇拜的迷信，我们对于马列文论有了更加科学的认识。在第一个阶段，我们把毛主席的讲话看作唯一的真理，一句顶一万句，这就过了。毛泽东是伟大的马克思主义者，伟大的诗人，通晓文艺的特点和规律，但是"毛泽东的文艺思想"不等于"毛泽东文艺思想"，即便是后者也和时代有密切的关系，要服务于解决当时的主要矛盾。比如文艺从属于政治、文艺为政治服务等观点，在当时的历史条件下起到了一定的积极作用，但弱化了文艺本身的特性和规律，弱化了文艺的审美属性。在第二个阶段，我们加强了对马克思、恩格斯、列宁等经典作家文艺论述的教学与研究。在解放思想和破除迷信的基础上，我们编写了《马克思主义文艺论著选讲》，通过学校印刷厂印刷，作为教材使用。辅助参考教材有陆梅林辑注的《马克思恩格斯论文学与艺术》（人民文学出版社1982年版）、杨炳编的《马克思恩格斯论文艺和美学》（文化艺术出版社1982年版）和纪怀民、陆贵山、周忠厚、蒋培坤编著的《马克思主义文艺论著选讲》（中国人民大学出版社1982年版）等。

第三个阶段是深化期，从1984年招收研究生到2002年。这一阶段的马列文论课程主要通过两种方式展开，一是作为本科生的专业必修选修课（即限选课），二是作为研究生的专业必修课。其中，作为研究生必修课，除了讲解马列文论的经典文本，我们还进一步深化到对马克思主义文论范畴的研究，出版了《马克思主义典型学说史纲》《文学理想论》《毛泽东文艺思想概论》《文艺学范畴论》《经典文本与文艺学范畴研究》和《马克思主义文艺思想的发展与传播》等一系列著作，作为参考教材运用到教学中。

第四个阶段是综合期，从2002年至今。这一阶段的课程名称为"马克思主义文论与美学专题"，突出对马克思主义文艺思想中的文艺学与美学两种学科的综合，课程旨趣强调马克思主义文论与中西方文论的综合创新，建构中国化马克思主义文艺学。教材方面也与时俱进地使用新的版本。这个阶段也是文学院快速发展的阶段，师资力量不断增强，招生规模不断扩大，办学水平不断提升。

段超：说到师资和招生规模，您可否谈一下任课教师和学生的发展情况？

李衍柱：教过这门课的教师，除了我之外，还有夏之放教授、周均平教授、杨守森教授、孙书文教授等。杨存昌教授虽然没教过这门课，但他主编的《中国美学三十年》、参编的《马克思主义文艺理论在中国》，都与这门课密切相关。夏之放教授于1963年至1964年在中国人民大学文学进修班学习，师从马奇先生，夏教授后来出版了《异化的扬弃——〈1844年经济学哲学手稿〉的当代阐释》（花城出版社2000年版）一书。周均平教授、杨存昌教授和孙书文教授先后出任文学院院长，对于进一步加强马克思主义文论课程建设起到了重要作用。目前讲授这门课的有杨光教授、邹强副院长、任传霞副教授和韩存远副教授等，涵盖70后、80后和90后，可以说年富力强，处于学术发展黄金期，对于他（她）们我是满怀期望的。

学生方面比较突出的有北京师范大学的赵勇教授和季广茂教授、北京外国语大学的李建盛教授、上海大学的齐爱军教授等，他们都已是全国知名的学者。此外还有1994级本科生鲁太光，他后来考取了北京大学的硕士和博士研究生，现任中国艺术研究院马克思主义文艺理论研究所所长、《文艺理论与批评》编辑部主编、研究生院中国语言文学系主任。研究生有崔柯，是杨存昌教授2002级的硕士生，后来考取了北京大学董学文先生的博士生，现任中国艺术研究院马克思主义文艺理论研究所副所长、《文艺理论与批评》编辑部副主编。

段超：在马列文论的教学过程中，有没有令您印象比较深刻的学生或事情？

李衍柱：在教学过程中，老师和学生是相互促进的。《礼记·学记》说："学然后知不足，教然后知困。知不足，然后能自反也，知困，然后能自强也。故曰：教学相长也。"让我印象最深的一件事，同我前面谈到的《试谈黑格尔所说的"这一个"——学习马克思恩格斯论文学典型问题札记》那篇文章有关。"文革"结束恢复高考制度以后，我给本科生讲马列文论课。有一节课讲恩格斯于1885年11月26日致敏娜·考茨基的信。信中写道："对于这两种环境里的人物，我认为您都用您平素的鲜明的个性描写手法给刻画出来了；每个人都是典型，但同时又是一定的单个人，正如老黑格尔所说的，是一个'这个'，而且应当是如此。"（《马克思恩格斯选集》第4卷，第453页，人民出版社1972年版）有学生就此提问：应该如何理解信中提到的黑格尔所说的"这个"（《马克思恩格斯论艺术》中译作"这一个"）？黑格尔是在哪里提出了"这个"？这个问题虽然在读研究生期间已经注意过，学生的提问让我更加意识到，恩格斯的这段话不仅提出了马克思主义关于文学典型的一个最基本的观点，而且指明了马克思主义典型学说的直接理论前提。因此，如何理解黑格尔所说的"这一个"就成了我们理解马克思主义典型学说所要必须解决的一个问题。课后，我查阅了国内外众多学者关于恩格斯这封信的论文，他们对"这一个"的出处和内涵都语焉不详。为了彻底搞清楚这个问题，我以此为契机，下功夫阅读了黑格尔的《逻辑学》《小逻辑》《历史哲学》《哲学史讲演录》和《美学》等著作，最后在《精神现象学》上卷中找到了黑格尔对"这一个"的详细阐释。于是，我反复研读这部被马克思恩格斯称为"黑格尔的圣经"的著作，从马列文论的视角撰写了《试谈黑格尔所说的"这一个"——学习马克思恩格斯论文学典型问题札记》，发表在1978年《外国文学研究》的创刊号上。论文首先梳理了黑格尔在《精神现象学》中对"这一个"的最初论述所包含的丰富辩证法思想，然后考察了黑格尔在《美学》中对"这一个"的具体运用和发挥，从而全面系统地阐释和评价了"这一个"的基本内涵和思想价值。并在此基础上，具体而翔实地分析马克思恩格斯是如何对"这一个"思想去其唯心论糟粕、取其辩证法精华，将其革命性地改造为马克思主义典型学说的直接理论前提的。1978年10月，第一届全国文艺理论学术研讨会在上海召开，蒋孔阳先生作大会发言时郑重地向参会专家们推荐了该文。受到著名文艺理论家的肯定和鼓励，我当时是十分激动的。也正是通过对"这一个"问题的研究，我厘清了马克思恩格斯的文艺思想与德国古典美学的关系，以及黑格尔"这一个"的语义内容、方法论意义和美学价值，为我以后进一步研究典型问题打下了坚实的基础。

段超：这的确是一件教学相长的典型案例。在教学方式上，山东师大的马列文论课都有哪些特点？

李衍柱：马列文论课的教学上，我们主要有以下三个特点。

第一个特点是注重与当下文艺实践相结合。为了加深对理论的认识、提高教学效果，我们密切关注中国当下的文艺创作，将理论与作品相互验证。比如，我们组织学生去《大刀记》作者郭澄清的家乡山东宁津，访问他本人和一些贫下中农，郭澄清是地地道道的农民作家。我们还请《煤城怒火》的作者李向春来学校作报告，与学生展开交流。2010年组织研究生阅读和评论孙皓晖的长篇小说《大秦帝国》。2011年9月教研室老师去高密参加莫言长篇小说《蛙》研讨会，组织学生阅读和评论《蛙》及莫言的作品。这类活动使同学们收获很大。

段超：今年上半年，我们还邀请了新一届茅盾文学奖获得者、《雪山大地》的作者杨志军来学校作报告，来自中国社科院、北京大学、山东大学等高校和科研院所的学者参与了研讨，这种联合研讨会的形式也深受同学们欢迎。

李衍柱：很好，这种好的传统要发扬下去。教学上的第二个特点就是与社会调查相结合。譬如在上面提到的在第一个阶段初创期，讲毛泽东《在延安文艺座谈会上的讲话》，我们就专门组织老师和研究生到延安去访问，参观毛泽东当时住的窑洞，写作《讲话》的地点，了解前后的背景，采访参加过延安文艺座谈会的文艺工作者，等等。那次调查加深了师生对于《讲话》意义的认识，收获还是很大的。

第三个特点是和科研相结合，出版学术著作。主要体现为第三阶段深化期以来的系列研究成果，发掘整理出了马克思主义文艺理论的范畴体系。这些成果都是教学与科研相结合的产物。其中，我主编的《马克思主义文艺理论在中国》（山东文艺出版社1990年初版，1992年再版）是山东省"七五规划"重点项目成果，与李戎教授合著的《毛泽东文艺思想概论》（山东文艺出版社1991年版）是国家新闻出版署"八五规划"重点选题成果，我主编的《文艺学范畴论》（山东文艺出版社1996年版）是山东省"八五规划"重点项目，参编的《马克思主义文艺学概论》（中国人民大学出版社2001年版）是"九五"国家社科基金项目，我和林宝全、潘必新主编的《马克思主义文艺思想的发展与传播》（广西师范大学出版社1995年版），是国家重大课题"马克思主义文艺思想及其发展"的主要成果。此外，我参与编写的《马克思主义文艺学思想发展史教程》（中国人民大学出版社2002年版）和《马克思主义文艺论著选讲》（中国人民大学出版社1982年版）以及孙书文撰写的《文学与革命：周扬文艺思想研究》（山东文艺出版社2006年版）等，这些都起到了教学和科研相辅相成的效果。

段超：范畴研究是山东师大文艺学的一大特色，当初为什么选择文艺学范畴研究这一领域？范畴研究对于马克思主义文论课程建设有什么意义？

李衍柱：我一直强调从事学术研究不要追风逐浪、唯时尚是瞻，有许多所谓热点虽一时喧闹，但往往是过眼烟云。学术问题无所谓新旧之分，只有研究的深浅之别，真正有价值的研究体现在研究者对于这一课题做了什么推进。康德毕生致力于思考四个基本问题：我能够知道什么？我应当做什么？我可以希望什么？人是什么？其中"人是什么"的问题既是人类学的核心问题，也是一切人文学科的基本理论问题。马克思说：

"理论只要彻底，就能说服人。所谓彻底，就是抓住事物的根本。但是，人的根本就是人本身。"（《马克思恩格斯选集》第2卷，第9页，人民出版社1995年版）文学是人学，美学也是人学，抓住了"人是什么"问题的研究，就是抓住了打开文学和美学殿堂的大门、探寻美的王国的一把"总钥匙"。典型范畴就是直接回应文学中的"人是什么"这个问题的，对于文学、文艺学和美学研究具有基础性意义。基于这个认识，我为山东师大文艺学与美学规划了基本理论范畴研究的大方向。经过多年坚持不懈的努力，范畴研究带动了整个学科的发展，山东师大文艺学于1986年获硕士学位授予权，1991年被评为省级重点学科，2000年获博士学位授予权，2001年被批准为省级强化重点学科，2011年被批准为省级特色重点学科。

就意义而言，范畴研究是马克思主义文论课程建设乃至话语体系建设的基础。体系是由一系列范畴组成的，没有范畴的体系是不存在的。马列文论思想本身是一个有机系统，但将其体系化为一种课程的形态却经历了一个建构的过程。在马列文论课程建立之前，学界曾经流行一个观点，认为马克思主义文艺理论是"片言碎语，不成体系"。马列文艺思想是马列主义思想体系的有机组成部分，马列文论不是片言只语的集合，只有从唯物史观出发，从基本精神和基本范畴出发，结合文艺实践，在马列主义思想的整体视野中进行研究，才能完整全面地理解和阐释马列文艺思想体系。在《马克思主义文艺思想的发展与传播》中，我们系统梳理了马克思主义经典文论中涉及的文艺学范畴，尽可能按照他们的原意从方法论范畴、本体论范畴等九个方面进行阐释，驳斥了"马克思恩格斯的文艺思想没有体系"的错误观点。

段超：学界对山东师大的范畴研究有何代表性的评价？

李衍柱：我们的范畴研究受到学界高度评价。蒋孔阳先生不但为《马克思主义典型学说概述》写序，还在《光明日报》发表了书评，给予充分肯定。我们文艺学获得硕士点和博士点都是蒋孔阳先生在全国学科评议会上介绍的。对于在《毛泽东文艺思想概论》中提出的毛泽东文艺思想的十对范畴，童庆炳先生评价："这十对范畴、概念的归纳整理及其精到深入的阐释，使毛泽东文艺思想的系统性、完备性和体系性完全突现出来。"胡经之先生评价："这些不同层次范畴的阐发、论证，使我们不仅对马克思主义文艺学的众多范畴有个全面的掌握，而且对马克思主义文艺学的宏大体系有了更为具体的理解。这对于建设和发展中国特色的当代马克思主义文艺学，必将是一种推进。"

段超：作为山东师大马列文论课程建设主要推动者，您在此过程中体会较深的是什么？

李衍柱：我感觉到建设马列文论课程的过程，就是一个解放思想、实事求是、破除迷信、寻求真理的过程。在这个过程中，我们走出了教条主义的误区，认识到任何具体文本都是特定历史的产物，不能奉为教条顶礼膜拜，而应中国化、时代化。马克思主义文艺思想是个历史形成的完整体系，这包括马克思和恩格斯的贡献、列宁的贡献、普列汉诺夫的贡献、毛泽东的贡献以及其他一些理论家的贡献。对于任何一个都要进行全面的具体的分析。作为中国化马克思主义文艺思想，毛泽东文艺思想是中国马克思主义者集体智慧的结晶，而不等同于毛泽东个人的文艺思想，它既包括那些经实践证明正确的毛泽东的文艺思想，也包括中国共产党其他主要领导人如周恩来和邓小平的正确的文艺思想。只有实事求是地吸取教训、总结经验才能不断丰富、发展毛泽东文艺思想，这不但不损害毛泽东文艺思想的科学性，而且还有利于发展马列文论和毛泽东文艺思想。

在马列文论课程建设过程中走出苏联文艺学存在的误区，是一个必须重视的问题。苏联文艺学的基本观点认为文艺是一种认识，这就把文学完全理性化了，这是片面的。改革开放以后，我们对文艺的看法更加全面了。文艺不仅是一个理性的认识，而且还有感性的体验，有意识层面，也有无意识层面。像灵感、想象这些问题，不光是理性认识的问题。比如西马理论家马尔库塞，就特别强调以想象力为核心的审美能力对于人的解放的作用，对苏联"文艺是一种认识"的观点具有一定的纠偏意义。对于不同的文艺理论观点，我们应该持一种实事求是的科学态度，取其精华去其糟粕，批判地吸收，这样才能不断向前进步。我相信，文学不会消亡，文学理论也要继续发展，这都需要一代代理论工作者继续探索下去。

段超：学界有一种说法是中国马克思主义文论、苏联马克思主义文论与西方马克思主义文论三足鼎立。您如何看待西方马克思主义对于马列文论课程建设的作用？

　　李衍柱：马克思主义文论是一个开放的体系。改革开放之后学界翻译了许多西马理论家如卢卡奇、马尔库塞、阿多尔诺、萨特、阿尔都塞、哈贝马斯、杰姆逊、伊格尔顿等人的著作，当时有一种观点认为"西马非马"，将其排斥在马克思主义之外。对于这种观点要具体分析。西方马克思主义是在西方新的历史条件下出现的，这些理论家和经典马克思主义作家有不同的特点，他们从不同的现实和理论立场出发，对丰富和发展马克思主义文艺思想作出了自己的贡献。当然，"西马"也存在一些问题，其中最大的问题是孤立地去研究文学艺术，而不将其与社会实践相结合。这里面当然有其具体的历史原因，但是对我们认识文艺的特点和规律还是很有参考价值。比如萨特试图将存在主义与马克思主义相结合，弘扬人的主体价值，就有助于我们深化对"文学是人学"这一命题的认识。西方理论家对于马克思一直是非常重视的，德里达就说过："不能没有马克思，没有马克思，没有对马克思的记忆，没有马克思的遗产，也就没有将来：无论如何得有某个马克思，得有他的才华，至少得有他的某种精神。"（雅克·德里达著，何一译：《马克思的幽灵》，第21页，中国人民大学出版社1999年版。）这种态度也是值得肯定的。总之，对待"西马""后马""新马"以及不同程度地受马克思主义影响的女权主义批评、新历史主义批评、后殖民主义批评等西方当代文论，我们应该持一种科学的态度，批判地吸收，而不是一味否定和排斥，只有这样，才能不断丰富马克思主义文艺思想，更好地建构中国特色马克思主义文论话语体系。

段超：您对于马列文论教材的使用有何建议，对其下一步的发展有什么样的展望？

李衍柱：我们社会主义国家的人文学科坚持马克思主义，是特色，也是本色，这个旗帜不能丢，只能不断充实、不断发展。这里面首先要注意两点：第一要避免教条主义，第二要避免虚无主义。要以一个开放的心态来海纳百川，进一步吸收古今中外优秀的理论成果，结合新时代新文艺实践来丰富和发展马克思主义文艺思想。

具体来讲，首先是进一步加强马列文论经典文本原著的选读、赏读和精读。马列文论的原著不仅包含着丰富深刻的文艺学美学思想，而且其语言行文本身就很精彩，具有很强的文学性和美学风格，可以说做到了思想性与文学性的有机结合。比如马克思恩格斯论典型的五封信、《关于费尔巴哈的提纲》，列宁的《党的组织和党的文学》《列夫·托尔斯泰是俄国革命的镜子》，毛泽东的《实践论》《矛盾论》和《在延安文艺座谈会上的讲话》等写得都很精彩。对本科生研究生来说，只有从原著文本入手，才能全面、立体、深入理解马列文论的思想内涵。

其次是可以开展系统的马克思主义文艺思想史的研究，包括对经典作家以及中国、苏联和西方马克思主义文论家的研究。目前关于马列文论的概论、专题研究已经比较多，对个别理论家的研究也为思想史的研究创造了条件。这里尤其要注重对中国特色马克思主义文艺思想史的研究，马克思主义中国化是一个历史过程，不同时代有不同的理论成果和代表人物，从毛泽东、周恩来、邓小平一直到习近平，对他们的文艺思想要联系起来研究，完整呈现中国特色马克思主义文艺思想的历史与逻辑。

最后是进一步加强与当前文艺实践、文艺形势相结合。文艺批评是运动着的美学，是第十位缪斯。马列文论的不断丰富和发展离不开对文艺实践的观察和研究，要从文艺实践中来，到文艺实践中去。文学理论和批评只有与文学实践相联系，同步互动向前发展，才能不断找到自己的新的生长点。胡亚敏教授的《马克思主义文学批评中国形态的当代建构》（人民出版社2020年版）就是一部马列文论与文艺实践相结合的力作。这本书结合文学批评和文化研究，提炼和阐释了人民、民族、政治、实践等马列文论标志性概念。该书最近获得了第九届高等学校科学研究优秀成果（人文社会科学）一等奖，在此向她表示祝贺！概念研究可以说是范畴研究的进一步深化和拓展，丰富了马克思主义文论的思想武库。就山东师大的范畴研究来说，典型范畴今天依然是文学批评的有力武器。习近平总书记在中国文联十一大、中国作协十大开幕式上的讲话中指出："文学艺术以形象取胜，经典文艺形象会成为一个时代文艺的重要标识。"这里的"经典文艺形象"其实就是典型。典型不是一个僵化封闭的模式，而是一个开放的体系，在世界文学中不断地得到丰富和发展。现代文学并没有消解典型：卡夫卡、福克纳、普鲁斯特、乔伊斯和马尔克斯等现代文学家笔下的人物形象丰富了典型的内容；后现代主义先驱尼采也坚持典型的观点："当我寻求对于莎士比亚的最高公式时，我找到的始终是：他塑造了凯撒这个典型。"（尼采著，周国平译：《看哪，这人》，载《悲剧的诞生》，第339页，生活·读书·新知三联书店1987年版。）人工智能的兴起也未动摇文学作为适应人类审美需要的诗意的存在这一最基本的事实。我们国家新时期以来的优秀小说塑造了一系列新的典型形象。比如莫言的长篇小说《蛙》就成功地塑造出了一个肩负着"人的生产"重任的万心（姑姑）"这一个"妇婴医生的典型形象，她是世界文学史上出现的一个新人典型。

段超：您的文学批评专著《〈大秦帝国〉论稿》（河南文艺出版社2011年版）运用马克思主义美学的历史的观点以及典型理论对中国历史题材文学创作乃至中华文明历史叙事进行了全面深入的分析，被钱中文先生评价为"是文学理论与创作实践相结合的一个范例"。我注意到，《〈大秦帝国〉论稿》一书的副标题"走向新世纪文艺复兴的绿色信号"同您的另一本书《文艺复兴时代的王阳明》（人民出版社2021年版）都提到了文艺复兴，而且是中国的文艺复兴，这里面带有鲜明的马克思主义基本原理与中国优秀传统文化相结合的色彩。2023年6月，习近平总书记在文化传承发展座谈会上的讲话明确提出"第二个结合"，即马克思主义基本原理同中华优秀传统文化相结合。您能不能结合马克思主义文论，谈一下对"第二个结合"的看法？

李衍柱：这个问题提得很好。中华文艺复兴是中华民族伟大复兴的题中应有之义，而中华民族的伟大复兴既是中国历史发展的大势所趋，也是一个举世瞩目的世界历史事件，对人类文明必将产生积极深远的影响。我这两本书都是在世界文明视域中对中国的历史文化和文艺思想进行的考察。我认为王阳明是开启中国文艺复兴大门的思想家。一方面，王阳明所处的15世纪末、16世纪初的明朝中期，在时间上对应着西方文艺复兴的繁盛时期；另一方面，明朝中期的社会发展为阳明心学的建立提供了历史条件，阳明心学又促进了中国思想和文艺的发展。今天，对王阳明思想的继承与发展也将促进新时代中华民族的伟大复兴。阳明心学尊重人的个体价值，这与文艺复兴的思想观念与价值追求是一致的。阳明心学基于"天地万物本吾一体"的宇宙观，从"心即理"的命题出发，经"知行合一"的实践功夫，到达"致良知"的成圣境界。现在我们讲"不忘初心"，其中就蕴含着心学的思想和智慧，其儒家政治哲学的民本思想同我们今天提倡的人民性观点也有相通之处。这些地方都可以成为"第二个结合"的关注点。

就马克思主义文论来讲，重视历史、吸收借鉴人类优秀传统文化是其重要的法宝之一。马克思恩格斯批判地继承了德国古典哲学，列宁对于俄罗斯文化传统极为熟悉，毛泽东文艺思想也从中国传统文化中吸收了大量养分，毛泽东本人十分重视古为今用、推陈出新，在新时代明确倡导"第二个结合"也具有十分重要的现实意义。就建设中国特色马克思主义文论来讲，"第二个结合"还体现为中国传统诗学的现代转换。对此我曾总结了三条路径：朱光潜的"移花接木论"，宗白华的"东西古今""融会贯通论"，钱锺书的"打通论"和"阐释之循环论"。这些见解已引起不少学人的共鸣，我们学科也在加强这方面的研究，比如孙书文教授将马克思主义文论中美学的历史的观点与中国诗学中"修辞立其诚"的命题进行会通阐释，体现出鲜明的"第二个结合"方法论特色。我认为"第二个结合"对于进一步推进马列文论课程建设，建构中国特色马克思主义文论话语体系具有重大的方法论意义。

段超：好的，李老师，非常感谢您详细深入的回答。再次感谢您接受访谈。祝您身体健康！工作顺利！

采访与整理：段超，山东师范大学文艺学讲师。
访谈时间：2024年6月14日、7月31日。

李衍柱教授主要著作和论文等目录
（1979—2023）

一、著作

1. 《鲁迅论文学与艺术》，与夏之放等选编
   山东人民出版社1979年版。

2. 《中国现代作家谈作家经验》（上下），任上卷主编
   山东人民出版社1980年初版，1982年再版。

3. 《文学理论基础知识》，李衍柱、朱恩彬、夏之放合著
   山东人民出版社1981年初版，1982年再版。
   该书被香港东亚图书公司翻印发往世界各地。

4. 《文学概论》，李衍柱、朱恩彬、夏之放合著
   山东教育出版社1983年初版，1988年再版。
   该书被确定为华东六省一市初中教师自学用书。

5. 《马克思主义典型学说概述》，专著
   山东文艺出版社1984年5月版。
   该书获山东省高校优秀社会科学专著二等奖。

6. 《文学理论100题》，与夏之放等合写
   山东文艺出版社1985年版。

7. 《文学理论简明辞典》，李衍柱、朱恩彬主编
   山东教育出版社1987年版。

该书获山东高校优秀社会科学成果著作二等奖，华东地区优秀教育图书二等奖。

8. 《西方文艺理论名著教程》，胡经之主编，李衍柱任编委、副主编

北京大学出版社1986年初版，1988年、1990年再版，1992年修订版。

国家教委确定其为"高等学校文科教材"和面向21世纪课程教材，获国家教委优秀教材二等奖。

9. 《西方文艺理论名著汇编》（上中下），任编委

北京大学出版社1985—1987年出版。国家教委确定其为"高等学校文科教材"参考资料，与《西方文艺理论名著教程》配套。

10. 《马克思主义典型学说史纲》，专著

山东文艺出版社1989年7月版。

该书获山东省优秀社会科学成果一等奖，山东省优秀图书一等奖，山东省高校社会科学优秀成果专著一等奖，华东地区优秀文艺图书一等奖，国家教委确定其为"高等学校文科教材"。

11. 《马克思主义文艺理论在中国》，主编

山东文艺出版社1990年11月初版，1992年再版。

该书为山东省"七五规划"重点项目，获山东省优秀社会科学成果二等奖，山东省优秀文艺评论著作一等奖。

12. 《毛泽东文艺思想概论》，与李戎合著

山东文艺出版社1991年12月版。

该项目是国家新闻出版署"八五规划"重点选题，获1992年山东省优秀图书二等奖，山东省文艺评论著作优秀奖。

13. 《诺贝尔文学奖得主全集》（改编绘画本，10卷），任全书编委和第4、5卷主编

山东美术出版社1992年版。

该书是国家新闻出版署"八五规划"重点选题之一，获山东省优秀社会科学成果三等奖。

14. 《文学理想论》，专著，32.4万字

齐鲁书社1992年12月版，1997年4月修订版。

该书是山东省教委"八五规划"项目，获1994年山东省社会科学优秀成果二等奖，山东省高校优秀社会科学成果二等奖。

15. 《文学理论教程》，童庆炳主编，李衍柱任第一副主编

高等教育出版社1992年3月第1版，2004年3月修订第2版。

该书是全国高等学校文科教材，面向21世纪课程教材，获国家教委优秀教材一等奖，国家级优秀教学成果二等奖。

16. 《文学理论教程教学参考书》，任第一副主编

高等教育出版社1993年9月第1版，2005年3月修订第2版。

17. 《西方文学理论大辞典》，杨阴隆主编，李衍柱为主要撰稿人

吉林文史出版社1994年1月版。

18. 《西方文论史》，任第一副主编（执笔黑格尔、歌德部分）

高等教育出版社1994年4月初版，2002年修订版。

该书是全国高校文科教材，面向21世纪课程教材，获北京市1996年优秀社会科学成果二等奖。

19.《新编文学理论教程》，主审

天津人民出版社1994年初版，1996年4月修订版。

该书为全国师专文科教材。

20.《马克思主义文艺思想的发展与传播》，李衍柱、林宝全、潘必新主编（473000字）

广西师范大学出版社1995年8月版。

该书为国家社科基金重点项目，获1996年山东省社会科学优秀成果二等奖。

21.《文艺学范畴论》，主编（40.3万字）

山东文艺出版社1996年6月版。

该书为山东省"八五规划"重点项目，获山东省首届刘勰文艺评论奖，1998年获第二届中国高等学校人文社会科学研究成果三等奖。

22.《文学理论：面向新世纪》（1995年中国文化和文艺理论国际学术研讨会论文集），主编是钱中文、李衍柱（72万字）

山东人民出版社1997年版。

23.《宇宙与人生》（学苑英华丛书之一），张岱年著，李衍柱选编

上海文艺出版社1999年版。

24.《时代的回声——走向新世纪的中国文艺学》，专著

花城出版社2000年版。

该书为教育部"九五规划"项目，获山东省优秀社会科学成果三等奖，2003年获第三届中国高等学校人文社会科学研究成果三等奖。

25. 《马克思主义文艺学概论》，陆贵山主编，研究生教学用书，李衍柱执笔第三编第12章
中国人民大学出版社2001年版。

26. 《马克思主义文艺学思想发展史教程》，周忠厚等主编，李衍柱执笔绪论和第三编第1、2章
中国人民大学出版社2002年7月版。

27. 《经典文本与文艺学范畴研究》，专著（该书是钱中文、童庆炳主编的"新时期文艺学建设丛书"之一）
暨南大学出版社2002年9月版。

28. 《路与灯——文艺学建设问题研究》，专著
北京大学出版社2003年3月版。
该书在2005年获山东省优秀社会科学成果一等奖，2006年获第四届中国高等学校人文社会科学研究成果三等奖。

29. 《马克思主义典型学说史纲》，专著，国家学位委员会推荐为"研究生教学用书"
高等教育出版社2003年6月版。

30. 《西方文艺理论名著教程》（上下）修订版，胡经之任主编，李衍柱任副主编，执笔上卷第12、13、15、17四章，全国高校文科教材
北京大学出版社2002年12月版。

31. 《当代中西审美文化研究》，第二作者，山东省社科规划重点项目负责人

    山东教育出版社2005年6月版。

32. 《西方美学经典文本导读》，专著

    北京大学出版社2006年6月版。

    该书获山东省高等学校优秀社会科学成果一等奖。

33. 《马克思主义文艺学思想发展史》（上下），周忠厚等主编，李衍柱执笔绪论和第三编1、2、3、10章

    中国人民大学出版社2007年10月版。

34. 《西方文论史（修订版）》，任第一副主编

    高等教育出版社2007年12月版

35. 《文学理论教程》（第四版），童庆炳主编，李衍柱任第一副主编，面向21世纪课程教材

    高等教育出版社2008年11月版。

36. 《文学理论教程（第四版）教学参考书》，童庆炳主编，李衍柱任第一副主编

    高等教育出版社2008年11月第四版。

37. 《诗与美：生命的圣火》，专著，26.6万字

    山东友谊出版社2009年4月版。

38. 《文学理论》，马克思主义理论研究和建设工程重点教材，国家"十一五"社科规划重大项目，李衍柱是该项目的专家组成员，执笔第1章

    人民出版社、高等教育出版社2009年1月版。

39. 《文学理论教学参考书》，童庆炳主编，李衍柱任第一副主编

高等教育出版社2009年9月版。

该书是马克思主义理论研究和建设工程《文学理论》重点教材。

40. 《马克思恩格斯列宁斯大林论文艺》，中国作家协会、中央编译局编，李冰、韦建桦任编委会主任，陈建功任副主任，李衍柱任编委

作家出版社2010年3月版。

41. 研究报告：《科学发展观是马克思主义关于发展的世界观和方法论在当代中国的集中体现》。报告共20.6万余字。

2008年10月已经马克思主义理论研究和建设工程文学组交中共中央宣传部。

42. 《〈大秦帝国〉论稿——走向新世纪文艺复兴的绿色信号》，专著，中国作家协会重点作品扶持项目个案研究成果，20万字

河南文艺出版社2011年7月版。

2014年11月该书获第三届山东省泰山文艺奖（文艺创作奖）。

43. 《林涛海韵丛话》 五卷本文集（一《文学典型论》，二《文学理想与文学活动》，三《重读与新释——中西美学诗学经典文本解读》，四《时代变革与范式转换》，五《鉴赏批评：运动着的美学》）

人民出版社2013年12月版。

44. 《文学理论教程》（第五版），童庆炳主编，李衍柱任第一副主编

   高等教育出版社2015年6月版。

45. 《文学理论：思辨与对话》，选入当代文艺学研究文库

   复旦大学出版社2016年6月版。

46. 《中国诗学的春天——李衍柱文艺学文选》，选入"中国现代文艺学大家文库"

   山东文艺出版社2021年4月版。

47. 《文艺复兴时代的王阳明》，编著

   人民出版社2021年10月版。

48. 《诗意的追寻》，专著

   人民出版社2022年11月版。

二、论文、散文、诗歌等

1. 《试谈黑格尔所说的"这一个"——学习马克思恩格斯论文学典型问题札记》

   《外国文学研究》创刊号1978年6月

2. 《典型·个性·阶级性》

   《山东师院学报》1979年第2期

3. 《评长篇小说〈山菊花〉的艺术特色》

   《山东文艺》1979年第11期

4. 《全国典型问题讨论述评》

   《语文教学》1979年第2期

5. 《泉城信札——谈长篇小说书稿的几个问题》
   载《漫谈小说创作》，山东人民出版社1979年版

6. 《试论李大钊的文艺思想》
   《山东师院学报》1979年第3期

7. 《马克思恩格斯对现实主义理论发展的伟大贡献》（与夏之放合写）
   《战地黄花》1979年第4期

8. 《决战前夜的激浪——评李向春的长篇小说〈煤城激浪〉》
   《枣庄通讯》1979年2月

9. 《谈文学分类的三分法与四分法》
   《语文教学》1979年第3期

10. 《观察个性　研究个性　刻画个性》
    《山东师院学报》1980年第1期

11. 《坚持美学观点和历史观点统一的批评标准》
    《山东师院学报》1980年第5期

12. 《马克思主义文艺批评的范例——读马克思恩格斯关于剧本〈济金根〉给拉萨尔的信》
    载《文艺论稿》第2辑，吉林人民出版社1980年版

13. 《在民族化的道路上寻找自己——评曲波〈林海雪原〉等长篇小说的创作》
    《文苑纵横谈》1982年第2期

14. 《试论人的本质》
    《文苑纵横谈》1982年第3期

15. 《马克思主义美学的历史文献——纪念毛泽东〈在延安文艺座谈会上的讲话〉发表40周年》
《山东师范大学学报》1982年第2期，人民大学资料中心复印

16. 《唯物史观在美学领域的运用和发展——试论毛泽东关于文艺与人民群众的思想》
《文艺评论通讯》1982年第2期

17. 《阿Q形象的不朽与典型问题的论争》
载《鲁迅研究论文集》，吉林人民出版社1983年版

18. 《马克思论文学典型》
《山东师范大学学报》1983年第2期，人民大学资料中心复印，收入《马列文论研究》1985年第7集

19. 《列宁论文学典型》
载《文艺论稿》第10辑，吉林人民出版社1983年版

20. 《坚持典型化创作原则》
《人民日报》1984年1月30日，人民大学资料中心复印

21. 《文学典型与创作规律》
《柳泉》1984年第1期

22. 《坚持唯物史论，表现人性美》
《青岛日报》1984年6月19日

23. 《青年英雄的画廊　朴素明快的美——谈柯蓝的儿童文学作品》
载《柯蓝作品集》，山东少儿出版社1984年版

24. 《如何理解文学的典型问题》

《中文自学指导》1985年第2期

25. 《比较研究方法与中国比较文学的兴起》

《山东师范大学学报》1985年第5期

26. 《新人的塑造与典型的特征》

载《马克思主义文艺理论研究》第6辑，文化艺术出版社1986年1月版

27. 《文艺学方法论刍议》

载《马克思主义文艺理论研究》第7辑，文化艺术出版社1986年4月版

28. 《第十个文艺女神的再生——关于文艺批评的主体性的思考》

《文艺理论研究》1986年第4期，人民大学资料中心复印

29. 《简论马克思美学思想的哲学基础——读〈1844年经济学哲学手稿〉兼与郑涌同志商榷》

载《马列文论研究》第8集，中国人民大学出版社1987年2月版

30. 《文艺源泉论析》

《南开学报》1987年第5期，《新华半月刊》摘要介绍，人民大学资料中心复印

31. 《现代主义与典型问题》

《青岛师专学报》1989年第1—2期连载

32. 《维柯的〈新科学〉与典型理论的自觉》

《东岳论丛》1989年第3期

33. 《赵公元帅与文艺女神联姻——试论商品经济与文学艺术的发展》

《文艺争鸣》1989年第5期，人民大学资料中心复印

34. 《马克思主义典型理论的失落与回归》

《文学评论家》1989年第6期，人民大学资料中心复印

35. 《按照"美的规律"，表现"新的人物、新的世界"》

《山东社会科学》1989年第6期

36. 《卢卡契的典型观与布莱希特的诘难》

《文史哲》1990年第5期，人民大学资料中心复印

37. 《简论马尔库塞〈单面人〉中的典型观》

《求是学刊》1990年第3期

38. 《坚持百家争鸣，发展文艺科学》

《文艺理论研究》1990年第4期

39. 《叙述的新视角——简评刘海栖的儿童文学长篇小说创作》

《文学评论家》1991年第3期

40. 《美的规律与典型化原则》

《文学评论》1991年第5期，人民大学资料中心复印

41. 《试论毛泽东文艺思想的认识论基础》

《理论与创作》1991年第6期，人民大学资料中心复印

42. 《简论生活美与艺术美》

《青岛文学》1992年第2期

43. 《坚持思想内容与艺术形式统一的原则》

《作家报》1992年5月23日

44. 《试论社会主义时期文学活动的基本属性》

载《继往开来》，山东文艺出版社1992年版

45. 《源远流长，推陈出新》

《河北师院学报》1992年第2期

46. 《试论毛泽东文艺思想的价值观》

载《明辨集》，河北大学出版社1992年版

47. 《试论毛泽东文艺思想哲学基础》

载《毛泽东文艺思想研究》第7辑，湖南文艺出版社1992年版

48. 《解放思想与文艺学建设》

《文艺理论研究》1993年第1期，中国人民大学资料中心复印

49. 《从必然王国走向自由王国》

《山东师范大学学报》1993年第6期，获山东师大纪念毛泽东诞辰100周年征文一等奖，收入《毛泽东文艺思想的历史与现在》，吉林大学出版社2003年版

50. 《自立于世界美学之林——评蒋孔阳先生的〈美学新论〉》

《学术月刊》1994年第5期，收入《中国当代论文集粹》，西南财经大学出版社1995年版

51. 《谈美学家蒋孔阳的治学之道》

《文史哲》1994年第5期

52. 《幽灵与天火交织》

《作家报》1995年8月9日

53.《电影理论研究的新开拓——严蓉仙〈电影文艺学〉简评》

《中国电影报》1995年7月6日

54.《迎接新世纪的黎明——电视剧〈三国演义〉的启示和文艺发展的趋向》

《山东师范大学学报》1995年第6期

55.《对话、交流与文艺科学的发展》

《走向世界》1995年第5期

56.《世纪之交的马克思主义文艺学》（3500字）

《人民日报》1995年11月21日

57.《〈东方色彩研究〉的文化意义——评李光远的〈东方色彩研究〉》

《东方讯报》1995年8月9日

58.《世纪之交的马克思主义文艺学》（12000字）

《文史哲》1996年第1期，人民大学资料中心复印，收入北京大学吴树青主编的《中国特色社会主义文库》，团结出版社1997年版

59.《路与灯——论宗白华对中国现代美学和现代诗学建设的贡献》

该文系参加1996年北京大学主持召开的"纪念朱光潜、宗白华诞辰100周年国际学术研讨会"论文，并在大会上宣读，收入大会论文集《美学双峰》，安徽教育出版社1999年版，全文载《中国古代文论的现代转换》，陕西师范大

学出版社1997年版

60. 《对话：通向新世纪的桥梁》

载《毛泽东文艺思想研究》第8辑，河北大学出版社1997
年版

61. 《对话：百家争鸣的理想形态》

《文艺理论研究》1996年第6期

62. 《文艺学范畴论纲》

《淄博师专学报》1997年第1期

63. 《生命艺术化 艺术生命化——宗白华的生命美学新体系》

《文学评论》1997年第3期，人民大学资料中心转载，该文
获山东省社会科学优秀成果一等奖，山东省高校优秀社科
成果一等奖

64. 《文艺学领域的新收获——评〈文化艺术管理学〉》

《作家报》1997年5月29日

65. 《多元的新加坡文化》

《走向世界》1997年第5期

66. 《在哈佛的日子》

《走向世界》1998年第2期

67. 《主导多元 综合创新 ——纪念〈文学评论〉创刊40周年
发言摘要》

《人民日报·海外版》1998年11月30日，《文学评论》
1998年第1期

68. 《走向新世纪的中国文艺学》

《枣庄师专学报》1999年第1期，人民大学资料中心全文转载

69.《社会转型与文艺学建设》

《淄博学院学报》1999年第2期，人民大学资料中心全文转载

70.《重读黑格尔——谈黑格尔〈美学〉与中国文艺学建设》

《文学评论》1999年第3期，参加全国"西方文论与中国文艺学建设"学术研讨会的论文，并在大会上宣读，该文获2000年山东省刘勰文艺评论奖和中国中外文艺理论学会"新时期优秀论文"奖

71.《繁荣社会主义文艺的伟大旗帜——学习邓小平文艺理论》

《山东师范大学学报》1999年第4期

72.《"幽灵"与"天火"——世纪之交的马克思主义文艺学》

载《文学理论：面向新世纪》，山东人民出版社1997年版，参加1995年"面向新世纪：中国文化和文艺理论国际学术研讨会"的论文，并在大会上宣读

73.《圜道思维：东方智慧的花朵——论文艺学研究方法的中国特色》

载《青年思想家》第2辑，山东文艺出版社1999年版

74.《文心·诗心与人心的沟通——论文学的人学底蕴》

《文学理论学刊》2000年第1辑

75.《一元多维 比较鉴别——论毛泽东的文艺批评理论与实践》

载《毛泽东文艺思想研究》第12辑，吉林大学出版社2000

年版

76. 《逻辑思辨，实证分析，从一维到多维——西方思维方式
   与文艺学研究方法综论》
   《淄博学院学报（社会科学版）》2000年第2期，人民大
   学资料中心转载

77. 《"拿来主义"与"送去主义"》
   《黄河科技大学学报》2000年第2期

78. 《建设和发展有中国特色的马克思主义文艺学》
   载《马克思主义美学研究》第3期，广西师范大学出版社
   2000年版

79. 《"天下殊途而同归"》
   载《中国文学理论50年》，安徽大学出版社2000年版

80. 《巴赫金对话理论的现代意义》
   《文史哲》2001年第2期，人民大学资料中心全文转载

81. 《当代色彩艺术的理性建构——评李广元的〈色彩艺术学〉》
   《齐鲁艺苑》2001年第1期

82. 《精校经典文本与"聊斋学"的发展》
   《蒲松龄研究》2001年第2期，参加第二届国际蒲松龄学
   术讨论会的论文，并在大会上宣读，2002年获山东省高校
   优秀社会科学成果一等奖

83. 《校企结合　探索创新——山东师范大学文艺学企业审美
   文化方向的确立与实践》
   参加全国企业审美文化与企业创新学术研讨会的论文，并

在大会宣读，《现代教育导报》2001年2月19日

84. 《企业审美文化论》序言

　　载《企业审美文化论》，山东友谊出版社2001年10月版

85. 《海纳百川，博采众长——谈蒋孔阳先生的学术品格》

　　《黄河科技大学学报》2001年第4期，载《美学与艺术评论》第6集，复旦大学出版社2002年3月版

86. 《世纪之交的马克思主义文艺学》

　　载《马列文论研究》第12集，中国人民大学出版社2001年12月版

87. 《文学理论：面对信息时代的幽灵——兼与J.希利斯·米勒先生商榷》

　　《文学评论》2002年第1期，人民大学资料中心、《文艺理论》2002年第5期全文转载，该文2004年获山东省刘勰文艺评论奖

88. 《全球化视域中的中国文化景观——读张维青高毅清的〈中国文化史〉》

　　《光明日报》2002年7月25日

89. 《文艺价值观根本转变的里程碑——重读毛泽东〈在延安文艺座谈会上的讲话〉》

　　《山东师大报》2002年5月24日

90. 《面对现实　重在建设——谈文艺美学的前景》

　　载《文艺美学研究》第1辑，山东大学出版社2002年版

91. 《丰碑与借镜——〈中国20世纪文艺学学术史〉》

《社会科学辑刊》2002年第4期

92.《打通古今　融会中西——走近胡经之先生》

《南方论坛》2002年第5期

93.《数字化时代的文学镜像》

《山东文学》2002年第10期

94.《"认识你自己"：一个文艺学研究的根本命题》

《山东理工大学学报》2002年第4期

95.《〈经典文本与文艺学范畴研究〉自序》

《济南大学学报》2002年第5期

96.《人格的魅力　学者的风范——认识钱中文先生》

《文学前沿》2003年第7辑，载金元浦编《新理性精神与

钱中文文艺理论研究》，军事谊文出版社2002年12月版

97.《马克思主义人论与文艺学》

载《马列文论研究》第13集，中国人民大学出版社2002年

11月版

98.《颇富价值的求索——读王凤胜新著〈新时期文艺散论〉》

《大众日报》2002年12月13日

99.《"四维空间"论与文艺学现代性研究》

《黄河科技大学学报》2003年第1期，香港新闻出版社、

教育出版社联合出版的《中国教育改革》杂志第14期转载

100.《坚持与时俱进　追求理论创新——读王凤胜〈新时期

文艺散论〉》

《齐鲁艺苑》2003年第2期，《山东文学》2003年第3期

101. 《数与美绘制的时代镜像》

《东方论坛》2003年第2期,人民大学资料中心全文转

载,收入《人文前沿——网络文学与数字文化》一书,

中南大学出版社2005年10月版

102. 《全球化语境中人力资本激励机制与约束机制问题研究》

研究报告,执笔人:邵海荣、闫玉刚、张海燕

103. 《关于世纪人生的对话》

载朱竞主编的《世纪印象——百名学者论中国文化》,

华龄出版社2003年10月版

104. 《论唯物史观与文学活动发生学研究》

载《文艺美学研究》第3辑,山东大学出版社2003年12

月版

105. 《美育建设面临的时代挑战》

载《中西交流对话中的审美与艺术教育》,山东大学出

版社2003年版

106. 《比较美学的理论与实践——谈蒋孔阳先生对美学研究

领域的开拓与贡献》

《湖南师范大学社会科学学报》2004年第1期,载《美学

与艺术评论》第7辑,山西人民出版社2004年10月版

107. 《东方巨人的形象——论毛泽东诗词的抒情主人公》

《黄河科技大学学报》2004年第1期

108. 《人力资本:美好企业的原动力》

载《企业文化三星》,中国工人出版社2004年1月版

109. 张维青、高毅清著《中国文化史》序

　　载《中国文化史》，山东人民出版社2004年2月版

110. 《主导多元　综合创新——论当代中国文化发展的基本态势》

　　参加2004年首届"世界中国学论坛"国际学术研讨会的论文，并在大会宣读（2004年8月19日上海国际会议中心），《人文潮》2005年春季卷（创刊号），《广西师范大学学报》2005年第4期，《淮北煤炭师范学院学报》2005年第5期

111. 《范式革命与文艺学转型》

　　《社会科学辑刊》2005年第2期，《新华文摘》2005年第14期摘编，收入葛红兵《20世纪中国文艺思想史论》第2卷

112. 《艺术的黄昏与黎明》

　　《东方论坛》2004年第4期，人民大学资料中心全文转载，《文艺理论》2005年第1期

113. 《理想："智慧之光，生命之光，艺术之光"》

　　载《人生格言经典》（一），人民日报出版社2004年10月版

114. 《网络文学：通向自由理想境界的艺术形式》

　　《求是学刊》2005年第1期，人民大学资料中心转载

115. 《甘当人梯　教书育人——研究生培养断想》

　　《山东师大报》2005年2月23日

116. 《相反相成　推陈出新：传统与现代互动的基本规律》
《创作评谭》2004年第12月号，《上海文化》2005年第2期

117. 四篇论文：

（1）《范式革命与文艺学转型》

（2）《文学典型在当今世界之命运》

（3）《新人形象的塑造与典型的审美特征》

（4）《美的规律与典型化原则》

选入夏之放、孙书文主编《文艺学元问题的多维审视》

（四文选入该书时，与初发表时相比有所修订），齐鲁
书社2005年5月版

118. 《哲学与诗歌之争——谈柏拉图为什么要把诗人赶出
"理想国"？》
《山东理工大学学报》2005年第3期

119. 《探寻文艺学研究的生发点——评刘俐俐的〈外国经典
短篇小说文本分析〉》
《中国图书商报·阅读周刊》2005年6月10日

120. 《相：柏拉图诗学与美学思想方法论的元点——〈柏
拉图全集〉阅读札记》
《山东师范大学学报》2005年第6期，人民大学资料中心
全文转载

121. 《旅美心影录（三篇）》

（1）《美丽的听涛山庄》

（2）《清澈绮丽的查尔斯河》

（3）《站在国会山上》

载《人文潮》2005年秋季卷

122.《飞跃太平洋（诗）》

《学洲》创刊号（2005年12月，山东师范大学文学院研究生会主办），《世华文学家》第10期（2006年2月，香港世界华文文学家协会主办）

123.《诗与美的追问——重读西方美学经典文本》

《东方论坛》2006年第2期

124.《柏拉图诗学与美学思想的双重性与矛盾性》

《山东理工大学学报》2006年第4期

125.《多元共生　和而不同》

《文艺争鸣》2006年第1期，《东方论丛》2006年第1期，人民大学《文艺理论》全文转载

126.《生态美学何以成为一种美学？》

《文学评论丛刊》2006年第9卷第1期，该文收入曾繁仁编《人与自然：当代生态文明视野中的文学与美学》

127.《世界轴心时代的诗学双峰——与亚里士多德〈诗学〉并峙的荀子〈乐论〉》

《山东师范大学学报》2006年第6期

128.《柏拉图世界本体论的肇始者》

载《中国美学研究》第一辑，上海三联书店2006年5月版

129.《历史的警钟长鸣》

收入王一桃著《鸽哨与警钟》，香港文艺家协会出版社

2006年12月版

130. 《全球化视域中的民族文学与世界文学——从歌德的总体性文学观谈起》

《江西社会科学》2007年第2期，该文收入中国社会科学院文学所理论室与中国社会科学出版社合作编选的《新世纪文论读本》中的《全球化与复数的"世界文学"》卷

131. 《柏拉图诗论六说》

《东方论坛》2007年第1期

132. 《媒介革命与文学生产链的建构》

《山东师范大学学报》2007年第4期，《新华文摘》摘要转载，人民大学《文艺理论》复印转载（2007年第11期）

133. 《从定义出发，还是从文学实际出发？——文学理论教材的反思》

《文艺争鸣》2007年第9期

134. 《胡适：中国禅学的拓荒者与建设者》

《文艺理论研究》2007年第4期

135. 《论典型的规律与美的规律——蔡仪先生的美学思想再认识》

《烟台大学学报》2007年第4期，收入《美学的传承与鼎新——纪念蔡仪诞辰百年》，中国社会科学出版社2009年版

136. 《美学经典在细读中闪光》

《戏剧丛刊》2007年第6期

137. 《柏拉图的诗论新探》

　　载《文艺美学研究》第四辑，河南人民出版社2007年1月版

138. 《旅美心影录（四章）》

　　（1）《"美国文学中的林肯"——访马克·吐温故居》

　　（2）《哈佛燕京图书馆——人生旅途的"加油站"》

　　（3）《"荫余堂"：波士顿的安徽民居》

　　（4）《一次沙龙式的学术研讨会》

　　载《山东师大报》2007年12月19日

139. 《思孟学派与中国美学》

　　载《国学研究》第二十一卷，北京大学出版社2008年6月版；收入哈佛大学燕京学社、山东师范大学齐鲁文化研究中心编《儒家思孟学派论集》，齐鲁书社2008年12月版

140. 《体察时代脉动　共建绿色家园》

　　《江西社会科学》2008年第4期

141. 《论马克思主义文艺理论的元典——重读马克思〈政治经济学批判〉序言与导言》

　　《济南大学学报》2008年第4期，《人文潮》2009年夏季卷

142. 《马克思主义思想史上的新篇章——科学发展观研究报告之一》

　　《山东师范大学学报》2008年第4期

143. 《以人为本：文学发展和繁荣的灵魂》

《文艺争鸣》2008年第9期，选入2008中国中外文学理论学会年刊《理论创新时代：中国当代文论与审美文化的转型》，知识出版社2009年版

144. 《以人为本：文学发展和繁荣的灵魂》（修改版）

《文艺报》2008年9月6日，《朔方》2009年第2期转载

145. 《"为学不作媚时语，独寻真知启后人"——王元化先生与新时期文艺理论研究》，与陈博合写

《文艺理论研究》2008年第5期，选入《清园先生王元化》，华东师范大学出版社2009年5月版

146. 《春天来了——与七七、七八级同学共庆入学30年》

《山东师大报》2009年1月4日

147. 《解放思想、改革创新：文学发展的不竭动力和源泉》

《文艺报》2009年2月19日

148. 《审美视野的〈大秦帝国〉》

《阅江学刊》2010年第4期，载北京师范大学文艺学研究中心、北京语言大学国际汉学研究所、早稻田大学国际日本文学文化研究所编《"多元视野下的中国文学思想"国际学术研讨会论文》

149. 《历史现实主义的理论与实践——孙皓晖〈大秦帝国〉艺术特征论析》

《山东师范大学学报》2010年第4期

150. 《华夏文明原生态的生动再现——论〈大秦帝国〉》《东

方论坛》2010年第4期

151.《嬴政："中国的凯撒"》

《文学报》2010年10月21日

152.《〈大秦帝国〉的"亮点"和"盲点"》

《小说评论》2010年第6期

153.《重塑"中国的凯撒"嬴政的艺术形象》

《山东师范大学学报》2011年第1期

154.《重塑秦始皇嬴政的艺术形象》

载《文艺美学研究》第5辑，山东大学出版社2011年1月版

155.《偶然中的必然：〈大秦帝国〉的悲剧品格》

《东方论坛》2011年第3期

156.《"美，审美，艺术"笔谈》主持人按语

《济南大学学报》2011年第4期

157.《中华民族新世纪文艺复兴的绿色信号——我读孙皓晖

的〈大秦帝国〉》

《济南大学学报》2011年第6期

158.《师生同书道德文章——李衍柱教授谈师德建设》

《山东师大报》2011年9月28日

159.《〈蛙〉：生命的文学奇葩》

《山东师大报》2011年第6期

160.《生态美：世界美学家族中的新成员》

《鄱阳湖学刊》2011年第6期

161.《邓小平文艺思想》

载童庆炳主编的《20世纪中国马克思主义文艺理论研究》第四编第2章，北京大学出版社2012年1月版

162.《生命的文学与文学的生命——读莫言〈蛙〉有感》
《时代文学》2012年5月

163.《重读经典文本，追踪文艺学美学研究前沿》
《人文潮》2012年夏季卷

164.《科学的发展与文艺学现代性研究》
参加2012年8月在山东师范大学召开的全国文艺理论学术研讨会的论文，并在大会上宣读，收入会议论文集（光盘）

165.《爱：生命的永恒》
《香港文艺家》2012年第41期（2012年10月）

166.《特约评论员语》
《文史哲》2013年第1期

167.《弘扬中华原生文明的悲壮史诗——评孙皓晖的〈大秦帝国〉》
《探索与争鸣》2013年第1期

168.《百年中华崛起与文艺学范式转换》
《百家论坛》2013年第2期

169.《文学理想：一束普照人类心田的希望之光》
《百家论坛》2013年第4期

170.《理想的光芒与不懈的追求——李衍柱先生访谈》
《东岳论丛》2013年第10期

171. 《金秋时节忆童年》

　　《领导科学报》2013年10月16日

172. 《书海的沉思与学术人生》

　　《领导科学报》2013年12月16日

173. 《综合创新：美学的中国道路——谈蒋孔阳先生对中国美学建设的贡献》

　　《文艺理论研究》2014年第1期

174. 《理想的光芒与不懈的追求——李衍柱先生访谈》，

　　《清平乐——从教50周年有感》（词），《爱之歌》，

　　《爱：生命的永恒》

　　《学洲》2014年第1期

175. 《文学理想：一束普照人类心田的希望之光》

　　选入《山东作家作品年选·评论卷》，作家出版社2014年版；《中国中外文艺理论研究》2013年卷，中国社会科学出版社2014年版

176. 时宏宇著《宗白华与中国当代艺术学建设》序

　　载时宏宇著《宗白华与中国当代艺术学建设》，山东人民出版社2014年版

177. 《学术人生自述》——《林涛海韵丛话》总序

　　诗歌15首：

　　《我爱我的祖国》

　　《青春》

　　《春天来了——与77、78级同学共庆改革开放30年》

《水滴与大海》

《乒乓冠军》

《站在珠穆朗玛峰上》

《飞向火星》

《如梦令——贺夫人76华诞》

《飞跃太平洋》

《国庆》

《清平乐——从教50年偶感》

《登攀》

《春天的雷鸣》

《爱之歌》

《爱：生命的永恒》

载《人文潮》2014年秋季卷

《林涛海韵丛话》新书发布暨学术研讨会专号

178.《真善美与社会主义核心价值观》

《山东师范大学学报》2015年第1期

179.《原型理论何以在中国文化沃土中生根——读夏秀〈原型理论研究〉》

《中华读书报》2015年4月1日

180.《中国特色艺术学思想体系的建构与思考——读时宏宇〈宗白华与中国当代艺术学建设〉》

《济南大学学报》2015年第4期

181.《在建设中国特色文艺学的大道上——谈童庆炳先生的

人格魅力与学术贡献》

《中国矿业大学学报》2015年第5期，选入《童庆炳先生追思录》，北京师范大学出版社2016年8月版

182.《引领中华民族文艺复兴的旗帜》

《山东师大报》2015年12月7日

183.《铸魂系统工程的里程碑——学习习近平在哲学社会科学工作座谈会上的重要讲话精神有感》

《山东师大报》2016年5月25日

184.《感国运之变化　发时代之先声》

《中国社会科学报》2016年5月27日

185.《青春在诗的王国中绽放——徐晓诗歌评析》

《东方论坛》2016年第5期

186.《信息时代与中国文艺学建设——〈文学理论：思辨与对话〉自序》

《山东师大报》2016年9月21日

187.《引领文艺从"高原"迈向高峰》

《中国社会科学报》（一版头条）2016年9月21日

188.《王阳明：开启中国文艺复兴大门的思想家》

《山东师范大学学报》2017年第6期，《人文潮》2017年秋季卷

189.《神州大地　春色满园》

《山东师大报》2018年12月19日

190.《论美丑共存　互动与转化——兼评徐晓的长篇小说》

《东方论坛》2019年第5期

191.《中国诗学的春天——李衍柱文艺学文选》

《中国矿业大学学报》2019年第6期

192.《宝剑锋从磨砺出　梅花香自苦寒来——访山东师范大学文学院李衍柱先生》（王孟飞整理）

《学洲》2020年第1期

193.《走向中国特色的文艺学　中国文艺学发展百年回眸》

"中国现代文艺学大家文库"序

《山东社会科学》2021年第1期，中国人民大学书报资料中心（2021年第4期）全文转载

194.《风神生辉　形貌永存——林宝全先生千古》

《香港文艺家》2021年2月第68期

195.《回归经典文本　踏着巨人的肩膀前行》，《中国现代文艺学大家文库·李衍柱〈文艺学自选集〉》叙言

《山东师大报》2021年1月13日、3月3日

196.《在理论与现实间游弋——访文艺理论家李衍柱》

《中国文艺评论》2023年第5期

197.《学习　探索　攀登——李衍柱教授谈治学》

《艺术广角》2023年第3期

198.《建设中国特色马克思主义文论课程——山东师范大学李衍柱教授访谈》

《华中学术》第49辑

后　记

　　我一生走过的路，是一条学习探索追求真理的路。青年时代就立志：学习学习再学习！我的学术理念是：生命不息，学习不止！上大学期间，我利用一切可利用的时间，阅读了中外文学名著；读研究生时，又攻读了文艺学美学的经典文本。正式踏上学术研究之路后，我注重发扬理论联系实际的学风，重点对文学典型、理想、范畴进行研究。从文学批评入手，对莫言的小说创作，郭澄清的《大刀记》，《大秦帝国》的艺术成就，王阳明的历史贡献，作了认真地研究和评述。这些出自内心的文字，大都是手写记在每年留下的日记本中。近半年来，经过精心选择编辑成《学术人生的轨迹》一书。现由徐明珍教授将所选的这些手抄文字，从日记本上摘录编辑成电子文本。她的辛劳和付出，令人感动。杨守森教授、季广茂教授对初稿修改提出了宝贵意见，尹相雯、段新俐博士帮助文字校对。一路走来，感谢朋友的关爱，感谢夫人林春英的陪伴和支持。在书稿出版过程中，得到人民出版社文史部主任贺畅同志、研究出版社总编辑丁波同志和责编范存刚同志的关照和付出，在此，一并致以崇高的敬礼和感谢！

山东师范大学　李衍柱

2025年3月21日